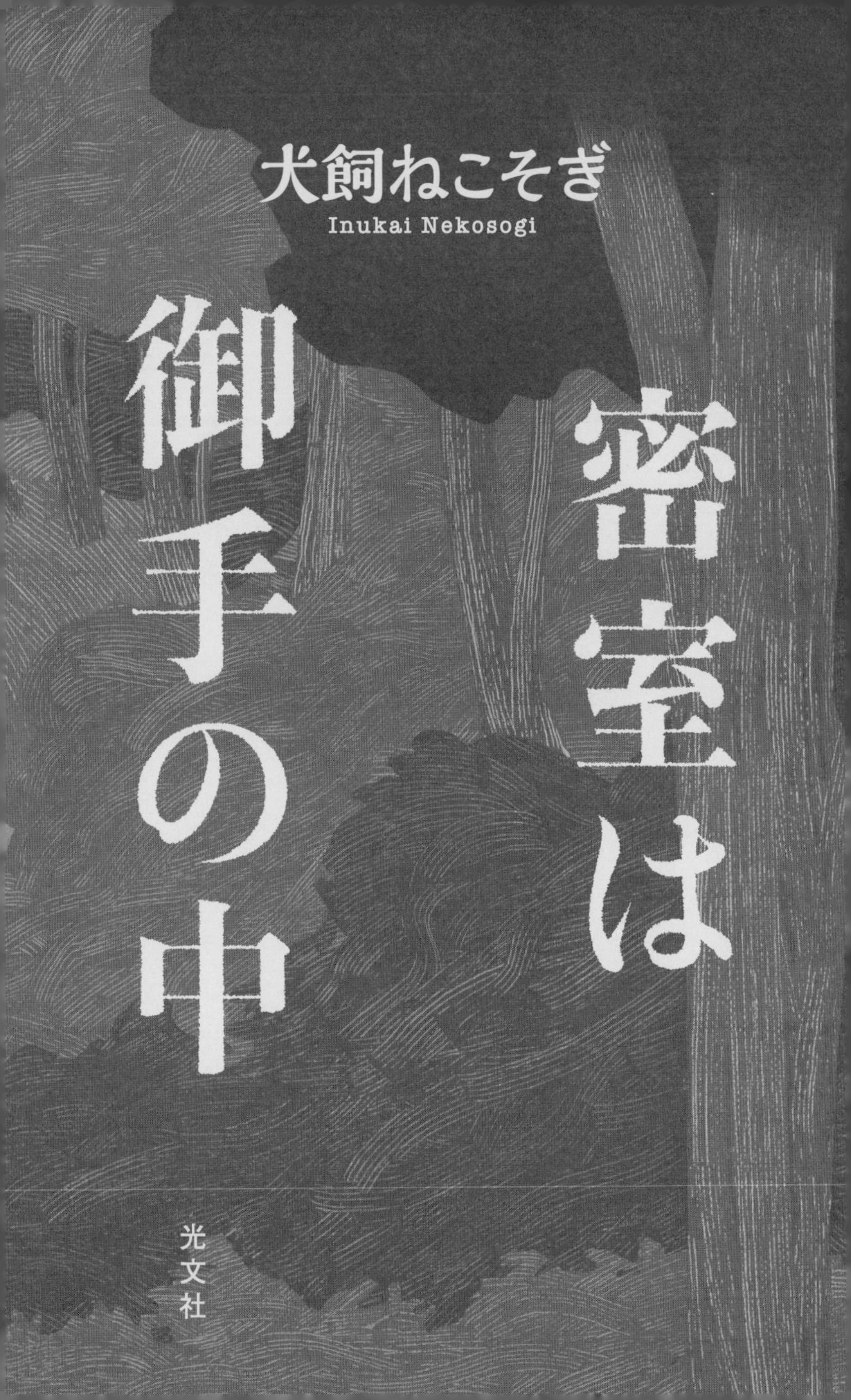
犬飼ねこそぎ
Inukai Nekosogi
密室は御手の中
光文社

密室は御手の中

心在院見取り図

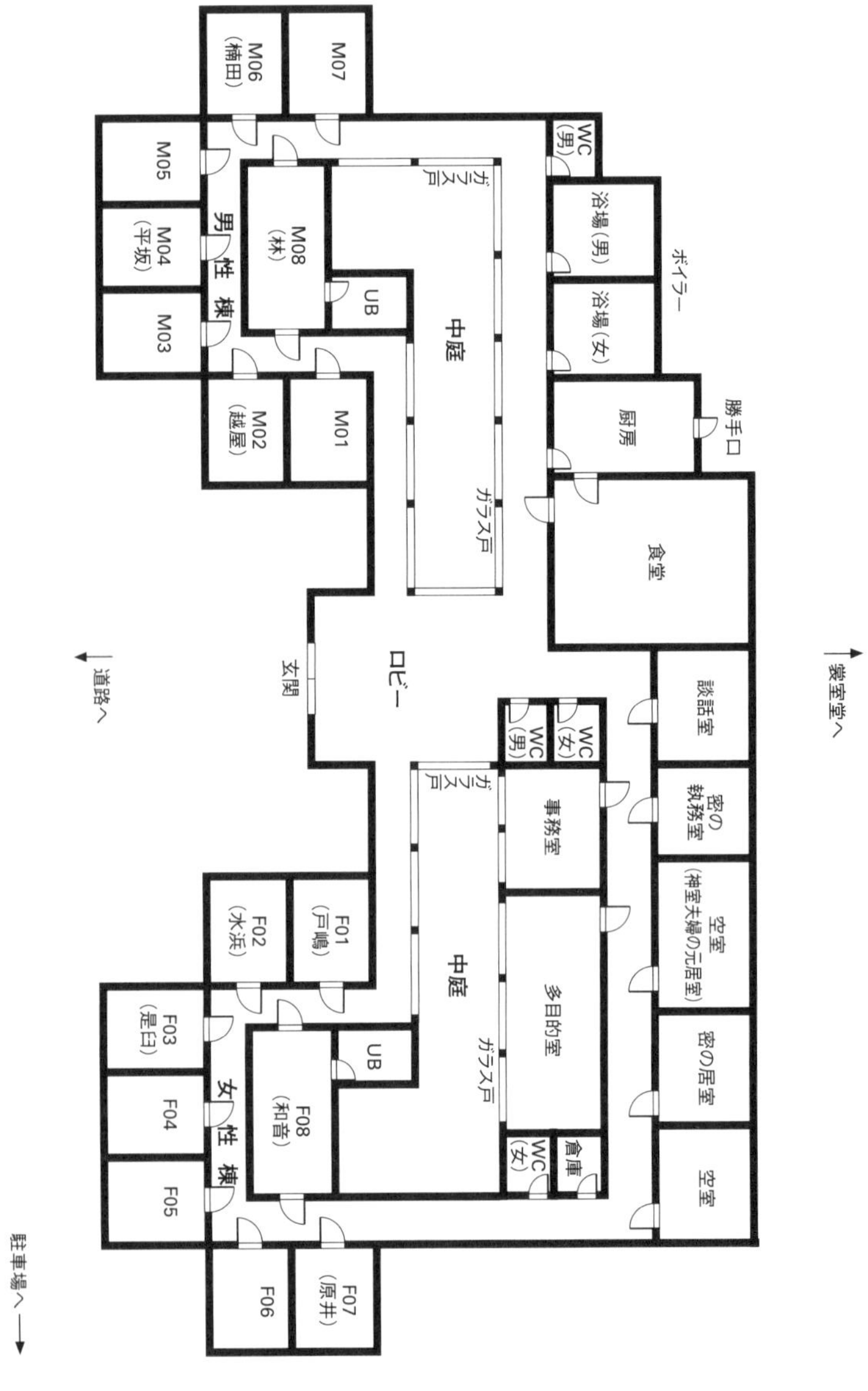
M06（楠田）
M07
M05
M04（平坂）
M03
男性棟
M08（林）
UB
中庭
ガラス戸
ガラス戸
M02（越屋）
M01
WC（男）
浴場（男）
浴場（女）
ボイラー
厨房
勝手口
食堂
ロビー
玄関
道路へ
WC（女）
WC（男）
談話室
密の執務室
事務室
空室（神室夫婦の元居室）
F01（戸嶋）
F02（水浜）
中庭
ガラス戸
ガラス戸
多目的室
密の居室
F03（是臼）
F04
F05
女性棟
F08（和音）
UB
WC（女）
倉庫
空室
F06
F07（原井）
駐車場へ

目次

登場人物

安威和音（あい・わおん）――探偵。

神室密（かみむろ・ひそみ）――教祖。

平坂貴志（ひらさか・たかし）――信者。
越屋辰夫（こしや・たつお）――信者。
楠田悟（くすだ・さとる）――信者。
是臼真理亜（ぜうす・まりあ）――信者。
水浜秋（みずはま・あき）――信者。
原井清美（はらい・きよみ）――信者。
戸嶋イリ（とじま・いり）――信者。
林桐一（はやし・とういち）――雑誌記者。

神室彼此一（かみむろ・ひこいち）――密の父。
神室皆奈（かみむろ・みな）――密の母。
澄心（ちょうしん）――百年前に消失した修行者。

第一章　教団は山の中

行けども行けども続く木々を見ながら、安威和音《あいわおん》はもう何度目かのカーブを受け流すべくハンドルを切った。

密集して立ち並ぶ木々は、遠景だと古くなって毛羽立ったフェルト生地に見える。一群となって生地の表面を構成するのは深緑の葉を茂らせた針葉樹が主だが、ところどころに生長しきってなお若緑をした竹の葉が淡色のポイントを作っている。まるでそこだけ薬品をこぼして脱色されてしまったかのように。

そうした緑の中から、ところどころ白くくすぶったもやが立ち上っている。よく見れば高い山が雲の切れ端を纏《まと》っているだけだとわかるのだが、徹底したリアリストでなければ、その情景を見て、こんな想像がおのずと膨らむことだろう。

――木立の下にひっそりと息づく隠れ里が、家々の屋根へ葉越しに漏れる夕日を受けながら、夕餉《ゆうげ》の支度をしている。かまどの煙と鍋や釜からの湯気が入り交じり、細くたなびきながら空へと流れていく――。

ことに和音の脳内においては、水彩画風の薄い色合いで展開されるイメージは、時間とともにはっきりとしたものになり、今ではもう身の丈一メートルほどの、昔話の世界から飛び出してきたような衣装を纏った人々が、藁葺《わらぶ》きの家の周囲でまめまめしく働く様子まで、たやすく想起できるのだった。

遠くの山はうっすらと乳白色を帯び、更なる遠景に至っては弱い光源で行われる影絵のように、蜃気《しんき》楼《ろう》のごとく空や雲と一体化している。雨が近いか、もしくは過ぎ去ろうとしているのか。足下のアスファルトが乾いたままであることを見ると前者だろうと、あまり雨が好きではない和音は、少し気分が落ち込んだ。そうなると相変わらず変化のない景色が、途端に苛立《いらだ》たしく思えてくる。

わずかでも視覚情報に彩《いろど》りを与えてやろうという神様からの慰めだろうか、久しぶりに目にする、道路とガードレール、そして和音の車以外の人工物――風雨に晒《さら》されて表記が不明瞭となった標識が、視界の端を流れていった。『落石注意』。注意しなくては、と居住まいを正したあれは何時間前のことだったか。今となってはもう、来るなら来てみろ、という投げやりな心構えすら生まれつつある。時計に目をやると、もう午後四時に近い。

「心在院《しんざいいん》までは」雲のうすぎぬの向こうにある太陽が放つ、ぼやけた光に目を細め、和音はバックミラー越しに尋ねた。右手の人差し指が気ぜわしくハンドルを叩《たた》く。「まだかかるんでしょうか。もう随分走ったように思うんですが」

それを聞いて、後部座席でうつらうつらしていた中年の男が、上体を起こして目をしばたかせた。組んでいた腕を解《ほど》き、窮屈そうに伸びをすると、後ろで髪を束ねた頭をかきながら窓の外に目をやる。

「もうしばらくかかるだろうな、木が違わないから」

男はそう言って、はばかる様子もなしに、トドのようにあくびをひとつした。

「キ？」

運転席上部のサンバイザーを下ろしながら、和音は一文字で疑問を呈する。

男は眼鏡《めがね》を外すと、年相応にしわの寄った目じりを、指で拭いながら言う。

「そう、木だよ。道の外を見てみろ。並んでるのはどれも杉の植林だろ。深間山《ふかまやま》が近くなれば、未開拓の原生林になるからすぐわかる。戦前だか戦中だかの、まだこの辺に集落がいくらかあった頃、鎮守の森扱いされていた名残《なごり》だそうだ」

ふうん、と和音は道路脇の林に改めて目をやる。なるほど立ち並んでいるのは背丈の揃《そろ》った杉だ。花粉の季節にはぞっとする有様になるだろう。彼女自身は幸いにも、目がちょっとかゆくなるくらいで毎年済むのだが、それでも、今が秋口でよかった、と心中胸を撫《な》で下ろした。

「なんせ建物から五分も歩かないうちにもうどっぷり森の中だからな。遭難者が出てないのが不思議に思えるくらいだ。発見される前に熊が食ってるのかね」

「出るんですか、熊」

「出てもおかしくないだろうなあ、こんな山の中じゃ。ま、遭難者が出ないほんとの理由は、登山者も踏み入らない山奥だからなんだろうがね」

男は笑いながら眼鏡をかけ直した。それからシャツの胸ポケットをまさぐり、煙草《たばこ》のソフトパックを取り出すと、慣れた手つきでシガレットを一本抜き取った。すかさず和音は「車内禁煙です」と鋭く言う。男は悪びれる様子もなく、「まあそう言わずに、一本だけ」と人差し指を立てた。

「駄目です。外で吸われる分には文句を言うつもりも筋合いもありませんけど、これは私の車ですからね。どうしてもとおっしゃるなら、ここから先は歩いてもらいますよ」

「頑固だねえ」さほど気分を害した風もなく――むしろ、楽しんでいるような様子で――男は苦笑した。

「……ま、ヒッチハイクした身分で贅沢《ぜいたく》は言えんしなあ」

男は煙草を元のポケットに突っ込むと、両腕をシートの上に乗せてふんぞり返るような格好で、座席に体重を預けた。

「悪かったね嬢ちゃん。そんなに大事な車だとは思わなかったもんでね」

「……謝ってもらったのはいいですが、一言多いんじゃないですか。確かに古い車ですけど、これでも愛着はあるんです」和音は特注のシートカバーの上で、体の位置を調整しながら言った。『A to Z』とロゴが印字されているヘッドレストに後頭部を乗せる。「それと、嬢ちゃんはやめてください。自分で言うのもなんですけど、今年で二十七ですよ、私」

「そりゃ悪かった。知り合いに似てたもんでな」

「……話が見えないんですが」

「よく言われないか？　年齢の割に落ち着きがないとか、無理して大人ぶってるとか。知り合いに一人、そういうのがいてね。見るたび生きづらそうだと思ったもんさ。もうちょっと器用に立ち回ればいいのにな。だろ？」

「酔ってるんですか？」

「素面《しらふ》だよ。飲酒運転はしない主義なんだ。事故が怖いからな」

その割にコミュニケーションのほうは蛇行気味だしあおり運転もいいところでは、と和音は思った。第一今運転しているのは和音のほうである。

「お知り合いがどうかは知りませんけど、私はごくごく普通の社会人ですよ。今日だって仕事で来てるんですから」

「普通の社会人はこんなとこに用なんてないだろうよ」

「…………」

「悪かった悪かった。いじめるのはやめるから、もうちょっとお喋《しゃべ》りしようじゃないか。着くまで煙草も吸えないんじゃ、退屈だろ。嬢ちゃんだって、貴重な取材の機会が得られるってもんだろ？」

「……『こころの宇宙』では煙草は禁止されてないんですか？　宗教団体なんだし、そういう嗜好品《しこうひん》には厳しいイメージがありますが」

このまま無視を続けるべきかどうか、真剣に悩んだものの、最終的に和音は折れることにした。どうせ対向車も来ない山道のドライブだ、眠気覚ましも兼ねての会話というのも悪くない。いや、相手が相手だけに不満もあるが、今後のことを考えての情報収集と思えば、我慢できないことはない。

尋ねると、再び座席に体を預けようとしていた男が、さっと体を起こした。

「うん？　気にするってことは、なんだかんだ言って、嬢ちゃんも吸うのかい」

「週に何度か、落ち着きたいとき、たまに吸うくらいですけどね。……もちろん、車の中では吸いませんよ。臭いが付きますから」

男が再びシャツの胸ポケットに手をやるのを見て、和音は素早く言った。彼はどうやら相当なヘビースモーカーらしく、しばらくは未練がましくポケットに手を伸ばしたままだったが、やがて渋々といった風に元の体勢に戻ると、和音の質問に答えた。

「酒も煙草も規制されちゃいないよ、別に清貧が教義ってわけでもないし。まあ信者の中にどっちにも厳しい反対派がいるせいで、肩身が狭いことに変わりはないがな」

「喫煙者はどこに行ってもマイノリティの時代ですからね」

和音が言うと、男は「そうそう、その通り」と嬉《うれ》しそうに同意する。食いついた、と和音は内心ほくそ笑んだ。話を聞くときには、まず相手の感情を揺り動かして、口を軽くしてやる。情報収集の基本のキだ。

「まあ、宗教団体とはいえ、ただ神様をあがめていればいいわけじゃなくてほかの信者の皆さんとの付き合いも大事だから、仕方ないのかもしれないですね。『こころの宇宙』の場合だと、教義にも絡んできますし」

「そうそう、それがまた面倒なんだよ。嬢ちゃんみたいに冗談が通じる子ばかりじゃないからさ」

破戒者然として男は笑う。和音は「林《はやし》さんと馬の合うタイプはなかなか限られそうですからね」と言うに止《とど》めた。

林というのは男の名字だ。下の名前はまだ聞いていない。というより、小一時間ほど前に出会ったばかりの間柄だから、聞く機会がなかったというほうが正しいかもしれない。

そのとき和音は今と同様、山道を愛車で疾走していた。すると、あるカーブを曲がったところで、路肩に停《と》められたライトバンにもたれかかり、途方に暮れた様子で煙草を吸っていた林に遭遇したのだ。そのときの第一印象は「面倒くさそうな人」だったが、これは以降の調子から判断するにあまり間違っていない気がしている。

彼はクーペが目に入るなり慌てて手を振り声を上げた。近寄って話を聞くと、立て板に水と言った勢いでこう語った。外へ出かけて山中へ戻る途中でうっかりガス欠になり、進退窮まっている。もしこの車が通りかからなかったら、車中で一泊するか半日かけて山登りするかのどちらかだった。一本道なんだから目的地は聞かないでもわかる、悪いようにはしないから乗せていってくれ。礼は弾む……とは言えないが、まあ、こうして会ったのも何かの縁だろう？　云々《うんぬん》。

無論和音も女だから、強盗か何かではないかと考えないわけでもなかったが、しかしそれならこんな人の往来が限りなくゼロに近い山道にいるのもおかしな話だし（犯行を第三者に見られたくないとしても度が過ぎるというものだ。往復のガソリン代だけで足が出る）、第一バンの側面に書かれた『宗教法人　こころの宇宙』の文字を読んだところで、その線はほぼ完全に否定できた。と同時に、彼をここで助けておけば後々役に立つだろうし、逆に助けなければ何を言われるかわかったものではない、と判断し、和音はドアロックを外したのだった（なお、林は助手席に座りたがったが、それは煙草のときと似たようなやり取りの末、拒否した）。

「しかし、特にこんな山奥だと、共同生活のためには相互協力が必要でしょうし、そんなに大人数がいるわけでもないでしょうから、必然的に対人関係には気を遣いますよね。今は何人くらいが生活しているんですか？」

「そうだな、今は十人いないぐらいじゃなかったかな」

「十人ですか。案外少ないんですね。各地の支部は、どんなに小さいところでも百人からの信者がいると聞きましたが」

「うん、まあ、それはそれだ。心在院、ひいては深間山は『こころの宇宙』にとっての聖地だが、本拠地ってわけじゃないからな」

林は赤裸々に語った。その内容は和音にとって、下調べ済みの情報ではあったが、とはいえこうして関係者から直接裏を取れるのはありがたかった。

『こころの宇宙』は、二十年前に一組の男女によって興《おこ》され、現在に至っては日本各地に活動を広げている新興宗教である。公式サイトをはじめとする各種外部向け宣材によると、その教義は次のようにまとめられる。

相互理解によって認識の一体化を図ることにより、人間は真に平和な世界を作り出せる、だから心身の修行をしてお互いのことを理解できるようになりましょう。

名前のうさんくささからしては明快な教義といえるだろう。そしてそれは和音のみならず世間一般での共通認識でもあるようで、この簡潔な主張を掲げる『こころの宇宙』は、宗教団体という言葉が現代社会において抱かれる印象ほど危険視も不安視もされず、ぼんやりと浸透するように社会の一部となっていた。団体は都市部を中心に小さなコミュニティを多々築いており、相互に扶助しつつ拡散していた。そして今和音たちが山また山越え向かっている深間山と、そこに建てられた心在院こそが、拡散の中心であり、彼らの総本山、あるいは聖地とされる場所だった。

「少し前までは、もうちょっと人がいたんだがなあ」と林はしみじみ言った。

「チャーターバスで十人二十人の修行志願者が入れ代わり立ち代わり出入りしてたし、それをもてなすためのスタッフもいた。それが今じゃ、修行者なんて月に十人来ればいいほうだからな。当然、居ついていた奴《やつ》らも山を下りてった。出て行った理由は大抵が、単に団体を見限ったか支部を応援するためかのどっちかだな。あとは家族に連れ戻されたとか。常駐じゃなく、参詣《さんけい》目的で二、三日泊まりに来る人間は今でもたまにいるんだが、まあ場所が場所だからそういうのは大体休みがまとまって取れる時期だな。今日みたいな平日にはそうそう客なんていないよ。あんたみたいな記者は例外中の例外。まったく、あの事故の前と後で、笑えるくらいの様変わりだよ」

あの事故が、と林は言い聞かせるように繰り返した。あの事故。和音はひとまずそれには触れずに話を続ける。

「それじゃあ今向かっている心在院には、よりすぐりの敬虔《けいけん》な信者が集まっている、ということですか？」

「敬虔な信者ばかりっていうのはちょっと違うな。そりゃ信心深い奴のほうが多いけど、俺はどっちかと言うと、共同体維持のために集められたって印象を持ってる。ああ、こういうことはオフレコにしてくれよ、オフレコに。今更言っても遅いかもしれんが」林はまた笑った。「こんな場所だからな、どうしても日常生活のために役割分担が必要になるってわけよ。まあそういうわけで、大体はそういった仕事ができる人間だけど、例外もいる。具体的に言うと、古老みたいな婆《ばあ》さんとかな。あとは……そうだな、年齢不詳のお人形さんみたいな嬢ちゃんとか」

「人形みたいな女の子？」

和音はハンドルを回す自分の手がこわばるのを感じた。バックミラー越しに見える林の姿は、先ほどまでと変わらぬ自然体だ。対する和音は、ぼんやりと霧のかかっていた脳内の思考領域を、慌てて叩き起こす。そして、慎重に次の発言を頭の中でシミュレーションした。

「それは……」

はやる気持ちを抑えながら、和音が質問を続けようとしたときだった。突然、地面がぐらりと震動し、車があらぬ方向へと揺さぶられた。何が何だかわからぬまま、とっさに和音はブレーキを目一杯踏む。カーブに差し掛かっていた車体は、後輪が大きく横滑りして、ガードレールぎりぎりで止まった。揺れが収まってようやく、和音は血の気が引いていることを自覚して大きく息をした。人心地ついたところで、林が前のめりになっていた体を起こす。

「……今のは大きかったな。最近少ないんで油断してた」

「地震ですか」

わかりきったことを尋ねているな、と自覚しつつも、和音は問いかけた。心臓が勢いよく鼓動していた。

「そう、このあたりの名物だよ」そしてふとフロントガラスの先を見て、「こりゃあ、神様が嬢ちゃんのことを歓迎してるのかもしれないな。だとしたら俺には迷惑な話だが」と苦笑する。視線の先をたどった和音は、そこに自分たちの目的地を見た。

急な傾きを持つ山の斜面に、どうにか平らな場所を見つけて建てられたような、自然に呑《の》まれる形の瓦葺《かわらぶき》屋根。

気が付くと車外の風景も変化していた。人の手により均《なら》されアスファルトで覆われた道は依然として変わらぬままだが、その外側、何者の介入をも拒むようにうねった広葉樹の乱立する森は、さっきまでの杉林と比べると、人間の介入が見て取れるか取れないかという点において、はっきりと様相を異にしている。二種類の森を表現するには、自然と人工だとか、昼と夜だとか、そういう対立構造を持つ概念がよく似合いそうだった。——幻想と現実とか。

「まあ、詳しいことはまた向こうで教祖サマに聞くといい。親切に教えてくれるだろうから。それと、向こうに着いたら、俺は玄関先で降りるよ。……駐車場はちょっと奥まったところになるからな。早いとこ誰か見つけて車を回収してもらわなくちゃならんし」

「あ、ええ、そうですね」風景に見入っていた和音は慌てて返事をする。「どうもありがとうございました。色々と教えてもらって——」

そのときふと、和音は頭のすみに引っかかるものを感じた。今の話を聞くにつけ、どうもこの怪しげな風体の中年男性は、他人事《ひとごと》のような口調で教団のことを語っていたが、しかしその割に内情に通じているようだった。いったい彼はどういう立場の人間なのだろう？　彼は先ほど、「心在院には共同体維持のための仕事ができる人間が集められているが、例外もいる」と言った。ならば林はその例外のほうに当たるのだろうか、それとも――

しかし、そんな思考も林の次の言葉で遮られてしまった。「そういえば、まだ嬢ちゃんの名前を聞いてなかったな。俺は最初に名乗った通り、林――林桐一《とういち》っていうんだが」

「ああ、私はアイ――」

「アイ？」

和音は出かかった言葉を飲み込んで、続けた。

「――。一峰《かずね》です。一峰、愛《あい》」

◆

◆

「『季刊　知の地平』の一峰さんですね、お待ちしていました」受け取った名刺に目を落とすと、少年はそう言って自然な微笑を浮かべた。和音もつられて笑顔をつくると、「はい、今日明日の二日間、よろしくお願いします。これはつまらないものですが」と出発前に買っておいた菓子折りを手渡す。少年は「ありがとうございます」と頭を下げて受け取ると、背後にあった執務机の上に置いた。一目で年代物とわかる、飴色《あめいろ》の机。分厚い天板には加工されてからの年月を示すように細かな傷がそこかしこに見られた。全体的にシックなヨーロピアンアンティストでまとめられている室内の中心にあるものとして相応《ふさわ》しかったが、一方であどけなさの残る少年にはひどく不似合いな重厚さを放っている。

机だけではない。その後ろの壁を覆うように並ぶ、分厚い背表紙の本ばかり収められた書架も、波紋のような木目の美しいキャビネットも、右手に飾られた印象派の風景画も、キルト風の意匠をあしらったカーテンも、時計もテーブルランプも、すべてはそれが少年のために用意されたものではないことを明確に語っていた。おそらく部屋全体にあるもののうちで、少年が自らの手によって選んだ品物は一割にも満たないだろう。彼ならば、このような大時代的な空気——それもかなり統一された——を感じさせる調度は選ばないだろう。これは同じ時代を生きてきた者か、もしくはその雰囲気に憧れを抱くだけの歳《とし》を重ねた者のための部屋だ。つい今し方足を踏み入れた和音でさえ、ともすれば一刻も早く逃げ出したいと思うほど、その部屋は古く、堅苦しく、そして完成されていた。

ただ和音が思わず息を漏らしたのは、少年がその無言の排斥運動に対して、年齢不相応なアルカイックスマイルひとつで立派に対抗していることだった。風のない午後の陽光のような、思わず見る者の警戒を解かせる柔和な笑み。彼はこの部屋の持つ雰囲気に気付いているし、そこに適応しようとしている。事実、その表情によって彼が今ここにいることは十分正当化されている——和音はそう思った。

宗教法人『こころの宇宙』代表者、神室《かみむろ》密《ひそみ》。年齢は十四歳。本来ならば中学校に入ったばかりの年頃の少年は今、年齢に不相応な肩書きを背負って心在院の執務室の真ん中に、そして和音の前に立っていた。

「遅くなってすみません」

「とんでもない、こんな辺鄙《へんぴ》なところに住んでいる僕たちのほうに非があるんですから」

密は声変わりもまだらしい声でそう言って笑ったが、やはり和音の見込みが甘かったことは間違いないだろう。予定では、もう少し日が高いうちに到着するはずだったのだが、運転の途中で休憩を挟んだり、あの男——林桐一に遭遇したりといった諸々《もろもろ》が重なって時間を食ったのだ。

「取材内容はメールでうかがった通りで、変更はありませんね？」密が尋ねる。笑みが真面目《まじめ》な顔の裏に引っ込むと、長い睫《まつ》毛《げ》の下で大きな黒目がこちらの様子をしきりに気にする小動物のように動くのがよく目立つ。

「はい、連絡通り、今日は教義についての概説をうかがって、明日は実際の活動風景を見せていただきたいと思います」和音はメールでのやり取りを思い出しながら言った。「それと、できれば施設内の写真もあちこち撮らせていただければと」

「なるほど」少年は首肯してからちょっと考え込む素振りを見せて、「今日の話というのは腰を落ち着けられる場所のほうがいいですか。それとも、歩きながらでも構わないでしょうか」と尋ねた。

「どちらでも大丈夫ですが」

「では、暗くなる前に少し、外に出ませんか。今夜あたりから天候が崩れそうなので、今のうちに案内しておきたい場所があるんです。教義についての話はその道すがら、ということでどうでしょう」

「外ですか」

和音はカーテンの間に見える窓の向こうと、腕時計に目をやった。雲は厚みを増しており、陽光は心許《こころもと》ないが、しかし日没までには余裕がある。今後のことを考えると、施設付近がどうなっているのか知っておくのも悪くない。

「わかりました、ぜひよろしくお願いします」

「決まりですね」密はまた笑った。よく笑う子だ、と和音は思う。きっと純真なのか、あるいは笑顔の効果と見せどころを心得ているのだろう。「では、まず荷物を置いてきてもらったほうがいいですね。原井《はらい》さん」

少年が和音の肩越しに部屋の戸口へと目を向ける。呼びかけられて、それまで部屋の壁際で影のように——というよりはむしろ、獲物の様子をうかがう山猫のようにじっと、レターケースを小脇に直立の姿勢で待機していたパンツスーツ姿の女性が、一歩大股に歩み出る。彼女はそのまま和音のほうを向いて、機械的に頭を下げた。足にはパンプスを履いていたが、厚い絨毯《じゅうたん》と滑るような足運びのためだろう、足音はしなかった。

「代表補佐の原井清美《きよみ》です。お部屋までご案内します」

簡潔な台詞《せりふ》と共に顔を上げた原井と和音の視線が交差した。瞬間、和音はたじろぐ。眼鏡越しの原井の目に、威嚇するような警戒の色が、うっすらと見えたからだった。単に初対面の相手に対して身構えているというわけではないはずだ。その程度のことなら、表情の奥に隠して振る舞うことくらい、目の前の女性にとっては簡単だろう。けばけばしさの出ない程度に強調されたアイシャドウに、ビジネスウーマンとしての化粧に慣れている様子が見て取れた。日頃からこういう対外的な役どころをこなしているのだろう。ダークグレーのスーツも体のラインにぴたりと沿い従っていて、持て余している様子はない。必要にかられてスーツに袖を通すと、そのたび落ち着かなくなる和音とは大違いだ。絵に描いたような、知的美人といった風体。ただし、しつけの足りていない犬みたいに敵愾心《てきがいしん》をちらつかせている目を除いては。

和音の戸惑いをよそに、原井は和音の足元にあったスーツケースを片手に取ると、部屋の入り口まで一直線に歩みを進め、

「では一峰様、どうぞこちらへ」

と、そっけなく告げてノブをひねった。和音は慌ててバッグを肩に掛け直し、そのあとを追う。

「荷物を置いたら玄関に来てくださいね」と、変わらず穏やかな密の声が、その背に投げかけられる。

後ろ手にドアを閉めた和音は、原井に従って心在院の内部を歩く。リノリウムの敷き詰められた、公共施設風の玄関ロビーから延びる廊下のうち、執務室のある建物の奥から見て左、つまり玄関を入って右へ足を踏み入れる。玄関から密の執務室まではほぼ一直線だったから、この先はまだ和音の立ち入ったことのないエリアだった。長い廊下の両側は天井までの大きな窓になっており、外の景色を見通せた。右手は玄関周辺の見覚えのある景色が、山と森に突き当たるまで続いている。一方の左手は、白い砂利《じゃり》の敷き詰められた枯山水風の中庭になっていた。目的地――和音が滞在することになる部屋は、左右の窓が途切れたすぐ先だった。

「この部屋をお使いください。鍵はこちらです」

原井はそう言って和音に『F08』と書かれたプレートの付いた鍵を見せると、鍵穴にそれを差し込んだ。扉にも同じ番号が振られている。廊下の反対側には扉がふたつ並んでおり、そちらにもそれぞれ『F01』『F02』とある。Fは何を意味しているのだろう、と和音が考える間もなく、かちりと音がして鍵が回った。「どうぞ」とノブを引き、扉を開けた原井に促されるまま、和音は足を踏み入れる。

室内は居住空間らしい落ち着きがあり、旅館と称しても通用しそうな雰囲気だった。正面にはまず靴を脱ぐための踏込《ふみこみ》があって、次にフローリングの洋間。更に奥は中央が開け放たれた四枚の障子を挟んで和室になっている。ふたつの部屋はいずれも十畳ほどの広さだった。洋間の左手側に見えるクリーム色のドアはおそらく洗面所だろう。気になるのは和室の向こうに、今入ってきたのと同じような扉（と踏込所）がもうひとつあることだ。

手渡された鍵を受け取り、フローリングの上にバッグをどっかと置きながら、「向こうの扉はなんですか？」と和音が尋ねると、原井は「廊下の反対側への出入り口です」とスーツケースを出入り口の脇に置きながら答えた。彼女の説明によると、心在院にはロビーや密の執務室のあった本館を中心に、男性用個室棟（M館）と女性用個室棟（F館）が両翼となる形で存在するらしい。無論和音の部屋があるこちら（東側）が女性棟だが、その構造はまず中央にUの字形、より厳密に言えば九十度時計回りに傾けたコの字形の廊下があり、その右端はしばらく北に延びてから西に折れ、台所や洗濯所、風呂場などの共同生活スペースを有する、本館の左側に通じている。一方でコの字の左端はそれよりもう少し早くに西へ折れ、こちらはロビーに直通している（和音たちがたった今通ってきた道がこの廊下になる）。

個室は基本的にコの字の外側に位置しているのだが、ひとつだけ内側のスペースに収まる形で、ほかより一回りほど大きな部屋が存在し、それが和音の案内された部屋ということらしい。そのため、今入ってきた洋間側の扉がUの字の左下、和室側の扉が右下ということになる、とのことだったが、丁寧なぶん長々とした説明なので、和音は途中から頭の中に見取り図を描くことを放棄した。歩き回りさえしなければそうそう面倒なところに入り込むはずもないし、いざとなれば紙に描いてもらえばいい。そんなわけで説明が後半に入る頃には、なるほどFはFemaleの略か、という発見に意識をとられ、原井の声は右から左へと素通りの状態だった。

「ほかの部屋は使用中のものも空室もありますが、いずれにせよ無断で立ち入ることのないようお願いします。どうしてもという場合は、私か、もう一人楠田《くすだ》悟《さとる》という男の代表補佐がいますので、どちらかにお声をかけてください」

「楠田さんですね」

　和音はその名前に聞き覚えがあった。心在院に着いて早々、和音を置いていってしまった林に代わり、駐車場の場所を教えてくれた人物だ。四十代後半くらいの、長身の男性で、会ったときには建物の入り口付近を竹箒《たけぼうき》で掃き清めていた。『こころの宇宙』と白抜きのロゴが入った作務衣《さむえ》を着ているせいで、神主か陶工のような雰囲気をかもしだしているのが印象的だった。

「一峰様のほうから、何か質問はありますか？」と原井が言ったので、和音は少々探りを入れることにした。

「外観からもなかなか広そうに見えましたけど、全部で何部屋くらいあるんですか？」

「男性棟女性棟各八部屋です。いずれも個人用の部屋で、食堂などの共用スペースは本館奥に造られています」

　原井はすぐに答えた。

「山奥の建物なのに、随分部屋数が多いんですね」

「当然です。深間山は『こころの宇宙』にとっての聖地ですから、そこに建つ心在院もまた、各地に広がる教団の中心として誇れる建築物でなくてはなりません」

　彼女の口調は相変わらず平板だったが、言葉の選び方には熱がこもっているように感じられ、それが和音には少々意外だった。さっきまでの運転中に林が言っていたところによれば、ここにいる人間は敬虔な信者ばかりというわけではないということだったが、原井は信心の篤《あつ》い側なのかもしれない。

「また、心在院は元々、各地の支部から修行者や研修者を受け入れることを想定して建てられた場所ですから、それだけ収容人数には余裕が持たされています。むしろ、少人数で維持管理している今の状態のほうがイレギュラーと言ってもいいでしょう」

それも林の話に出てきたことだ。和音は二、三度頷《うなず》くと、

「では、今この女性棟には何人ほど信者の方がいらっしゃるのでしょうか」

と聞いた。直後、原井が眉根を寄せる。眉間に川の字がくっきり浮かび上がるくらいの渋面《じゅうめん》だった。

「いえ、その……」

あとでお話をうかがうかもしれませんので、と和音が弁明になっていない言い繕いをしようとしたところで、原井が再び口を開いた。

「今は、私を含めて四人です。それから一峰さん」整った眉の下の瞳が、真っ向から和音を見据えている。「信者、という呼び方は控えていただきますようお願いします。『こころの宇宙』ではその呼称を用いることはありません。通りのいい言葉ではありますが、現代においては一般的に悪い意味で用いられる傾向がある言い回しですので」

「あ……ええと、それは、その、失礼しました」

「お気になさらず。こちらも説明不足でした」そう言いつつも、原井の視線には反対の意思が込められているように和音には感じられた。取材というならそれくらいの事前知識は持っておけ――。「呼称が必要であれば『意徒《いと》』をお使いください」

「イト?」

「ええ。意識の徒弟、と書いて意徒です。ひとつの心を共有する仲間という意味の語としてそれを使います。先代代表である神室彼此一《ひこいち》様によって制定された、『こころの宇宙』における他者との繋《つな》がりを表す最も正確な言葉です。ここで修行する私たち――意徒は、皆この言葉を使います。詳しくはこちら

をご覧ください」

と、原井は脇に抱えていたレターケースから、冊子を一部取り出した。表紙には心在院を中心に、深間山の一帯の風景写真をバックに『ふれあいの手』と毛筆の書体が白抜きで躍っている。

「私共で発行している広報誌です。お時間のあるときにでもご清覧ください。では、私はこれで。密様はもう玄関でお待ちでしょうから、お急ぎいただければ幸いです。それと夕食は七時からですので、こちらもなるべく遅れることのないように。何かありましたら私のほうまでお気軽にお声がけください。基本的には本館の事務室か、もしくは私室であるF07号室におりますので」

最後にもう一度礼をすると、例によって足音のしない大股で、原井清美は本館のほうへと足早に去っていった。あとに残された和音はしばし佇《たたず》んでいたが、やがて受け取ったパンフレットを鞄《かばん》にしまい、原井が出ていった扉に鍵をかけた。会話しながらも脳の半分を必死に回転させてはみたものの、結局過去に原井とひと悶着《もんちゃく》起こした記憶はなかった。和音の記憶違いでなければ、今日が初対面のはずである。にも拘《かか》わらず警戒されているのはどういうわけなのか、という点については、和音は答えを見いだせなかった。和音のほうでも最初に顔を見たときから「苦手なタイプだな」と思っていたし、案外前世が貴族とパリ市民あたりだったのかもしれない。そういう相手がいるのは仕方ない。良くも悪くも（最近は悪い意味で用いられることがとみに多くなった気もするが）、頭の中が年齢に見合っていないと周囲に言われる和音だったが、さすがに年齢と職業のこともあり、誰彼構わず親しくしようという幼少期の気概は、すでに思い出のアルバムの奥にしまいこまれていた。

それよりも、と和音は畳の上に座り込み、今しがたの邂逅《かいこう》を思い起こした。

あれが。

あれが神室密。

和音の脳裏に少年の穏やかな笑みが思い出される。その双肩にひとつの団体の命運がかかっていると は到底思えない無垢《むく》な笑み。

表面的な情報から見ると、『こころの宇宙』の歴史は短い。教団の設立は今から二十年前だから、和音のほうがいくらか年上ということになる。一人の指導者と一人の託宣者——神室彼此一と神室皆奈《みな》をツートップとするこの宗教団体は、彼と彼女のカリスマ性と機運、そして既存の宗教団体の在り方を脱却した戦略性とイメージコントロールを背景にめざましい成長を遂げ、数年前の最盛期には全国で十万に手が届く数の信者を得ていた。意識の盲点に根を張り枝を伸ばすように『こころの宇宙』は世間に浸透し、気付けばその名は人々の間に広まっていた。順当にいけば海外への大規模な展開も近いうちになされただろう。だろう、というのは、あるカタストロフィによって、その可能性はほぼ完全に失われてしまったからである。

今を遡ること二年、神室夫妻は急逝した。死因は自動車事故による崖からの転落。神に最も近い者たちとして教団のトップに君臨していた彼らにとっては、あっけない最期と言えるだろう。

この急逝がもたらした影響は大きかった。各地の支部は動揺し、新たにすがるものを求めた。一方で数人の有力者が後継者として名乗りを上げ、あわや内部抗争といった状況が繰り広げられた。内外からもたらされる騒ぎに疲弊した『こころの宇宙』は活動力と求心力を失い、傍目《はため》にも崩壊を間近に控えているかに見えたという。そうした混沌《こんとん》の局面に終止符を打ったのが、前代表夫妻の遺児であり、弱冠十三歳の少年、神室密だったのである。

和音は畳の上に座り込んで鞄の中から雑記帳やレコーダーを取り出し始めた。長時間にわたる運転のせいか、肝心なことは何ひとつ始まっていないのに疲労を感じていた。

仕事はこれからが本番だというのに……と先行きへの不安を感じる一方で、和音は安堵《あんど》もしていた。それは神室密という少年と直《じか》に顔を合わせて感じ取った印象に起因している。

ここに来るまで、和音はこの少年についてほとんど知らなかった。もちろん写真を含む資料はいくつも当たったのだが、二代目であること、年齢のことを考えると本当のところは、大方自己愛の強いお坊ちゃんといったところだろう、と考えていたのだ。しかし、実際に会ってみて、イメージのほとんどは覆《くつがえ》された。これまで和音が会ったことのある別の宗教関係者――自分の能力を信じ込んでいる自称霊能力者や、事あるごとに優位性をひけらかそうとする自称神の子孫に比べると、彼は随分とまともなほうだと言えるだろう。また、同年代の一般的な少年少女と比べても、大人びている。自分があの年齢の頃は――と考えかけて、和音はやめた。思い出すという行為も思い出す内容も、あまり好ましいものには思えなかったからだ。

代わりに和音は神室密のことを考える。落ち着いた振る舞い、整った容貌（特に大きな目と長い睫毛）、そして初代代表の子という血統。もし自分が『こころの宇宙』の信者――もとい、意徒だったとして、神室夫妻の死後、彼を新たな代表の座に据えることに不満を持つだろうか。

多分、持たない。和音はすぐに結論付けた。というより、ほとんどの人間は、そこに不満を持たなかったのではないだろうか。

感じるとすれば、むしろ懸念だ。思春期に差し掛かったくらいの年齢の少年を、団体の代表者という地位に据えてしまってよいのだろうかというためらい、懸念、後ろめたさ。おそらく神室夫妻の死後、密を代表の座にという話が直ちに起こらなかったのは、そうしたところに起因しているのだろう。特に彼に近い人間においては。

だが、結局彼は自ら『こころの宇宙』の看板を背負う者として名乗りを上げた。そこにどのような思いがあったのかは、和音の知りうるところではない。

知りたいとは思う。だが、単なる好奇心でそこに踏み入ってしまっていいのか、という不安もある。特に、部外者である自分が、それを尋ねることは、必要なのか。そして、許されることなのか。

「白鳥《しらとり》は　哀《かな》しからずや――とかなんとか、ね」

手荷物がまとまったところで、そろそろ行かなくては、と和音は立ち上がった。洗面所に入って髪と服を整える。

最後に作り笑いがそう見えないことを確認すると、メモやカメラなどあらかじめ分けておいた最低限の荷物を持って部屋を出る。そして施錠をしていると、不意に廊下南側の扉が開いた。

和音は最初、彼女が人間であることを確認して、自分のいる場所が山中の宗教団体本部であることを疑わずにはいられなかった。彼女はそれだけ場違いな姿をしていた。

「――あら」大人になることを放棄したような、甘ったるい声が響く。「そういえば今日は、お客様がいらっしゃる日だったわね。……まあ、『いらっしゃる』か『いらっしゃらない』かなんて、私にしてみればレセプターから遠いか近いか、アンテナの表示が二本か三本か、くらいの違いでしかないけれど。だって結局世界はひとつしかなくて、そして私はその中に含まれているんですもの。すべては私という綺麗《きれい》なひれを持った魚が泳ぐ金魚鉢の中、事象はそこではじける泡ひとつひとつ。――まあ、それでも、そうしてあなたの瞳に映ることは嬉しいわ。なんていうの、触れ合い？　には飢えていたところですし。歓迎します。ようこそ、かりそめの宿へ」

彼女は口元だけで粘りつくような笑みを浮かべた。挙動のたび、和音より頭ひとつ低い体に纏ったゴシックドレスのいたるところに付いているフリルが、神経の通った花弁のように揺れる。「お人形さんみたい」と林が形容した意味が、ようやく和音にも理解できた。それは衣装のせいだけではなく、彼女そのものが発する「特に理由はないけど気まぐれに生きている」と言いたげな雰囲気にも由来するものだ。

「そんなに怯《おび》えたような顔をなさらなくてもよろしいのに。何もあなたを取って食おうとする魔女じゃないのだから。私はただの人間でただの神。あなたより少し多く真理を知ってしまっただけの存在よ。首から下は非力な少女、水仙よりもなお弱い。私の身体は肉の船、速く進めば骨になる——だからこうして止まり木の上におとなしくして言葉遊びで気を紛らわせるくらいのことしかできないの。身体はね」

「あの——」和音はF08号室の扉から手を離して、彼女に向き直った。現実感に羽が生えて逃げ出してしまったような気分だった。「私は一峰愛、雑誌記者です。初めまして。あなたは……ええと、ここの方ですか？」

「一峰さんね。でも、『初めまして』というのは間違っている」彼女は和音の質問に答えなかった。「なぜなら私は私だから。真理への到達とはすなわち有から無への飛躍。だからこそ私は私であると同時に世界であり、そしてあなたでもある。ゆえに私にとってあなたと私は今ここで初めて会った者同士ではない。あなたが知覚していないだけで、私は常にあなたと共にあったのよ。もちろん、ほかのすべての人々と共にあったように、だけれど」

「……あのう、よろしければお名前を教えていただいてもよろしいでしょうか」

「ああ……そうね。ごめんなさい。ついつい忘れてしまうの。『言葉にしなければ、伝わらない』――私は常にあなたたちとイコールで繋がっていたいけれど、でも悲しいかな、現実は一方通行なんだってことを。そう、理の水面を均一に保つことは重要な使命――特に、私のように豊かな水源を持つ者にとっては。だからあなたも私という存在からの知の流入を貪欲に受け止めてほしい。そうすることで、もしかしたらあなたもまた真理へと一歩近づくことができるかもしれないから。今から私の名を知ることはその手始めになる。だからしっかりと、泉の底に刻んで頂戴――是臼真理亜《ぜうすまりあ》という、存在の名を」

第二章　伝説は時の中

　会話を続けるべきだろうかという葛藤《かっとう》の末、和音は「失礼します」と是臼真理亜に背を向けて、その場を立ち去ることにした。今は密との約束があるし、ここで急がずとも機会はまたあるはずだ。加えて、気持ちの整理をしたいという思いもあった。去り際に横目で見た是臼の顔には、失望と納得が同居していた。そういう反応をされるのは慣れている、というアピールだろうか。

　玄関に着くと、密は両手を背中で組んで、姿勢よく立っていた。和音の姿をとらえると、「お待ちしておりました」と屈託のない笑みを浮かべる。隣にはもう一人、逆立つくらいに短く刈った髪が特徴的な青年がいた。年齢は二十代半ばだろうか。英文が列記されているTシャツの上から、『こころの宇宙』の作務衣を羽織っている。スポーツマン風――筋骨隆々という意味ではなく、テニスやらスカッシュが似合いそうという意味でだが――の体格も合わさって、祭りの手伝いに駆り出された学生ボランティアのようだ。「彼は平坂《ひらさか》さんといいます」と和音の視線に気付いた密が説明する。「ここから目的の場所へは少々険しい道を歩かなくてはいけませんので、道中のサポートをお願いしています」

「平坂貴志《たかし》です、よろしく」青年は愛想よくお辞儀をした。「サポートなんて言っても、要は荷物持ちですから、お気になさらず」

　なるほど彼は右肩にショルダーバッグを掛け、反対側の左手にはビニール傘を三本、まとめて握っていた。執務室から見たときに輪をかけて暗くなりつつある空を見上げて、荷物の中に折りたたみ傘を入れてこなかった失態を、和音は強く悔やんだ。密も小さな空を見上げ、「雲行きも怪しいですから、歩きながら話しましょうか」と言った。

三人はまず、建物の右手をぐるりと回る形で移動した。ちょうど女性棟を外側からなぞることになる。壁面には採光用の窓が間隔を空けて並んでいたが、すりガラスになっているので、中の様子は見えなかった。建物の角まで来たところで、左へ向きを変える。右手に平地を四角くラインで囲っただけの駐車場があり、さっき停めた和音のクーペと、教団のライトバンが並んでいた。バンのほうは、林の乗っていた、ガス欠したというものと同じ型だ。そういえば置いてきた車はいつ取りに行くのだろう、と和音は他人事ながら気になった。こんな山奥で車上荒らしもないだろうが、人里離れた場所なのだから、使える車が少ないと不便だろう。

駐車場を過ぎてしばらく進むと、二度目の建物の角が近づいてくる。先頭を歩く密は、今度は方向転換をすることなく、木立の間を踏みならして作られた道へと前進を続けた。和音もそれに続いて、暗く見通しの悪い木陰へと踏み込む。振り返ると、和音たちの速度に合わせて、若干手持ち無沙汰気味に歩く平坂が愛想笑いをする。彼の背後には通り過ぎた建物の外壁が見えた。

「こっちです」

密に呼ばれて、和音は自分が道を逸していたらしいことに気付いた。慌てて声のしたほうを見ると、木々の間にぽっかりと空いた空間の前に、密がこちらを向いて立っていた。目を凝らすと、暗がりに潜むように石段があり、それが上へと続いているらしい。石段の先は、木々が邪魔して見えなかった。平坂がバッグから懐中電灯を取り出し、密と和音に渡す。

「枯れ葉に気を付けて歩くようにしてくださいね、踏むと滑って危険ですから。……掃いておけば安全なんですが、この時期はきりがないので」

「大丈夫ですよ、いざとなったら俺が支えます」

平坂が軽口を叩く。和音は曖昧に笑った。

密が懐中電灯を点《つ》け、石段に足をかける。視界が悪いので、すいすいとはいかないようだったが、それでも慣れた様子の足取りだった。和音がそれに続く。石段はぐらついたりはしないが一段一段の大きさがまちまちなので、ひどく歩きにくかった。スニーカーを履いてきてよかった、と思いながら和音は階段の先へと懐中電灯の光を向け、「これ、どこまで続いてるんですか」と思わず尋ねた。原始人が作ったピアノみたいに無骨で不揃いな石段は、斜面――いや、もっと単純に、山と言っていいだろう――のずっと上まで続いていた。

「近づいた頃にお教えしますよ」密は涼しい顔で足を上げながら言った。「それまでの間、『こころの宇宙』の成り立ちについて説明しておきましょうか。一峰さんにとってはもう既知の部分が多いでしょうが、これから訪れる場所と無関係でもありませんので。よろしいですか？」

和音は無言で頷いた。軽く息が上がっていた。

「では、ひとしきりまとめて話しますから、わからないところがあれば適宜質問してください。パンフレットにもまとめてありますから、必要でしたらあとで差し上げましょう」

階段を上りながらだというのに、密には息の上がった様子がない。さすが中学生、と和音は舌を巻く。

「……我々の団体の目的は、世界という介在物、遮蔽物によって分断された人々が、再び相互理解を取り戻すことにあります。『こころの宇宙』の世界観において、人間――あるいはあらゆる生物はということになるかもしれませんが、意識という核を持つ生命は、それを与えられることで世界という混沌とした一《いっ》なるものから生まれてくると考えられています。生まれる前の段階においては、すべての人は一なる世界の一部として混じり合いながら存在します。ゆえにこのとき、個人というものは存在せず、意識はただ、統一された唯一のものとしてのみ存在するのです。ですが現世に生を享《う》け、個別の存在として意識を与えられたとき、人は一なる世界からはじき出され、他者と分断された存在になる。同じことは個人同士の関係においても言えます。人々は互いの中に持つ、全なる世界の一部を共有することができません。たとえば僕とあなたが互いの胸中をのぞけないように」

密はここで一息ついた。道程はいよいよ急峻《きゅうしゅん》な登り坂にさしかかろうとしている。

「『こころの宇宙』という団体名もこれに由来しています。人は誰しも自分の中に宇宙の一部――ここで言う『宇宙』とは、科学的に定義付けられたものではなく、概念としての一なる世界のことです――を与えられて生まれてきます。それはこの世界に由来するものでありながら、しかし同一のものではありません。人は生きていく上で、自分の中の世界を強引に歪《ゆが》めてしまうからです。我々の目的は、これを再びフラットにすることです。といっても、それは何も特別なことではありません。一般に『相互理解』という行動が取られるとき、往々にして世界の画一化という行いがなされているわけですから。しかしそれは完全とはいえない。なぜなら、先ほども述べた通り、個々人の世界はその人の生き方によって姿を変えているからです。そういった人々の間で意識の統一がなされようとすれば、往々にして軋轢《あつれき》が生まれます。それを防ぎつつ理解を広げるにはどうすればいいか。間に調停役を立てればよいのです」

「調停役――」

「あるいは、緩衝地帯、とでも申しましょうか。それはつまり、我々が生まれてきたこの世界です。世界とはあらゆるものの坩堝《るつぼ》にして秩序立った混沌とでも称すべき存在ですが、だからこそすべての個人を、個々の内包する小世界を受け入れる。我々一人一人の人間が持つ精神世界は、その全なる世界への再アクセスによって、共有がなされるのです」

「インターネットの構造に似ているかもしれませんね」和音はふと思いついて言った。「個々人の考えはそれぞれのパソコンの中のデータ、それらを統合する世界としてインターネットがある」

「近い部分はあるかもしれませんね」

密は素直に肯定した。

和音は更に尋ねる。

「世界、とは思想、信条、倫理などの言い換えと考えてもよろしいのでしょうか。ひとりひとりの人間が持つ考えが異なることによって争いが起きる、それをフラットにすることで、真の平和が築ける。それが『こころの宇宙』の教義なのだと」

「構いません――が、本質的、あるいは根源的には異なります」

「根源的。というと……」

「まさにそこが、僕の言及したかったことでもあります。……一峰さんは、『こころの宇宙』が既存の宗教を基に成立した団体であることはご存じですか？」

和音は額の汗をぬぐうと、「詳しくは知りませんが、別の宗教団体を母胎にしているとは聞いています」と答えた。うろ覚えではあるが『こころの宇宙』についての下調べをしているうちに、団体内外の資料で、その記述は繰り返し見かけた。

名前は、確か――

「渾然一神教《こんぜんいっしんきょう》といいます」

密は和音の思考を見透かすように言った。

「今から百年前、更にベースとなった山岳信仰における修行の中から、その宗教は生まれました。彼らは言葉の意味において正確な意味で、世界との一体化を目指していました」

「正確な意味、というのはつまり……」おずおずと、和音は尋ねる。「あなたたちの言うところの混沌とした一なる世界へと、物質的な意味で人間が回帰する、ということですか？」

「そう、回帰です。その中で個人は時に全体となり、またあらゆる知識、あらゆる存在へとアクセスすることが可能になる。ただし、それだけで終わりというわけではありません。それでは死と同じですからね。渾然一神教はそこから更に、混沌なる世界から個である自己の再構築を行うことと、それによる知の利用を個人修練の最終目的とした宗教でした。……アカシックレコードという言葉をご存じですか？　宇宙の始まりから終わりまで、すべての知が集約された、いわば完全記憶媒体とでも称すべきものです。もちろん、実在するものではなく、そのように定義づけられた概念的存在ですが。仏教における如来蔵《にょらいぞう》や阿頼耶識《あらやしき》も、これに当たるでしょう。渾然一神教においてはそれが、世界と呼ばれた。そして、そのページを自在に繰ることこそが、渾然一神教の悲願でした」

「……なんというか、その……」

「夢物語、ですか？」

「ええ」

和音は素直に頷いた。肯定しても密は怒らないだろう、という確信めいたものがあった。果たせるかな、密の声は変わらぬ調子だった。

「そうでしょうね。それが正しいのでしょう。当時の人々がどう思っていたかはさておき、今この時代に『物理的な意味でひとりの人間が世界と一体化する』『世界と一体化すれば完全な知が得られる』と説いたとしても、信じる人はまずいないでしょう。……でも、彼らは信じていたんですよ。なぜなら渾然一神教には、証拠があったから。夢想を現実であると人々に信じさせうる、奇跡があったから」

「奇跡――」

「見えてきましたね」密が突然、話の流れを断つように言った。その目は石段の先を見ている。「あれが我々にとって信仰の中心、あるいはすべての始まりとでも言うべき場所――掌室堂《しょうしつどう》です。渾然一神教の歴史は今から百年前、ひとりの修行者があの密室の中で消えたことから始まります。すべての試みは、そこから始まったのです」

◆　◆

一見して、それは山という球根の頭から飛び出た黒い芽のような代物だった。それが石段を更に上り、徐々に近づいていくにつれて、今度は山の頂に突き刺さった巨大な隕石《いんせき》に見えるようになった。

最後の一段を上ってようやく、和音はそれ――掌室堂と、正面から対峙《たいじ》することができた。

掌室堂は、簡潔に説明するなら、山の頂から露出した巨大な岩だった。ただし、それがなんの変哲もない岩塊《いわくれ》でないことは一目でわかる。和音たちが上ってきた階段に正対する位置に、四角い観音開きの扉があったからだ。木製で、鉄の縁取りがされている。左右それぞれの中央あたりにL字形の鉤《かぎ》が付いており、そこに閂《かんぬき》がかかっていた。色合いからして随分な年代物らしく、旧家の蔵に付いていた扉をはがして張り付けたような雰囲気がある。そして、扉があるということは、その中があるということだ。

「……これは、氷室《ひむろ》か何かですか」

密は首を横に振ると、「いいえ、修行の場――あるいは瞑想室《めいそう》ですよ」と答えた。

「詳しい説明は、中を見ながらにしましょう」

平坂が前に進み出て、閂を外すと扉を押し開ける。見た目ほど重そうな様子はなかった。

「入る前に、靴を脱いでください」密は自分もそうしながら言うと、平坂の脇を抜けて扉の内側へと足を踏み入れた。和音もそれにならい、くるぶしまでの靴下をはいた足を暗闇の中へ一歩踏み入れると、キュッというイルカの鳴くような音がして、軽く沈み込むような感覚があった。足下に敷き詰められているのは、白い玉砂利だった。大体五ミリくらいの玉砂利は、ほとんど純白なので、和音は時代劇に出てくるお白洲《しらす》を想起した。もう一方の足も砂利の上に乗せ、和音が完全に内部へと立ったところで、背後の平坂が、左右の扉を押し開き、入り口から奥の壁までを、白く台形に切り取るように光を取り入れた。時刻と天候のために、光量はだいぶ衰えていたが、それでも効果は劇的で、和音の目に密の姿と、掌室堂の内部の様子がはっきりと見えるようになった。

密がたった今、この場所を瞑想室と呼んだ。その言葉はまさしく、この場所のありようを端的に表している、と和音は思う。岩に囲まれた空間は四畳半ほどの広さしかなく、天井も二メートルあるかないかという低さだったが、それゆえに自分自身が部屋と一体化するような、引き込まれそうな心地があった。神も仏も端《はな》から信じていない和音でも、ことによってはここで小一時間も瞑想すれば、天啓のひとつでも得られるのではないか、そう思わせるような何かがある。

壁は四方とも、ざらついた岩肌である。ところどころに手を加えた跡が見られたが、それらは単に部屋として形を整えるため、張り出した箇所を削るなりしたのだろう。扉の正面に当たる壁の、和音の胸ほどの高さに燭台《しょくだい》が顔を出している。油色の真鍮《しんちゅう》でできており、鶴の首のように伸びた先に、薄い皿が載っている。今でも使用されているようで、皿の上には溶けた蠟《ろう》が広がっていた。見ようによっては、大きなきのこのようだ。断って手を触れてみると、相当堅く壁に固定されているようで、びくともしない。

「いかがですか？」

「シンプルですが、なかなか素敵な空間ですね」

アパートの自室とは大違いだと和音は思ったが、人並みの羞恥心《しゅうちしん》があるので口には出さなかった。

「実際、修行にも使われているんですか？」

「もちろんです。日頃は立ち入りを禁じているというわけではありませんから、今でも思索のためにこの場所を利用する方もおられます。一峰さんも、明日あたりいかがですか？」

「……機会があれば」

和音は言葉を濁した。別に暗所や閉所が嫌だというわけではない。掌室堂にたどり着くまでの道程を思い起こしたせいだ。

そんな和音の胸中を見透かすように、密は、

「とはいえ、ここと心在院を行き来するのはそれなりに大変ですから、最近は利用される方も少なくなりましたね」

と続けた。

「もっとも、利用が少ないのは労力のためだけではありませんが。ここしばらくは、団体そのものが騒がしかったですからね。瞑想をしに来る人も機会も、減って当然です」

密は墨色をした天井の岩肌を見上げながら言った。教団のごたごたについて言及があるとは思っていなかった和音はちょっと驚いたが、どこ吹く風で密は続ける。

「そう考えると、瞑想者が多かったのは、むしろ『こころの宇宙』が設立される前だったかもしれません。特に、渾然一神教以前の時代には、修験道の流れを汲《く》む土着の宗教が、熱心にこの場所を利用していたということですから」

上を向いていた密が視線を下げる。彼を見つめていた和音と目を合わせ、そのまま瞳の奥をのぞき込みながら続ける。

「そして澄心居士《ちょうしんこじ》もまた、そこで修行に励む、若き修験者だったというわけです」

「……この部屋から、消えたという人ですね」

和音は目を逸《そ》らし、部屋の中を見回す。

「ええ」

密がくすりと笑う。

「奇跡の体現者であり、そして渾然一神教の開祖です。当時彼は二十代前半でしたが、篤い信仰心の持ち主で、衆生《しゅじょう》の救済を求めて修行者となったのだと言い伝えられています。一方で、彼は世界とは何か、自分とは何かということに深い関心を抱いており、日々その答えを求めて修行を行っておりました。特に彼が繰り返していたとされるのが、ここ掌室堂での瞑想です」

密はそう言って、足元の砂利を踏んだ。

「この地面に敷き詰めてあるのは軽石の砂利です。扉を閉め、この上に座り、そして明かりを消すと、周囲は完全なる闇となり、外の音も聞こえません。その上地面が不安定なため、次第に上下の判別さえつかなくなっていくんです。……想像してみてください」

言われて和音は足元に目を落とし、続いて今しがたの密のように、頭上を仰ぎ見る。白い地と黒い天は、互いに交じり合うことなく、おのおのの領域を主張している。しかし、もしもここに光源がなければ。天の暗さは空間に充満し、地の不確かさもまた、周囲に充溢《じゅういつ》する。境界は溶け合い、世界はひとつになる。渾然となった世界が、なぜお前だけがまだひとつにならぬのだと、それが自然の姿であろうと問いかける——

「この場所での瞑想に、澄心居士は自らの知らんと欲する真理に近づくための確かな手ごたえを感じていました。彼の追い求めていたものが世界そのものだとすれば、そのためにこの小部屋に閉じこもる必要があったということは、いささか矛盾じみているような気もしますけれどね。それはさておき、彼はあるとき、七日七晩に及ぶと計画されていた断食瞑想において、ついに真理へと到達したのです」

まだ十代も半ばの少年は、見てきたように語る。

「ほかの修行者たちの激励を受けつつ、澄心居士は命を懸けた瞑想を始めました。扉には内外から閂がかけられ、彼は完全に外部との繋がりを断ち切られます。……さて、今僕は七日七晩に及ぶと計画されていた、と申しましたが、それはつまり、瞑想がそれより早く切り上げられたことを意味します。何があったのかと言いますと、瞑想を始めたまさにその日の夜、この土地に大きな地震が発生したのです」

「地震ですか」

ここに来たときのことを思い出し、和音の手に汗がにじんだ。

「このあたりは、古くから地震が多く観測されているんです。広範囲なものも、局地的なものも。断層の関係だそうで、そもそもこのあたりが山間地なのも、地震のためにそういう地形が形成されたからだそうです。そういうわけで、地域の集落や修験者たちのコミュニティが残した文献にも地動、山鳴りの話は数知れません。中でもこのときの揺れは激しく、死者や行方《ゆくえ》不明者が多数出たことが記録されています。そんな大天災が起こったわけですから、澄心居士の瞑想も急遽《きゆうきよ》取りやめられることになりました。しかし、ほかの修行者が戸を叩いても返事がなく、中で人が動く様子もない。何かあったのではとやむなく閂を外から曲げ折り、中に入ったところ――」

「そこには、誰もいなかったと？」

和音は言葉尻を受けた。出しゃばるつもりがあったわけではないが、密が意味ありげに言葉を切って、和音の様子をうかがうように小首をかしげてみせたからだった。

「その通り」

密が祈るように掌《てのひら》を体の前で合わせながら肯定する。

「掌室堂の中は空っぽでした。最初から誰も踏み入らなかったかのように」

誰もいなかった。和音は自分の発した言葉を胸中で反芻《はんすう》する。密室から人が消えた。ひとりの成人男性が、内側から閂のかかった小部屋から、消えた。それが本当なら、確かに奇跡と言えるだろう。

「澄心居士が見つかったのは、それから三日後のことでした。ここからおよそ四キロ北、山を越えた先の盆地付近に、小さな谷川があります。彼はそこで、半死半生の状態で倒れているところを偶然発見されたんです。当初は人事不省の有様で、妄言を繰り返していた居士でしたが、やがて体力の回復につれ精神も落ち着くと、己の身に何があったのかを語り始めたのです。すなわち、自分が昼と夜、天と地の区別もつかぬほど深い瞑想に入り込んでしばらくしたとき、不意に自分の体が周囲と溶け合わさり、境目がわからなくなるような感覚があった。驚いて心を乱すと、一度はその感覚が失われたが、なお瞑目《めいもく》していると、再びその状態がやってきた。そこで今度はなされるがままに身をゆだねていると、徐々に己が世界そのものと一体化し、意識だけが夜の川に浮いているような状態になった。居士はそこで、この世界そのものを内側から体験した、と述べています。世界はあらゆるものが溶け込んだ水薬《みずぐすり》のようであり、彼の意識はその中を漂うようにして流れていった。しきりに風景や考えがあらゆる表象を介さずに流れ込み――そして次に目が覚めたときには、山中で倒れていたというのです」

いつから室内に入ってきていたのか、和音の後方では平坂が殊勝な顔で密の言葉に聞き入っている。十近く年齢差があるはずだが、彼の様子には密の話や振る舞いを冷やかすようなところはまるでない。

「この神秘体験を経て、澄心居士は渾然一神教を立ち上げました。その目的は、世界そのものと繋がる術《すべ》を広め、真の知を多くのものへ知らしめること。ただし結局のところ、志半ばで渾然一神教は消滅することになります。今から四十年ほど前、澄心居士は再び失踪したのです。ただし、こちらに関しては、詳細ははっきりしていません。ある朝突然森の中へ駆け込み、そのまま姿を消したとも、瞑想中に再び突然いなくなったとも言われています。いずれにせよ、開祖を失った渾然一神教にはもはや後継者を立てるだけの余力は残されていませんでした」

「奇跡を信じていたのに、団体を維持することはできなかったんですか」

「奇跡を信じていたから、信仰に熱心だったから、とも言えます。信念を持ち続けることと、団体を維持することは別なのです。宗教に限った話ではないかもしれませんが」

密は悩ましげに眉根を寄せて、そう言った。和音には少年の言葉が、実感を伴ったものに聞こえた。

「そして渾然一神教は過去の宗教として歴史の中に消えるはずでした。ところがそれに待ったをかける人間がいた。それが僕の父であり『こころの宇宙』開祖、神室彼此一です。父は渾然一神教の教えに感銘を受け、それを現代に広まる形で再構成できないかと考え、母と共に宗教団体を立ち上げました。それこそが『こころの宇宙』です」

「なるほど」

和音は頷いたが、しかし密の言葉がすべてでないことも、下調べによって知っていた。神室彼此一が渾然一神教の教義を引き継ぐ形で『こころの宇宙』を立ち上げたのは、何も思想の一致だけによるものではない。生まれて間もない宗教団体である『こころの宇宙』を育てる上で、彼は『歴史』が欲しかったのだ。

自分たちの教えが思いつきによるものではないことを証明する経歴、系譜。そしてその流れを育んできた聖地を手に入れるため、神室彼此一は渾然一神教に取り入った、というのは、教団に与《くみ》しない立場からの主張においては散見される指摘だった。事実、わずかに残った渾然一神教の信徒から、彼此一はこの土地を二束三文で買い入れたという。

だがそれを今ここで指摘するのは野暮というものだろう。これぱかりは密が素直に認めるとも限らないし、平坂の怒りを買うかもしれない。代わりに和音は尋ねた。

「渾然一神教とその伝説についてはよくわかりました。ですが、ほかの取材よりも先に、まずこの場所を紹介されたことには、別に理由があるのではないですか？　明日、もっと日の高い時間帯でも問題はなかったように思いますが」

「ああ、それはですね」と、密は心なしか恐縮するように肩をすくめた。

「実は、今僕たちのほうで、渾然一神教の話を大々的に世間へ広めようと計画しているところなんです。なんといっても、来年で開教百周年なんですよ。記念すべき節目でしょう。まだ内々の話ですが、今から色々と、イベントも企画しています」

「ああ、それで……」

「ええ。ですから来年のために、『知の地平』にも、今現在の『こころの宇宙』だけでなく、渾然一神教のことも取り上げてもらえないかと思って、色々とお話しさせてもらったんです。特にこの掌室堂については、外部にもあまり出回っていませんからね。話としてもなかなか面白いでしょう。いかがです？」

「……前向きに検討してみます」

和音はひどくがっかりしている自分に気が付いた。そして、それがどうやら、密の口からそのような世俗的な考えを聞きたくなかったかららしい、ということに思い至ると、かすかな驚きを感じた。実際に顔を合わせたのは、ほんの一時間ほど前だというのに、和音はこの少年になにがしかの理想を投影していたらしかった。

しかし――密室とは。

和音は密に許可を取って、開け放たれていた掌室堂の扉に手を触れる。木目の浮き上がった観音扉は熊の背のような濃い茶色で、五センチ以上は厚みがある。左右の扉それぞれの内外に、L字形の金具が付いており、それが開閉のための持ち手であると同時に、閂の掛け金も兼ねていた。

続いて和音は、扉の脇に立てかけられた閂を眺めた。手首ほどの太さがある角材で、角はわずかに丸みを帯びていた。表面も紫檀《したん》のようにすべすべと黒光りしていて、使い込まれた感がある。ここに来たときは外側にかかっていた閂を、内側の鉤にかけることで、掌室堂は外部から干渉されない、閉じた空間になる。唯一の出入り口を封鎖され、人の出入りすること能《あた》わぬ、単純にして強固な密室。だが、『こころの宇宙』と渾然一神教は言い伝えているという。かつて、その中から一人の男が消失したと。

果たして本当にそんなことがあり得るのだろうか。和音の中にむくむくと、黒い好奇心が湧き上がっていた。謎を謎のまま、奇跡を奇跡のままにしておけない、悪い癖だ。これまでもそのために、色々と危ない目に遭ってきた。——おまけに今は、頼りになるパートナーもいないのだ。余計な好奇心に身をゆだねてしまえば、猫みたいに殺される可能性は十分にある。

部屋の隅に立っていた平坂が、おもむろにポケットから携帯電話を取り出した。こんな山奥で電波が通じるのだろうか、と和音は不思議に思ったが、画面を見ながら「もうすぐ六時半です。そろそろ戻りましょう」と発したので、時計代わりに使っているのだとわかった。

「長居しすぎましたね、夕食に間に合えばいいんですが」

密がそう言ってから外に目をやり、顔をしかめた。振り返ると、いつの間にか、糸のような雨が天から降り注いでいた。

◆　◆

それから数分も経《た》たないうちに雨は勢いを増し、和音たち三人が転げるように心在院へ入った頃にはざんざん降りとなっていた。傘をさしていたにも拘わらず全身がじっとりと濡《ぬ》れており、和音は強い不快感を覚えた。冷えのせいか気圧のせいか、頭痛もする。平坂が乾いたタオルを何枚か持ってきたが、濡れネズミの三人にはそれでも不十分だった。

「どうにか七時前に着いたようですし、先に入浴しておきましょうか」肌に貼り付いた衣類がわずらわしそうに、顔をしかめて密が言った。視線はロビーの壁にかけられた、四角い木製のアナログ時計を見ている。六時四十八分だった。「よろしければ和音さんもどうぞ。本館の左奥に男女別の浴場があります。もっともそちらは『こころの宇宙』の人間も使いますから、ゆっくりしたければお部屋のユニットバスをお使いください。多少窮屈かも知れませんが」

和音は自室の風呂を使う旨《むね》を密に告げた。共用の風呂場を使って原井や是臼と鉢合わせしたら気まずい。というより、現時点でそれ以外の女性とは対面さえしていないのだから、誰と会っても気まずいことになる。

「それなら更衣室からドライヤーだけでも持っていくといいですよ。個室の風呂には備え付けになっていませんから」

と平坂。自前のヘアドライヤーも持ち込んでいなかった和音は、そちらの好意には素直に従うことにした。色々と忘れすぎじゃないか、という自分の中で生じた非難の声は、ひとまず「こういう仕事は久しぶりだから」で黙らせる。反省をするなら仕事を終えてからにするべきだろう。

自室に着くと、湿った衣服を脱ぎ、頭からシャワーを浴びる。熱い湯が濡れて固まった髪の奥に染み込み、うなじから背中へと流れる。それと共に、体へ生気が戻ってくるのが実感できた。できれば落ち着いて髪や体を洗いたかったが、夕食の時間が迫っていたことを思い出し、手短に済ませるとバスルームを出る。濡れ髪を乾かし服を着ているうちに、七時が近くなる。こういうときショートヘアは楽だ、と和音はドライヤーのスイッチを切りながら思った。長髪だと洗って乾かすだけでごりごり時間が削られていく。数年前まではセミロングにしていたが、今となっては狂気の沙汰であったように思える。畳の上へ座り込んでいた腰を上げ――ドライヤーのコードが中途半端に短かったので、そうせざるを得なかった――和音は部屋を出ると、左右に延びる廊下のうち、左へ続く廊下を歩き、食堂へと向かった。原井に聞いた建物の構造は、さっきまで頭からすっぽりと抜けていたが、別れる前に密が説明しておいてくれたので、迷うことなく建物の北側に位置する食堂にたどり着く。もっとも、ほぼ一本道だったので迷いようもないといえばなかったが。

扉を開けて中に入ると、清潔な印象の食堂の様子が目に入ってくる。こういう広い部屋にはやたらと調度を置きたくなるものだが、骨董《こっとう》の壺《つぼ》も取って付けたような西洋甲冑《かっちゅう》も、いつぞや訪れた富豪宅で見たような、一画家の創作人生の二割くらいを持っていきそうなサイズの油絵も見あたらないことに、和音は好感を持った。中央に白いクロスのかかった六人掛けのテーブルが横に三つくっついて並んでおり、その周囲に見知った顔とそうでない顔が入り交じって着席していた。各人の前に、ご飯と汁物が並び、それ以外の料理は大皿に盛られていた。食事の準備された席はあとふたつ、どちらも食卓の端の席で、そのうち一方を密が片手で示した。そこに座れということらしい。

「紹介しますね、こちらが今日と明日……といっても、今日はもう日も暮れましたから、実質明日一日ですが、僕たちの取材をしてくれる、雑誌記者の一峰愛さんです」

「一峰です。よろしくお願いします」

頭を下げて、和音は椅子についた。隣の女性が「遠いところお疲れ様です。大変だったでしょう」と微笑《ほほえ》む。

「お気遣いありがとうございます、ええと……」

「あっ、すみません、自己紹介がまだでしたね。私は水浜《みずはま》といいます。水浜秋《あき》です。よろしくお願いします」

　水浜はポニーテールの若い女性だった。服装もTシャツにジーンズと若々しい。化粧っ気がないこともあり、同性の年齢を判断するのが苦手な和音にも、まだ二十代前半だろうとおおまかな察しがついた。鼻から頰にかけてうっすらとそばかすが浮いているのが、朴訥《ぼくとつ》そうな雰囲気を出している。羊飼いの娘みたいな子だな、と和音は思った。もちろん羊飼いと直に会った経験などないのだが。

　水浜の隣の席には背中の曲がった老婆《ろうば》がちょこんと座り、更にその隣には是臼真理亜がいたが、一瞬目が合ったときにふふんと意味深に鼻を鳴らしたきり、あとは素知らぬ顔で、指先を猫のように丸め、爪のチェックをしていた。

「あとは林さんだけですか」と密が室内を見回したところで扉が開き、問題の男、もとい林桐一その人がやってきた。濡れ髪を後ろへ撫でつけるようにまとめているので、額があらわになっている。

「遅かったですね」と平坂。

「いや失礼失礼。風呂に入ってたら遅くなっちまった」林はさほど悪びれた様子もなく、空いていた席に着いた。和音の姿を見つけて、にっと笑う。例によってしっぽのようにまとめた後ろ髪がまだ湿っていて、そこから雫《しずく》が一滴、床に落ちるのが見えたが、和音はどうにか感情を押し殺して微笑み返すことに成功した。頼んでここに参入させてもらっている自分が、食事の席に最後にやってくる失態を晒さずに済んだのだ、それくらいはしてしかるべきだろう。

　それから間もなく、建物のどこかから、七時を報《しら》せるチャイムが鳴った。

「それでは、全員揃ったことですし、いただきましょうか」

密がそう言って手を合わせた。

◆　◆

夕食は率直に言って美味《おい》しかった。山奥の宗教団体のことだから、精進料理でも出されるのではないかと和音はひそかに心配していたのだが、それはまったくの杞憂《きゆう》で、出されたのはごく一般的な家庭料理だった。とりたてて絶品というわけではないが、食が進む。

和音が特に気に入ったのは葱《ねぎ》のたっぷり入った麻婆豆腐《マーボーどうふ》で、辛みの抑えられたオイスターソース風味の餡《あん》と火の通った葱と挽《ひ》き肉の油が、実に白米に合った。和音が思わず「美味しい」と漏らすと、中年の男性が嬉しそうに、味付けや調理法について語ってくれた。男は越屋辰夫《こしやたつお》という名前で、ここに来る前は自分の店を持つ料理人だったという。短く刈った脂気のない髪や、やや小太りの体形、それにとっちゃんぼうやと言って差し支《つか》えないだろう童顔から、和音は町の定食屋の二代目といったところではないのかと想像した。実際のところは異なるのかもしれないが、少なくとも一番似合うのはそれだろう。

「麻婆豆腐のコツはですね、最後に葱を入れて水溶き片栗粉《かたくりこ》でとろみを付けるんですが、その前に一旦火を止めて冷ますことなんです。そうすることで豆腐の中にこもった熱がとれる。これを忘れると、熱すぎる豆腐が、食べたときに風味の余韻を味わわせてくれませんからね。そして、食べる直前に再加熱して、たっぷりの葱を入れる。豆腐にすっかり火が通りきる前、生葱特有の苦みが飛んだところで火を止め、余熱で温度を保ちつつとろみを付ける。本場の味とは口が裂けても言えませんが、白ご飯に合う麻婆豆腐といったらこの作り方で間違いないでしょう」

越屋は得意げに語ったが、その態度にはいやみがなかった。

「嫌だね、男の料理って。いちいち能書きが多くてさ」

林はそう言ったが、和音から見て一番食べているのが彼だったので、説得力もへったくれもなく思えた。

「林さんはどう見ても料理好きではないでしょうからね」

と楠田が苦笑する。和音の記憶通り、玄関で掃き掃除をしているときに会った男だった。笑うと目元へ年相応に深いしわが寄る。体は細いが、シラカバの木のようにしっかりしていた。

「だって面倒だからね。学生の時分もそうだった。俺は水仕事は昔っから苦手なんだ……ああ、それで思い出した。さっきシャワーを浴びたときに気付いたんだが、風呂場のドアの立て付けがおかしいな。ちょっと開けただけで、えらくきしむようになってた」

「あれ、そうですか。じゃあ近いうちに直しておきます」

食べる手を一瞬止めて、平坂が言った。

食卓の話題は主に和音のこと――雑誌についてのことだった。越屋や水浜がくったくのない様子で記事の内容に関する質問を繰り返し、和音がどうにかこうにかそれに答える。団体の活動や教義についての記事が中心となる予定です。イメージアップに繋がるような内容を心がけます。信者、もとい意徒の皆さんの写真も何枚か――

喋れば喋るほど、和音の罪悪感はつのっていた。特に子犬のような水浜の目が精神衛生上よろしくない。

「写真も撮るんだって、おばあちゃん。明日はおめかししておかないとね」

水浜が隣に座る老婆に話しかける。老婆のほうは戸嶋《とじま》イリという名前らしかった。もう相当な高齢のようで、そのせいか一言も喋ろうとしなかった。隣の水浜が教えてくれなければ、和音にはこの老婆の名前すら知る術がなかっただろう。まぶたの重みに任せているような曖昧な笑顔で頷くばかりで、会話に加わらず、プラスチックのスプーンで、粥《かゆ》のような自分用の食事を口に運んでいる。水浜は時折、この老婆の食事を手伝っていた。

随分話が弾んだこともあり、食事が済んだ頃には九時を少し過ぎていた。いささか食べすぎた和音が、湯呑みを片手にあくびを噛《か》み殺していると、こちらを見ていた密と目が合う。

「お疲れのようですね。運転と山登りのあとですから無理もありません。そろそろお休みになりますか」

「すみません、何から何まで、気を遣っていただいて」

「いえいえ、とんでもない。それに、僕たちも夕食のあとはめいめいちょっと喋るくらいで、九時頃にはもう寝てしまいますから」

密の言う通り、いつの間にやら食卓の顔ぶれは減っている。戸嶋や平坂はもう自室に引っ込んだようだった。屋外から響いてくる雨音が妙に大きく感じられて、和音は湯呑みを強く握り締めた。

「布団は和室側の収納に入っていますから、それを。お手数ですが、シーツをかけて使ってもらえると助かります。明日は午後になってから本格的な活動風景を見てもらうつもりですので、午前中は自由にしていただいて結構ですよ」

「わかりました。それじゃあ、お言葉に甘えて今日はもう失礼します」

茶を飲み干した和音は立ち上がると、一礼してその場を辞した。

雨粒が激しく屋根を打つ中、間接照明の灯《とも》った廊下を歩いて自室に着く。説明された通り、収納から布団を出して和室に敷いた。寝支度をして、肩まで潜り込む。布団は時期を考えるとやや厚かったが、それがかえって眠気を誘った。徐々に濃い霧に覆われていく頭の中、和音はぼんやりと考える。

彼女は確かに、ここにいた。

問題は、これからどう切り出すかということだ。

窓の外からは、まだ雨音が聞こえてくる。

和音は頭から布団をかぶって、睡魔にその身をゆだねた。

第三章　探偵は夢の中

眠りの世界にいるのだと自覚しながら見る夢は、往々にして悪夢だ。和音は自分が来てはならない場所に立っているのを、直感的に悟った。

そこはアパートの一室だった。かつて和音が住んでいた部屋。和音はそれを知っている。夢の中の世界は現実と違い、理解が世界のありように先立っている。だから実際の場所と比較する行為は意味を持たず、和音の認識においてそこが自室である以上、疑念の挟まれる一切の余地はなかった。そして和音は、これからこの場所で何が起こるのかも、徐々に思い出しつつあった。当然、世界はその想像通りに動いてゆく。

ダイニングテーブルに和音がいた。歳は若く、髪を短く切った、かつての和音だ。外出用のコートを羽織っているが、手にはマグカップを持ち、スツールに腰掛けている。出かける前の最後の一杯といった様子だ。卓上の灰皿では、短くなった煙草が余韻のように煙を上げている。

出かける？

どこに？

ベッドの中では、もうひとりの住人が横になっている。和音はカップの中身を口にしながら、時々愛《いと》おしそうにそちらを眺める。長い黒髪と華奢《きゃしゃ》な肩。壁を向いて横になっているせいで顔は見えないが、体を揺らして深く呼吸を繰り返しているところを見るに、まだ起きるつもりはないらしい。

窓の外には大粒の雨が降りしきっている。外の様子を見た和音は、ベッドに向かって何事かやさしく呼びかけると立ち上がり、マグカップをシンクにおくと、外出用の鞄を手に取った。

強烈な忌避感が、体を貫く。部屋から出るのを止めなくてはならないと、和音ははっきり気が付く。だが、強く再確認したところで、目の前にいるもう一人の和音が行動を変えることはなかった。和音の記憶と認識通り、舞台は進んでいく。

和音は和音を追いかけようとする。しかし、足がもつれてうまく歩けない。そもそも足があるのかどうかさえ怪しかった。この夢を支配する別の何者かが、和音を完全な傍観者として、見ることと聞くこと以外の能力を持たない人形にしてしまったように思えた。そして、和音の意思とは無関係に、夢の中の展開は進んでいく。もう一人の和音は玄関口で靴を履くと、キーポーチからクーペの鍵とアパートの鍵をつまみ上げた。

いけない――。

過去の和音は扉を開け、振り向いた。その顔にはこれから起こる悲劇の予感など見えない。

いけない――。

独白のように小さな声で何事かを言い残して、和音は部屋を出る。扉が閉まると、急に室内が暗くなった。すべての溶けた薄暗がりの中、外階段を下りていく足音が響く。

外に出ては、いけない――。

足音が和音の耳の中で延々と響いていた。どこまでも下っていく螺旋《らせん》階段を、休むことなく歩き続けているかのように。

足音——足音——足音——あれは本当に足音なのだろうか？　それとも——あれは——あれは——

◆　◆

——扉だ。

扉を叩く音だ。

はっと目を覚ました和音は、しばらく自分がどこで眠っていたのかもわからないまま荒い息をしていた。呼吸を整え、秋口も過ぎたというのに額に浮かんだ脂汗をぬぐうと、ようやく自分が心在院に泊まったことを思い出し、そして扉を叩く音が未《いま》だ止《や》まないことに気付いた。慌てて「今行きます」と呼びかけ、布団から這《は》い出す。それでも機械的なノックは止まなかった。

扉から首を出すと、そこにいたのは原井だった。ようやく手を止めた彼女は、「お休み中でしたか、失礼しました」と、無感情な口調で詫《わ》びると、「朝食の時間になっておりますので、食堂までお越し願います」と続けた。

「ああ、もうそんな時間ですか……すみません、すぐに着替えます」

時計を見ると八時三十分。入眠した時間を考えると、随分長く寝ていたことになる。とんだ寝坊だ。部屋に引っ込むとTシャツにスラックス、それと下着を脱ぎ捨てて、ユニットバスへ入った。熱いシャワーを浴びているうちに頭の中はクリアになり、それと同時に気分は落ち着いた。体を拭く頃には、夢の内容も忘れていた。窓の外に見える空は、昨日に引き続いてぐずついているようだったが、和音の調子はもう、それほど悪くはなかった。上着を羽織ると、足早に食堂へと向かう。

朝食はご飯と目玉焼き、アジのみりん干し、レタスと赤かぶのサラダだった。八月中軽い夏バテ状態だったこともあって、しばらく朝食を摂らない生活が続いていた和音だったが、この品目には自然と食欲が湧いた。

ほかの面々は朝食を終えたのか残っている人間はいない。唯一、食卓の端に是臼真理亜の姿があったので、和音はそばに座った。朝だというのに例のゴシックドレスで着飾っている。こんな山奥で手入れができるのだろうか、と和音は勝手な心配をした。

「あら」と是臼は心なしか嬉しそうに目を細めた。「あなたのほうから近づいてくれるとは思わなかったわ。昨日の様子から望み薄だと思っていたのだけれど」

「望み薄？」

「真の世界を理解する勇気のある人間だとは思わなかった、ということよ」炙《あぶ》られたみりん干しの身をひとかけら口に放り込んで是臼は言う。「てっきりあなたは、自分の規定によってがんじがらめにした世界に閉じこもっているほうが安心するタイプだと思っていたの。人生は決められたレールの上、切り替えのためのレバーなんて不要、って人だとばかり」

「そうでもないですよ。自分の固定観念を壊すような、新しい発見があるのはいいことだと思います」

和音は適当に話を合わせることにした。「昨日も神室さんから教団について色々と興味深い話をうかがって、かなり考えを改めましたし。人間は本来ひとつの存在であった、なんて見方は特に斬新に思えました。あとは世界と一体化するのに小さな部屋に閉じこもる矛盾の話も興味深かったですね」

「掌室堂の話ね。でもそれは簡単に説明がつくことなのよ。あなた、観測者問題というのをご存じかしら？」

「聞き覚えがありますね。シュレディンガーでしたっけ」

「そう。想像上の猫を殺したばっかりに、今もなおありとあらゆる媒体においてその報いを受け続けるかわいそうなアルヴィン・シュレディンガーによる理論よ。すべての観測者は観測という行為それ自体が与える影響から逃れることはできない。たとえばここに誰かが見ているときだけ猫の形になる生物がいたとして、それが誰にも見られていないときにどんな姿をしているのかはわからない。事物が持っている真の姿――プラトンが言うところのイデアを見ることは、誰にも許されない。観測するということは対象に影響を及ぼしうる。そして、観測―被観測の関係にあるということは、他者の世界から影響を及ぼされているということになる」

なんのジェスチャーか、是臼は箸の先を宙でくるくると回した。

「密室密教の巫者《ふしゃ》が世界とリンクするために部屋へこもることの意味はそこにある。自分の内外に存在する世界を同一の線に固定するには、まずそれぞれの世界を安定させる必要がある。第三者からの影響を受けない状態にね。それを怠り、第三者の介入があるままで無理に同調を続けようとするならば、崩壊を招くことは想像に難《かた》くないわね」

「崩壊……」

「全なる世界をのぞき込むという行為はね、ぱんぱんに膨れた水風船に穴を穿《うが》って、内側を見ようとするようなものなの。うかつに手を出せばどうなるか、想像はつくでしょう。観測者は流出した世界そのものの奔流を、その体で受け止めることになる。もちろん、両者共に安定を欠いた状態で。そうなれば世界になんらかの影響は出るでしょうし、観測者自身についても言わずもがな。被害の範囲が個人の内界にとどまるか、あるいは外界――観測者の身体だとか周囲の環境にまで到達するのかは、実際に失敗してみたことのない私にはわからないけど、最悪再び外界に還元され一体化できれば御《おん》の字、ってところかしら」

「澄心居士のようにうまくいくとは限らない、ということですか」

「そういうことね。実際、失敗した人も大勢いるようだし」

「え？」

「あら、知らなかったの？　文献に残っているのよ、澄心サマが真理に到達する以前にも、掌室堂から消えた修行者は何人もいたらしいわ。しかも、彼らは澄心サマと違って、二度と帰ってくることはなかった。意識の楔《くさび》を失い、根源なる世界へと還《かえ》ってしまったのかしらね」

是臼は平然として言った。

「まあ、私に言わせれば自業自得ってところね。自分の身の丈に合うだけの知で満足しなかったからいけないのよ。多くを欲するならより多くの努力と才能が必要になる。翼のもげたイカロスもいいところよ」

随分な自信家だ、と和音は思ったが、さすがに口には出さなかった。

「このあたりに地震が多いのも、案外私たちの修行が一因なのかもしれないわね。修行者の側が世界に溶け込む際に衝撃を受けるのと同じように、世界もまた、鳴動する。澄心サマが消えたときにも地震が起こったというし、私が完全に真理へ到達したときも、世界は揺れてくれるのかしら」

いつの間にやら是臼の食器は空になっていた。細く小柄な外見の割に健啖家《けんたんか》らしい。あるいは食べても肉が付かないのか。羨ましい、と和音は正直に思った。

「ところであなた、なんで私にそんな話をしたのかしら？」

「はい？」

質問の意味をつかみかねて戸惑っている和音に、是臼が付け加える。

「ああ失礼、言い方が悪かったわね。『どうして自分がその話題を選んだか、説明できるかしら？』と尋ねているのよ、私は」

なぜ自分がこの話題を選んだか。あなたと会話するのにほかの話題が適当だとは思えなかったからですが——と和音が言う前に、是臼は先回りするように言った。

「答えは簡単。私があなたにお願いしておきたいことがあるので、そうなるように仕向けたの。教祖様に会ったら言っておいてもらえるかしら。今日は一日、掌室堂で瞑想して過ごすって」

◆　◆

九時頃に食事を終えた和音は一旦部屋に戻ると、改めて身なりを整えた。それからしばらくの間は、手帳に目を通しながら、これまでのことをまとめたり、今後のことについて考えたりしながら過ごしていた。窓の外からは乾いた小気味よい音が断続的に聞こえてきて、しばらくしてからそれが薪《まき》を割る音だと、和音は気付いた。十時が近づいた頃、椅子に座りっぱなしの腰が痛くなって、体を動かしたい気分になったので、和音は手帳を閉じて回想を終えると、部屋を出た。廊下を進み、本館のロビーから玄関を抜けたところで、肌にひんやりと湿った空気を感じた。うっすらと番茶の葉に似た匂いが鼻孔《びこう》をくすぐる。霧の匂いだ、と直感的に和音は思う。遠方の風景が白く溶けていた。いつの間にか、薪割りの音は聞こえなくなっていたので、和音はまるで自分が深山幽谷に独居する仙人にでもなったかのような寂寥《せきりょう》感を覚えた。

「おはようございます、一峰さん」

建物の陰から、竹箒を持った楠田悟が出てくると、和音の姿を目に留めて挨拶してきた。白髪《しらが》交じりの頭に手ぬぐいを巻いているのがよく似合っている。砂利敷きの道に落ちた枯葉を掃くたび、ざっ、ざっと米を研ぐような小気味いい音が響いた。

そうだ私は一峰だった、と再確認しながら、和音は会釈した。

「朝からお掃除ですか？」

「ええ、日課みたいなもんでしてね」

彼はそう言って頭をかいた。

「さっきまで薪を割る音がしていましたが」

「ああ、それは平坂くんですよ。風呂の湯沸かしは太陽光と薪の併用でやりくりしてるんです。プロパンを多用すると値段が馬鹿になりませんからね。だから定期的に薪を用意する必要があるんですよ」

そういえば、と和音は昨日山に登ったときのことを思い出した。建物の裏手、浴場の外に位置する場所に、ひさしがせり出している部分があって、薪の山と焚《た》き口が雨に濡れないよう配置されていた。言われてみると、ドライヤーを借りた脱衣所は、あのあたりだったように思う。太陽光というのは、おそらく屋根の上に目立たぬ形でソーラーパネルが設置されているのだろう。

「おはようございます。散歩ですか？」

背後からの声に振り返ると、密が立っていた。

「ええ、天気もよくなったようなので」そこまで言って、和音は是臼のことを思い出した。

彼女の伝言をそのまま伝えると、密は「おや、そうですか」と、さほど意外でもなさそうな反応をした。

「それでは今日のところは、あまり掌室堂に近づかないほうがいいでしょうね。邪魔をしてはいけませんから」

楠田が腕組みをしてうなる。

「ついさっき山に入っていくのを見かけましたが、そういうことだったんですね。しかし彼女も人が悪い、何もこんなときに……」

「こんなときだから、ということも考えられます」密が諭すように言った。「彼女なりに教団のことをアピールするつもりなんでしょう。遅くとも夜までには下りてきますよ」

夜までに、というのは、和音がここを発《た》つのが夕食後の予定になっているからだろう。アピールが目的なら、それまでに出てこないと最大限の効果は得られないはずだ、ということか。

「是臼さんはどういう方なんでしょう。随分変わった雰囲気ですが」

和音が率直に尋ねると、密と楠田はちょっと顔を見合わせた。苦笑しながら、楠田が言う。

「ええ、変わった方ですよ。半年前ここに来たときから、いつもああいう調子で、ああいう服装ですから。与えられた仕事はちゃんとこなしてますから、悪い子ではないんでしょうがね」

「そもそも、彼女はどうしてここに？」

「曰《いわ》く、神の使徒である自らの力を役立てるため、だそうです。詳しいことは本人に聞くといいでしょう」密ははぐらかすように笑った。「僕個人としては、彼女には敬意を抱いていますよ。神の代行者たる振る舞いは、相応の責任を負う覚悟のある人間にしかできないものです」

そうだろうか。果たして是臼真理亜という少女は、そこまで深く物事を考えているのだろうか。和音がそんなことを思っていると、駐車場のほうから林と原井が並んで歩いてくるのが見えた。なんとなくアンバランスな組み合わせだな、と思いながら会釈すると、林が軽く手を上げた。

「ちょうどよかった。あんたに用があって捜してたんだ」

「私に、ですか？」

「ああ。ちょっとあんたの車を貸してほしくてね。ほら、昨日ガス欠になって山の中に放置してきたライトバンを回収しなきゃならなくてさ」

そう言って林は片手に持った携行缶をちょっと持ち上げてみせた。中身はガソリンらしい。

「……教団の車を使えばいいのでは？　駐車場にもう一台止まっているのを見ましたが」

「そうしたいのは山々なんだが、不運っていうのは重なるもんでね。さっきから試してるんだが一向にエンジンが動かなくて……バッテリーが上がってるらしい」

「ブースターケーブルはないんですか？」

「それが見つからないんだ。重ね重ね運の悪いことに、どうもガス欠になったほうの車に積んであったらしい。今日は事情もあって、どうにかして出かけなきゃならないもんだから、なんとか協力してもらえんかね」

「私からもお願いします」

ジェスチャーこそ伴わなかったが、原井の声も真剣だった。和音はしばし逡巡《しゅんじゅん》してから答えた。

「構いませんが、条件がふたつあります。ひとつは助手席を使わないこと。もうひとつは、車内で煙草を吸わないこと」

「ああ、それならご安心ください」原井が微笑を浮かべる。初めて意見が合った、という風な笑みだった。「私も林さんにはずっと禁煙するように言ってるんです。車内では吸わせないと約束しましょう」

「言われて禁煙できるような生き方はしてこなかったんでね、あいにく」

林はどこ吹く風で言い返した。

二人が出発したあと、和音はまた部屋に戻った。それからしばらくした頃、また地面がほんの数秒ぐらぐらと揺れて、和音の肝を冷やした。どうやらここにおわす神様は、サービス精神が旺盛らしい。

もっとも、和音にとって一番の関心事は、原井たちが今の揺れで事故でも起こしていないだろうかということだった。修理に出せば買い替えを勧められる程度のオールドカーとはいえ、愛車には相当な思い入れがある。そんなわけで、和音は穏やかではない心地で午前中を過ごすはめになった。

◆
◆

昼食のときには、和音の車は原井と共に戻ってきていた。食堂に入ってきた原井は短い礼の言葉と共に、キーを和音に手渡す。和音も同じくらい短い返事と共に、それを受け取った。

「原井さん、お疲れのようですね」

と、近くに座っていた密が言う。原井は肩の後ろに腕を回し、ストレッチしていた。

「ええ、少々シートのサイズが合わなかったようです。しばらく凝りが取れそうにないですね」

ああそうですか、と和音は胸中で舌を出したが、自分とて昨日は長時間の運転で肩がガチガチになったことを思い出した。次にまた遠出を任されるまでには、クッションか何か買っておくべきかもしれない、と和音はパプリカとベーコンの炒《いた》め物をつつきながら考えた。それからはまた、昨晩と同様の他愛《たわい》のない会話を水浜や越屋らと交わしつつ、時折密とこのあとの予定について話し合った。食堂には、林と是臼以外、全員の姿が揃っていた。

食事が終わると和音は車内を確認してみたが、煙草の臭いはしなかった。原井の尽力がどの程度あったのかはわからないが、林は約束を守ってくれたらしい。ただし、トランクルームのほうはいささかガソリン臭くなっていたので、しばらくはバックドアを開けっ放しにしておく必要がありそうだった。

食堂に戻ってくると、是臼と林、そして戸嶋を除く全員が、引き続き席に着いていた。それぞれの前には何やら文字と図が印刷された資料が並んでいる。

「空いた席へどうぞ。取材とはいえ、実際に体験してもらうのが一番でしょうから」

昼食のときにも聞かされていた通り、昨日寝る前に密の言っていた「活動」が始まるところだった。和音もいささか緊張しつつ、促されるままに座る。

ホチキス留めされた両面刷りのレジュメに文字が並んでいる。タイトルを読んで、和音は狐《きつね》につままれたような気分になった。『石油ガスの工業利用について』。

「ええと……」

何かの比喩かと思って本文にも目を通すが、タイトル通りの内容が並んでいる。石油ガスとは何か。どうやって作られるのか。歴史的に見て、いつ、どこで利用が始まったのか。天然ガスとの差異は。地方都市と大都市での利用法の違い――

「びっくりしますよね。宗教全然関係ないじゃん、って」和音の反応を嬉しそうに観察していた平坂が言った。「俺の入ったときもそうでした。ここじゃなくて支部のほうだったんですけど、身構えて行った体験研修で、『ウーパールーパーの流行を作ったのは誰か』ですからね」

「向こうもなかなかやるなあ」楠田が感心したように腕組みする。「支部だけじゃなく、うちも毎回こんな議題ですよ。前回は『十九世紀オーストラリアにおけるゴールドラッシュについて』でしたね。その前は『〝奥の細道〟を読む』」

「最近のだと、僕はあれが面白かったな。『ポアンカレ予想をみんなで解読しよう』」

「そんなくだけた議題じゃなかったと思いますが」

原井が越屋に指摘する。

「いや、でも内容としてはそんな感じだったでしょう。誰もよくわかってないから、用語を調べるところから始まって」

「そうでした。私、未だにトポロジーがなんなのかもわかってないです。結局トートロジーとは違うんですよね？」

水浜が笑って言う。話はだんだん脱線がひどくなり、めいめいが近くの者と談笑する。

「これが『こころの宇宙』の活動の中心、知の拡大とコミュニケーションの活性化です。僕たちはディスカッションと呼んでいます」と、声の間を縫うように密が言った。「突き詰めて言えば、議題はなんでも構いません。だからこそ、自由にテーマを選ぶことができる。そして、大事なのは互いに意見を言い合うこと。他者がどういう知識を持ち、どういう考え方をしているのか。自分のそれとどのように違うのか。なぜその違いは生まれるのか、その違いによってどのような事態が生じるのか。そうした理解の先に、『こころの宇宙』の目指す理想はある。相互理解による世界平和ですね。宗教団体というよりは、市民講座か研修会のようだと言われることも多いですが」

「実際、企業の研修先として使われることも多いですよ」楠田が口を挟む。「さすがにここまで来るところはありませんが、支部のほうでは、かなり。申し込みも大々的に受け付けています」

「そういえば、事前に調べた中でも、『こころの宇宙』での活動を公表している企業がいくつかありました。皆さんの様子を見せてもらうと、それも納得できます」

とはいえ、実際のところは内容よりも料金が安価なところが人気の秘訣《ひけつ》らしい。非営利目的の広報活動の一環で、そういう形を取っているのだろう。

「さて、それではそろそろ本題に入りましょう。今日は工業関係と科学関係が中心のお話です。水浜さんや平坂さんの得意分野でしょうか。ではまず、資料の確認からお願いします。レジュメが十ページまで、それから参考図が三枚……」

◆　◆

和音の想像以上に場は盛り上がった。終わったのは三時を過ぎた頃だったが、予定の終了時刻が来たからと密が強引に切り上げなければ、もしかすると更に一時間はかかったかもしれない。場が解散となると、一同はめいめいの部屋に戻っていった。

「だいたいいつもこういう流れになるんです。他者との話し合いのあとは、その内容を一人でゆっくり反芻する。そこまでがワンセットになっているような形ですね」

と密が補足する。彼もまた、自身の執務室へと向かうところらしかった。

「どうでしたか。退屈でなければよかったのですが」

「とんでもない。楽しかったです、とても」

「それはよかった」密は嬉しそうに笑った。「そう言ってもらえると、準備したかいがありました」

「今日の資料は、神室さんが？」

「回り持ちで準備していますからね。記事を作る助けになるなら、データもお渡ししますよ」

「……いえ、そこまでしていただかなくても大丈夫だと思います」

「そうですか」密は和音の顔をのぞき込むようにして言った。「いい記事が書けそうでしょうか？」

「……そうですね、そうなると思います。……書けるといいんですが」

和音はそう答え、密と別れた。それからしばらくは、自室に戻って一人で過ごした。ほかの面々に倣《なら》って、会話を思い返していたわけではなく、自分がここに来た目的を再確認しながら。

四時頃になって、林の乗ったライトバンが帰ってきた。ちょうど、和音が心在院の外観を写真に収めていたときだった。戻ってきた林はくたびれた様子で、随分とヤニ臭くなっていた。一人のドライブ中に満喫してきたらしい。この様子では、車のほうも無事ではなさそうだと和音は思った。

「会合には参加したかい？」

「ええ。楽しかったです」

「そうだろう。そうやって警戒心を取り除くんだ」

林はそんなことを言って、にやにやと笑った。

太陽はいつの間にか、随分と山の稜線《りょうせん》へ近づいていた。

◆　◆

「遅いですね」

水浜が不安げに言う。食卓の端が不自然に空いていた。配膳された夕食は、手をつけられないまま冷え始めている。時刻は七時過ぎ。夕食の時間は来ているというのに、食堂には是臼真理亜の姿がなかった。

「是臼さんは確か、掌室堂にいるはずですよね」

「夜までには帰ってくると思っていたんですが……」

密が眉をひそめる。

水浜が頷き、「いつもなら、夕方頃には戻ってきていましたよね。今日はちょっと、遅すぎます」と言った。

「何かあったんでしょうか」

楠田が意見を求めるように周囲の面々を見回す。筋張った指が、落ち着かない様子でせわしなく動いていた。ただ寝ているだけかもしれないが、事故か、あるいは病気か——と、和音も穏やかならぬ心持ちになる。やがて沈黙に耐えかねたように、平坂が「様子を見てきます」と立ち上がる。そこに密も「僕も行きましょう」と名乗りを上げた。

「いや、俺一人でも大丈夫ですよ。夜の山道を歩くとなると、大勢で行ったら誰か怪我《けが》して余計大事になるかもしれないし」

「万一のことを考えると、人数は多いほうがいいはずです。是臼さんが動けない状態なら、運んで下りる必要があるかもしれません」

「ですが……」

「大丈夫です」不安そうな平坂を制して密が言う。「運ぶのに手を貸せなかったとしても、明かりで先導するくらいはできますから」

「じゃ、私も行きましょう。運び手が二人と、懐中電灯で照らす役に一人、それだけいれば、まあなんとかなるでしょう」

楠田も続いて手を挙げた。

「私も行きます」

和音も、そう言って腰を上げる。一同の意外そうな視線に晒されるが、手をこまねいているつもりはなかった。

「是臼さんは女性ですから、何があったのかわからない以上、一人くらい同性がいたほうが事態に対応しやすいはずです」

「……そうですね。では、お願いします」

そこで和音、密、平坂、楠田の四人が向かうことになった。

掌室堂には三十分ほどでたどり着いた。あたりはもう随分暗くなって、四人の持った懐中電灯の光が、周囲を神経質に照らしている。岩肌の中にどことなく重々しい雰囲気を纏って、扉があった。

「開きませんね」密が取っ手を二、三度押し引きして、「是臼さーん」と扉を叩く。その間に和音も扉に手を伸ばした。なるほど内側で閂のかかっている感触がある。

「まいりましたね……状況が状況ですから、押し入るしかないでしょうか。壊すのは抵抗がありますが……止むを得ません」

そうは言いながらも、密にもまだ若干の抵抗があるらしかった。『こころの宇宙』にとってのこの場所の価値を考えると、さもありなんといったところだが、和音はその煮え切らない態度に苛立ちを覚えた。今ここにいる人間の中で、一番是臼の身を案じているのは自分だという自負があった。

と、不意に平坂が「あれ、なんか汚れて……」と呟《つぶや》きながら、懐中電灯の光を扉の下方へと下ろした。和音もそちらを照らし、そして息をのむ。

「ううん？」

楠田がかがみこんで手を伸ばす。

「触らないで！」

和音は反射的に叫んだ。三人が驚いた様子で和音を見る。

「手を触れず、そのままにしてください。万一のことを考えて写真を残しますから、遮らないように、離れて」

和音はどうにか言葉を紡《つむ》ぎ、震える手で携帯のカメラを起動させる。脈拍が耳の奥でどくどくと打つのが聞こえた。

「一峰さん、もしかしてそれは」

密が尋ねる。写真を撮りながら、和音は頷く。

「多分、血です」

そんな、と平坂が慌てた様子で扉に顔を近づける。その表情が見る間に曇った。

「ほんとだ――どうして――」絞り出すような声で、平坂が言う。今やその顔は蒼白《そうはく》だった。「いったい、何が――」

何が起こっているのか。それは和音にもわからない。最悪の想像はさっきから頭を離れなかったが、まだ確信はない。いずれにせよ、事態は一刻を争うということだけは間違いないだろう。密は不穏な空気を払うように、ぱんと手を打って、「扉を破りましょう」と言った。

「ここの扉は幸いにも内開きですから、体当たりでなんとか破れないでしょうか。閂はかなり太かったように思いますが……」

扉を破る？

ふと和音の頭によぎるものがあった。そんな話を、聞いたような――

「……そうですね、男二人でなんとかやってみましょう、ほら」楠田が平坂を正気付かせるように背中を叩いて、扉の片側に立たせる。何度か予行演習をしたあと、二人は「せえ、の！」と掛け声をかけてぶつかった。一度目はタイミングがずれて、扉にはじき飛ばされるような形になったが、それで勝手をつかんだらしい二人が続けて二度、三度と体当たりすると、どんとぶつかる音の中に悲鳴のようなきしみが交じり始める。

それを見ながら、和音ははっきりと思い出す。掌室堂で消えた修行者の話。中から閂のかかった小部屋から、失踪した人物。世界と一体となり、全知なるものに触れたという男。

是臼は彼と同じことをしていた。彼と同じ場所で、同じ修行を。

ならば――

ならば今、この部屋の中に、是臼は本当に存在するのか？

和音の疑念を払おうとするかのように、扉は一層激しく打ち鳴らされていく。そして、ちょうど十度目の挑戦。だあん、と一際《ひときわ》大きな音を立てて、扉が勢いよく開いた。勢い余った二人はよろけて、楠田は地面に尻餅をつき、平坂は扉に手をかけてなんとか踏みとどまった。二人の間から、和音が懐中電灯の光を室内へ通す。

想像よりもなお悪い光景を、和音は見る。

そこに是臼真理亜が散らばっていた。

◆　◆

和音が最初に連想したのはミキサーだった。部屋全体を暴力的な勢いで回転させ、中にあったものを粉砕したような惨状。ウエディング・ドレスのように純白だった地面が、すでに乾いた血によって赤黒いまだら模様に染まっていた。今や、元の様相をとどめている部分のほうが少ないといっても過言ではない。

悪夢のようなステージの中心に、是臼の首は据えられていた。その両目はこぼれ落ちそうなほどに見開かれ、衝撃と恐怖を示している。半開きになっている唇の端から一筋の赤い線が下がり、首の下に広がる血痕と合流している。

陰惨な光景を前にし、嵐のような感情——ないしは、衝撃を経て、和音が最初に抱いたのは、首まですっぽり地面に埋まっているみたいだ、という想像だった。頭をゲンコツで叩かれて、その勢いで地面にめり込む……そんな、どこかで見た漫画のワンシーンが、頭をよぎる。

無論、その想像が単なる現実逃避であることは、周囲の光景から明らかだった。部屋の中には、頭部を取り囲むように、是臼の体の残りの部分が並んでいた。ほんの半日前には一人の少女を形成していた肉体は、今や十以上のパーツに分割されていた。

まず扉を開いてすぐのところに左脚が丸々。その隣に、片腕の肘から上、二の腕の部分だけが。続いて反時計回りに右腿《もも》が、ドレスを纏ったままの胴体が――。

そのあたりまで確認したところで、和音も吐き気を感じて目を伏せた。男性陣を見ると、不安げに、あるいは混乱から覚め切らぬ様子で立ち尽くしている。時折、視線が掌室堂の中へと向けられるが、すぐに顔を背ける。その繰り返しだった。

ただ一人、神室密だけが、あらぬ方を向き、まったく別のものを見ていた。

あるいは、何も見ていなかったのかもしれない。

彼の視線は是臼の死体とは正反対、星空へと続く長い長い空間の途中に焦点を合わせ、静止していた。その表情には驚きがあったが、同時に無そのものを表出させていた。衝撃的な事実に至ったような、必死に理解を拒もうとするような、動と静の一体となった相貌をしていた。

腕は弛緩《しかん》したように下がり、懐中電灯は足元へ向けられている。一方で両手は固く握られ、草むらを照らす光の輪は、さざ波のように震えていた。

「神室、さん――」

和音が思わず声をかけると、密は我に返ったように肩を震わせ、それからゆっくりと和音のほうに顔を向けた。

「一峰さん」絞り出すような声だった。「……是臼さんは、亡くなられているんですね」

「……ええ」

変な質問だ、と思いながらも和音は答えた。体をバラバラにされて死なない人間がいたら、そのほうが恐怖である。にも拘わらず、密は是臼の生死を尋ねた。それはつまり、彼女の死体を見ていないということになる。ならどうして、命を左右する非常事態があったことがわかったのか――

そこまで考えたところで、和音は周囲に流れる酸と鉄の臭いに、はたと気付いた。これを嗅いで胸騒ぎがしないほうがおかしい。

しかし、それにしても――と、和音が更なる疑問を浮かべかけていたところに、「ひとつ……皆さんの意見をおうかがいしたいのですが」と、楠田悟が鈍重な動きで片手を挙げながら口を開いた。

「馬鹿げた質問かもしれませんが……」歳相応にしわの寄った広い額に、玉の汗が浮かんでいる。「これは自殺、ということは考えられませんか。理由はわかりませんが、彼女は自らの手で、こういう死に方を選んだとは」

「……あり得ませんね。こんな死に方を自力で演出できる人間が世の中にいるとは考えられません」

和音は即答した。自分で自分の首を刎《は》ねることですら、百人いたら九十人まで無理だと断じるだろう。ましてや全身バラバラにするなど、おおよそ考えられることではない。

「ええ、それは私も重々承知しています。ですが――」

楠田は言葉尻を濁した。それでも、何が言いたいのかは明白だった。

これが殺人事件だとするならば、犯人は自分たちの中にいることになる。人里離れたこの場所で、十人に満たない人間の中に、手を血で染めた殺人鬼がいる。

……いるのだろうか？　本当に？

和音は昨日の夕食を思い出す。是臼を含め、心在院にいる全員が和音の前に揃った最初の機会。少なくとも表面上、あのとき彼らの間に流れる空気は穏やかなものだった。

和音は今日、ここに上ってくる直前までいた食堂のことを思い出す。ここにいる楠田や平坂も含めて一様に、戻ってこない是臼を心配しているように見えた。

だが、と和音は思う。

それは間違いだ、と。

いるのだ。

この中に。

「……いや、それに、どう考えてもおかしいじゃありませんか」

楠田はそう言って、扉のすぐ内側をライトで照らした。真っぷたつになった木製の棒が落ちている。

和音も昨日見た、閂だった。あちこちに血が付着しているものの、中央の折れ目以外に、傷らしいものは見当たらない。

「私たちが体当たりで破るまでの間、この扉には閂がかかっていた。つまり——この掌室堂は、内側から封鎖され、出入りできない状態だったことになります。なら……ならばですよ？」

楠田は不安を振り払うように声を荒らげた。

「彼女を——是臼さんを死に至らしめた犯人は、いったいどうやって、閂のかかった部屋から外へ出たと言うんですか？」

「それは——」

和音は言葉に詰まる。

掌室堂に出入り口はひとつ、正面にある観音開きの扉しかない。そこに閂をかけてしまえば、この部屋から外へ出ることはできない。自明の理だ。そんな当然の大前提が崩されるようなこと、あるはずがない。楠田の主張は正しい。

だが同時に、和音には是臼の死が自殺とはどうしても考えられなかった。楠田とて、これが自殺にあるまじき死に様であることに異論はないだろう。やはり、死体の状況から考えると、是臼は何者かに殺害され、四肢を切断されたという考えが妥当と言える。だがそうなると、扉に内側から閂がかかっていたことに説明がつかない……堂々巡りだ。

自殺であるはずはない。しかし、他殺であるはずもない。

矛盾している。それは承知のことなのだが、かといってそれを解消しうる説明も、思いつかない。和音は出口のない反駁《はんばく》を繰り返すうち、次第に焦燥《しょうそう》にかられつつあった。

そのとき平坂貴志が「ちょっと待ってください」と言った。思いつめた表情だった。

「是臼さんは失敗したのだ、とは考えられませんか」

「失敗……？」

和音は首をかしげる。青年が何を言っているのかわからなかった。ただ、溺れかかったような息の間で絞り出される平坂の言葉に、不安を掻き立てられる。

「ええ……そう、失敗、失敗です。そう考えればつじつまが合う」一言発するたび、小さく頷きながら平坂は言う。「つまり、これは事故だったんです」

事故。和音はその言葉にはっとする。確かにそれは、自殺か他殺かの二択の間で迷っていた和音にとっての盲点だった。

だが、稲妻のような衝撃は、ほんの一瞬走っただけで、すぐに霧散していく。

事故だったとすれば、それでどうなる？

是臼がなんらかの事故に巻き込まれたと仮定すれば、確かに門の問題は解決できるだろう。だが、それは自殺説とて同じことだ。そして、自殺説と同じ問題を、事故説もまた、解決できてはいないではないか。

是臼はなぜ、全身がバラバラになって死んだのか？

それを発生させた原因は、なんだというのか？

和音はそれを平坂に尋ねようとした。しかし、それより早く、平坂は自ら口を開いた。

「俺は前に、彼女の口から聞いたことがあります。渾然一神教の修行者が真の意味で世界と一体化するとはどういうことなのかを」

今度の衝撃は大きかった。

和音の脳裏で連鎖反応的に思考が展開され、記憶が呼び起こされる。

今朝、是臼が得意げに語った内容が、リフレインする。

――全なる世界をのぞき込むという行為はね、ぱんぱんに膨れた水風船に穴を穿って、内側を見ようとするようなものなの。

――観測者は流出した世界そのものの奔流を、その体で受け止めることになる。

――そうなれば世界になんらかの影響は出るでしょうし、観測者自身についても言わずもがな。

「平坂さん」

「一峰さんにも理解していただけたようですね」

平坂は安堵の息をつく。

これで問題はなくなったと言わんばかりに。

「そうです。是臼さんは、渾然一神教の奇跡を今に再現する人だったんです」

「平坂さん、待ってください」

「彼女は本当に、この世界と根源の世界を行き来することができたんですよ、あの澄心様と同じように。それが、残念なことに今回は失敗して、このような結果を招いてしまったわけですけど、でもこれは事件じゃない。事故です。是臼さんはかわいそうですけど――いや、だからこそ、今回のような、修行の過程における悲劇があったことは伝えていく必要があるかもしれませんけど、でも、騒ぎ立てるようなことじゃないんです。そんなことは是臼さんだって望んでないですよ。だってほら、これは言わば、彼女の未熟さが招いたことであって――いや、それが悪いわけじゃないですけど、でも、世間は誤解するかもしれませんし――」

「平坂さん。平坂、貴志さん」強い口調で、和音は矢継ぎ早に述べ立てる青年の言葉を遮った。ようやく青年の言葉が止まる。「あなたは、それが、ここで起こったことの真実だと?」

「――そうですよ。……そうです。そうでしょう? だって、そう考えれば、全部解決するじゃないですか。ねえ?」

和音は返答しなかった。ただ視線は瞳孔の開いた平坂の目に、絶えず向けられていた。

彼が自分の説を本気で信じているわけではないことくらい、必死に仮説を補強しようと理屈を並べ立てているのを見ればわかる。おそらく、渾然一神教の伝説に関する平坂の認識は、和音のそれとほとんど変わらない。所詮、伝説は伝説に過ぎない、真実である保証はどこにもないと、理解している。是臼に対する考察も同じだ。彼女の言葉が真実かもしれないと、これまで平坂は考えたことすらなかったはずだ。

にも拘わらず、平坂は語る。伝説は本当だったと。是臼は奇跡の体現者だと。なぜなら、そう考えればすべては解決するから。

「違う」

和音は呟いた。平坂の主張は認められない。仮に『こころの宇宙』の内部において、彼の解釈がそのまま共通認識として採択されたとしても、世間に対して同じ主張が通るとは到底思えない。仮に是臼真理亜の家族が説明を求めたとしても、『すべては事故だった』と主張すべきだというのか。世間一般を、是臼の関係者を、それで納得させられるとは思えない。何より、和音自身が、平坂の仮説に対し、納得できない。強引で、不確かな推論。それを受け入れるよう求められることは、和音にとって親しい人を侮辱されるのに等しいものだった。

「平坂さん、あなたは」

今しがたと同じ言葉を、今度はより語気を強めて、和音は繰り返した。そして、今度は更にそこから先を続けようとした。

だが。

「あなたは『こころの宇宙』に相応しくない」

割り込んでそう口にしたのは、いつの間にかこちらを向いていた密だった。

和音はあっけにとられる。神室密という少年の口から出たとは思えないほど強い言葉に目をみはる。視線こそ平坂にはっきりと向けられているが、密の顔は相変わらず無表情に近かった。怒っているとも、悲しんでいるとも断定できない。ただ、少なくとも笑ってはいなかった。

和音は平坂の様子をうかがう。彼も、そしてそのそばに立つ楠田もまた、言葉を失い、茫然《ぼうぜん》と密を見ていた。

しかし、沈黙は長くは続かなかった。

「……以前、心無い方にそんな罵倒をされたことがありましたね。父と母が亡くなって少しした頃です。まだ一か月もしない時期だったでしょうか。晩春だというのに変に涼しくて、これから夏が来るとは思えない天候が続いていたように思います。そうでしたよね？」

「えっ……」尋ねられた平坂は、目に見えて狼狽《ろうばい》していた。「ああ、確か、西の支部の、分派した」

「そう、支部長として、熱心に活動されていた方でした。今はもう、僕たちと袂《たもと》を分かつことになってしまいましたが」

教団の後継者争いが関係していたのだろうと、部外者の和音にも見当が付いた。時期から判断するに、争いの火種としてはそれが妥当だろう。

「あのとき彼はあなたのことを、『モラトリアムから出る勇気のない子供』だとか、『ぽっと出の従者気どり』だとか、散々にけなしていましたね。そして、向こうが感情的になったのを諫《いさ》めたあなたに非がないことはわかりきっていたのに、僕は何も言えませんでしたね。あなたに暴言が浴びせられるのを、黙って見ていた。楠田さんと原井さんが事を収めてくれるのを、じっと待つばかりだった。……『こころの宇宙』の代表失格です。ですが……平坂さん」

密は平坂の名を呼んだ。いつの間にか、口調はずっと穏やかになっていた。

「今僕は、はっきり断言できますよ。あの主張は間違っていたと。まったくもって無根拠な放言に過ぎないと。あなたはずっと、『こころの宇宙』のために尽力してくださいました。救済を求めて訪れたこの団体の中で、自らの目的に先んじて、他者を、ひいては組織を救済しようと働いてくださいました。今もそうです。『こころの宇宙』という団体のために、あなたはまた、重荷を背負おうとしてくださった」

そうでしょう？　と問いかけるように、密はわずかに首をかしげた。

それから、深く頭を下げた。

「――ありがとうございます、『こころの宇宙』を救おうとしてくださって。僕はいつも、あなたたちに心配をかけてばかりですね。未熟者で、申し訳ありません」

「そんな――」

「滅相もない……密様は立派に彼此一様のあとを継いでいらっしゃいます。『こころの宇宙』代表として、誰よりも相応しいと、皆、そう思っております」

「そう、そうです。俺だって、誰かを救うとか、そんな意思があったんじゃなく、ただ、『こころの宇宙』に恩返しがしたかっただけで……」

動転にも近い二人の様子を見て、密が静かに微笑む。和音はそれを見て、張り詰めていた緊張感が消えていることに気付いた。

「平坂さん、楠田さん」密は順番に目を合わせながら、二人の名前を呼んだ。「もしも僕にまだ、皆さんを先導する資格があると考えていただけるのであれば――どうか、チャンスをください。僕があなたたちの尽力に報いるチャンスを。そして、亡くなった是臼さんの死に対し、責任を取るチャンスを」

「――何か、お考えが？」

平坂が問う。密の思惑を測りかねているようだったが、しかし不安げではなかった。

密は「もちろん、あります」と応じた。

「ですが、まずは下へ下りましょう。残った皆さんはきっと心配しているでしょうし、何よりも、何が起こったのかを知らせる必要があります。それと――」

和音は瞬時に硬直し、息をのむ。密がまっすぐ、和音を見ていた。

「心在院に着いたら、一峰さんは僕と一緒に執務室へ来てください。今後のことについて、お話があります」

笑っていなかった。

第四章　殺人は室の中

　夜が明けて、三日目の朝。和音は本来留まるはずではなかった心在院で、食べるはずのなかった朝食を口に運んでいた。白米と葱入りの出汁《だし》巻き卵に卯の花和《う》《あ》え。越屋辰夫の料理は相変わらず美味しかったが、それでも昨日の記憶と今日これから行うことに対する気負いのせいで、胸につかえる。最後の一口を番茶で流し込むと、和音は掌室堂へと向かった。

　二十分ほどかけて山頂にたどり着く。道のりを記憶したからか、明るさのせいか、昨日一昨日《おととい》より随分歩きやすかった。下草に覆われた地面から鬼の角のように突き出した岩肌と、そこに取り付けられた扉。初めて見たときは自然物と人工物の取り合わせにシュールな趣を感じたものだが、今となってはロダンの「地獄の門」にしか見えない。扉の縁からわずかに覗く血痕は、さしずめ漏れ出た地獄そのものといったところか。そこに近づくのを避けるように、先客は扉からやや離れた岩壁に背を預けて立っていた。

「おはようございます。今日はどうぞよろしくお願いしますね」

　密は相変わらずの笑顔で言った。状況が状況だと言うのに、陰鬱なところがない。

「中にはもう入ったんですか？」

「これからですよ。残念なことに僕は殺人事件に遭遇した経験なんてありませんからね。ここは全面的にあなたの判断を仰ぎつつ行動するべきだと判断して待機していたんです」

「なるほど」

和音は指紋対策のゴム手袋――心在院にあった炊事用のものを借りた――をつけて、扉に手をかけた。内部にこもっていた血の臭気が、暗闇の中から漏れ出す。密が苦い表情になる。

「さて……犯人の正体に肉薄できるような証拠が見つかるといいんですが。期待していますよ、安威和音さん」

和音はその言葉には答えず、ただ昨夜のことを思い出していた。

◆
◆

「呼ばれた理由には察しがついていますよね？」

「残念ながらさっぱりですね」

和音は「まるで訳がわからない」という表情を前面に出して、デスクの向かいにいる密に答える。半分は形だけのものだったが、もう半分は純粋な困惑だった。

食堂で待っていた面々に対して、緊急事態が発生したとだけ告げると、密は和音を引っ張って執務室に入った。今頃楠田と平坂は質問攻めに遭っていることだろうと和音は想像する。掌室堂からの帰路で密直々に口止めがされた以上、勝手に話が進むことはないだろうが、二人にとっては針のむしろのような心地だろう。

「まさか外部の人間だというだけのことで犯人扱いされるのではないでしょうね」

和音が問うと、密は仕方がないという風に短く溜め息をつくと、机の引き出しを開けた。

「場合が場合です。お互い、間合いを測るようなことは省いて、建設的な話し合いをしましょう」

密はそう言って、一枚の紙片を取り出した。書かれている文字を見て、和音は天を仰ぐ。なるほど間合いもへったくれもない。和音は一息に踏み込まれて袈裟《けさ》斬りにされたも同然だった。

机の上に置かれたのは、和音の名刺だった。携帯していた一峰愛名義のものとは別に、部屋に置きっぱなしにしていた荷物の中へ、名刺入れごと残してあったのである。それがここにあるということは

――


「私の荷物を調べたんですか。プライバシーの侵害ですよ」

「元はといえば素性を偽っていたあなたに非があると思われますが」

「結果論です。それとも荷物を探る前から、私が雑誌記者ではないとお気付きになっていたんですか」

「ええ」

密は事もなげに答えた。

「それは嘘だ――と言いたげですね。でも事実です。林さん……林桐一さんはおわかりですね？　あなたがここに来たとき、送り届けていただいた」

和音は頷き、胸中でひそかに納得していた。やはりあの男が関係しているのか。

「実をいうと彼は『こころの宇宙』の意徒ではありません。僕の父親、先代代表である神室彼此一の知己で、人文学系学術誌を中心に活動するジャーナリストです。『知の地平』出版部についてもよくご存じの、ね」

「……それはそれは」

誌名でネット検索でもされたらまずいと思って、実在の名前を利用したのが仇《あだ》になったというわけである。巡り合わせの悪さに、和音は歯嚙みした。

「林さんは『こころの宇宙』の様子を見に、たまにここまでいらっしゃるんです。それで二日前、あなたからの取材申し込みが来ているという話をすると、それはどうも不自然だから注意したほうがいい、取材は建前で、何か裏の目的があるのかもしれない、と忠告されまして」

つまり、最初に遭遇した時点で、林は和音のことを怪しんでいたことになる。素知らぬ顔をして、とんだ食わせ者だ、と和音は林に対する認識を改めた——否《いや》、再認識した。

「とはいえ、林さんも他社の編集部の人員について熟知しているわけではないので、単なる杞憂の可能性も十分にありました。ですが、放置しておくのも不安です。そういう事情で、僕からお願いして林さんに調べていただいたわけです」

「……それじゃあ、車のガス欠というのも噓だったんですか」

「いえ、それは本当です。僕が頼んだのは、謎の雑誌記者こと一峰愛が到着したら、それとなく様子を探ってほしいということと、できればその正体を突き止めるのに協力してほしいというところまででした。昨日のガス欠は単に、私用で町まで出ようとしたところに起こった、不幸なトラブルです。僕たちに都合のよかっただけの、ね」

言葉の真偽は、和音には見通せなかった。

「いずれにせよ、林さんのことは悪く思わないでください。依頼したのは、あくまで僕ですから、責任があるのは僕です。あなたの所持品調査にしても、同じことです」

所持品調査。和音の頭にぴんとくるものがあった。

「……もしかして、昨日、ここを訪れてすぐに山登りさせられたのは……」

「ご明察です。さすがですね」密は素直に答えた。「掌室堂までの道を往復するということなら、最小限の荷物以外を部屋に残してもらう理由付けにもなりますし、まとまった時間も確保できますからね。僕があなたを掌室堂まで案内している間に、原井さんと楠田さんにスペアキーを渡して、あなたの部屋にあった荷物を調べてもらいました」

そう言いながら、密は背後のキャビネットにある金庫へと目をやった。おそらくそこに鍵が保管してあるのだろう。

「道理で、急な話だったわけですね」

「誤解のないよう申し上げておきますと、あのとき僕が語ったことは嘘ではありませんよ。掌室堂の伝説も、渾然一神教が来年で開教百周年を迎えるというのも事実です。お知り合いに本物の報道関係者がいらっしゃれば、ぜひお伝えください。取材は大歓迎ですよ」

「あいにく、交友関係は狭いほうなので」

和音はそっけなく返答した。密は「残念です」と苦笑して、それから背丈に合わない椅子の上で、居住まいを正した。

「さて、僕ばかり話すのも不公平ですから、そろそろあなたにもお話ししていただきましょうか。あなたはいったいなぜ、『こころの宇宙』を訪ねてきたのか。そしてそれはあなたの職務とどう関係しているのか」

密は卓上に置かれた名刺を人差し指で叩きながら言った。

「教えていただけますね、安威和音さん？」

やや褪《あ》せた長方形の紙片には、必要最低限の事項だけが記載されていた。

名探偵、安威和音。

◆
◆

事の起こりは二週間ほど前に遡る。そのとき和音はお得意さまからの浮気調査依頼をつつがなく終え、勤務する探偵事務所に戻ってきたところだった。興信所あるいは町の便利屋と言ったほうがしっくりくる職場で、アットホームな雰囲気と変人には事欠かない。逆に不足しているのは名探偵に相応しい仕事で、ここのところは各地の納涼祭の手伝いと草刈り代行が主な収入源となっていた。だがその日持ち込まれた案件は毛色が違い、応接用のソファーで所長と向かい合っていた中年の依頼人は、数枚の写真をガラステーブルに並べ、スーツの背を丸めて申し訳なさそうに話し込んでいた。ややこしい依頼を持ってくる人間の半分はそうしている。残りの半分は必要以上に偉そうにしているのが常なので、バランスはとれているのかもしれない。

「依頼内容は端的に言うと家出人捜しでした。依頼人の津山《つやま》さん——是臼さんこと津山佐織《さおり》さんの実父ですが、彼の話によると、娘さんは高校一年の二学期から不登校になっていたが、半年ほど前から家を出て行方知れずになっていた。家族としては心配もあったが、失踪前から折り合いが悪くなっていたこともあり、放置を決め込んでいたそうです」

もちろん依頼人が馬鹿正直にそんなことを話したわけではないのだが、実際に語った内容に、態度や客観的情報を併せて考えればそんなところだろう、と察しはついた。

「半年前というのは、心在院に是臼さんがやってきた時期と一致しますね。しかし、六か月も経過した今ごろになって捜索を依頼したというのは、どういうわけですか」

密はそう尋ねる。当然の疑問ではあるが、即座に指摘してくるあたり、やはり頭の回転が速い、と和音は感心しつつ答える。

「二十日ほど前、佐織さんの母方の祖父が急逝されたんです。本人が望むなら、財産の一部を佐織さんに分与すると遺《のこ》して」

敏腕の画商である一方で、偏屈者としても有名だった佐織の祖父は、自分同様周囲と馴染《なじ》めないでいる孫娘にシンパシーを感じていたのだという。自分の所有する絵画のいくつかを直接相続させると遺言にしたためたのも、そこに起因するらしい。

「そんなわけで、穏当な相続手続きのために佐織さんの居所を早急に突き止める必要が生じたのですが、家出を放置していたこともあって、警察沙汰になると世間体が悪い。そこで私にお声がかかったわけです」

厳密には、和音の所属する事務所に、だが。

説明をしながら、和音は名刺入れ――仕事用に携帯していたほうだ――を開ける。それから、一峰愛名義のものの下に隠してあった、事務所名義の名刺を取り出すと、密の前にあるもう一枚の名刺の隣に置いた。

見晴台万《みはらしだいよろず》調査興信所・所員、安威和音。

これで密は三種三枚、和音の名刺を手に入れたことになる。

「洒落《しゃれ》っ気のある名前の事業所に所属されているんですね」

密が興味深そうに文字を目で追う。

「所長の氏名が見晴台万なんです」和音は渋い顔で答えた。「もちろん偽名……というか仕事上の通称ですけど」

毎度こういう説明をする羽目になるんだから改名してほしいが、この名前で客の目を引いているのも事実だからたちが悪い。

「通称というと、ペンネームみたいなものですか」

「まあそんなものです。さすがにこんな派手な名前なのはうちの所長くらいですけど、本名を隠す隠さないとは別に、とっさに名乗れる別名義はだいたいみんな持ってるものですよ。厄介事に関わる機会も少なくはない業種ですからね」

今回みたいに、と出かかった言葉を、和音はどうにか押しとどめる。

「……話を是臼さんのことに戻しましょうか。私が調査を始めてみると、是臼さんの失踪当時の足取りは比較的容易につかめました。特徴的な服装のこともあって、記憶していた人がいたんです。そこから導き出された移動ルート、加えて本人のパソコンから『こころの宇宙』――特にこの本部の所在やアクセス経路――について調べていたらしい履歴が見つかったので、彼女がなんらかの理由でここにいる蓋《がい》然《ぜん》性は高いと判断できました。そこで雑誌記者に扮《ふん》して潜入調査をすることになったんです」

和音が帰りの予定時刻を夜に設定した理由もここに起因する。津山佐織が教団側による軟禁状態にあるなどの緊急を要する事態が起こっていた場合、夜陰に乗じて救出・逃走を企てていたのだ。

無論、実際には彼女は是臼真理亜として、自らの意思でここに留まっていたようだったから、つつがなく潜入を終えて依頼人に報告し、あとは当事者に任せておけばいい、と判断したのだが、今となってはそれが裏目に出たことは間違いなさそうだった。

ひとしきり説明したところで、これでこちらの手番《てばん》は終わりましたよという意思を込めて、和音は密の黒い瞳を見ながらちょっと顎を上げ、肩をすくめてみせた。しかし、実際のところ、この振る舞いにははったりが大いに含まれていた。本来なら依頼に関する情報を明かすなど言語道断だが、こんな状況ではそうも言っていられない。潜入調査に行ってきました、娘さんは惨殺されました、では、どう考えたって和音も責任を負わされるに決まっている。実子を亡くした親が論理的説得で矛を収めてくれるはずもない。ポーズとしては密の主張に譲歩する形をとっているが、何も申し出がなければ和音のほうから泣きつく状況だって十分にあり得るだろう。路頭に迷いたくなければ、和音としてもなりふり構ってはいられないのだ。

「なるほど、是臼真理亜というのは偽名だったんですか」

密はどこかずれた感想を漏らした。

「響きですぐにわかると思いますが」

「案外世の中変わった名前の人は多いですからね。それにこういう場所だと、諸事情あって素性を偽っていらっしゃる方も多いですから、あまり気にしないんです」

「大丈夫なんですか、それで」

皮肉だろうかと思いつつ、和音は尋ねずにはいられなかった。

「そういう環境のほうが落ち着ける人も、世の中にはいるんですよ。……今、年齢の割に知った風なことを言う、と思いましたね」

「滅相もない」

和音は真顔で答えた。図星を指されたときの癖だ。密は気にした風もなく続ける。

「さて、これでお互いに隠し事はなくなりました。お礼を申し上げますよ、和音さん。おかげで交渉がしやすくなった」

「どういたしまして。こっちはいよいよ人身御供《ひとみごくう》か魔女狩りかと、戦々恐々たる気持ちでしたからね。話し合いができたというだけでもありがたいものですよ。で、交渉とは？」

「つまりこういうことです。あなたは捜索対象を目の前でみすみす殺害されてしまった。僕は教団の本拠地で殺人事件を起こされてしまった。お互い問題を抱えているわけです。ならばどうするか。簡単です。あなたと僕で手を取り合い、犯人を見つけてしまえばいいのです」

密は自分の両手を組みながら言った。

「そうすれば僕は、この事件が未解決の状態で世に知られるという状況を避けられ、『こころの宇宙』が被る悪評を抑えることができる」

「事件が世間に知られることに、変わりはないのでは？」

「だとしても、未解決事件と解決済みの事件とでは大違いです。傷はなるべく浅いほうがいい」

子供らしからぬ言い回しだ、と和音は今更ながらに思う。

「もちろん、あなたの側にもメリットはありますよ、安威さん。言うなればそれは『免罪符』です」

「……『こころの宇宙』がカトリックの一派だとは知りませんでした」

「案外その指摘は当たっているかもしれませんよ。山岳信仰と言えば修験道、修験道といえば天狗《てんぐ》、天狗と言えば異人説ですから」密はさらりとうそぶいた。「まあ、本題から離れるのはよしましょう。僕が言っているのは、こういうことです。安威さん……」密はそこで首をかしげた。「どうも据わりが悪いですね。なんというか、人に呼び掛けている感じがしないというか。和音さんとお呼びしても構いませんか?」

「構いません」

亜ヒ酸みたいで呼びづらいという意見は、過去に散々聞いている。

「では和音さん。あなたは今回、自らの失態で捜索対象を死なせてしまった。実際のところはどうあれ、少なくともあなたの依頼人はそう考えることでしょう。ですが、ここで事件を解決すれば、汚名返上、敵《かたき》は討ったという『免罪符』を得ることができる。いかがです?」

そううまく納得してもらえるだろうか、という疑問は脇に置いて、和音は一番気になっていることを尋ねる。

「解決できなかった場合はどうするつもりですか? まさか何日も経ってから警察に『犯人を捕まえられなかったからあとはお任せします』と通報するわけにはいかないでしょう」

和音たちはまだ、事件のことを警察に通報していない。山奥とはいえ取材の申し込みの際にはメール連絡をしていたのだから、ネット回線は繋がっているはずだ。物理的に通報が不可能というわけでもない。

「名探偵を自称する割には、なんとも弱気な発言ですね」密は和音の名刺の一枚を片手でもてあそびながら、不満げに口をとがらせた。どうやら返してくれる気はないらしい。「しかし、当然の疑問であることも事実です。……そうですね、もし最悪の事態として事件を解決できずに一定期間——具体的には三日か四日、それぐらいが限度ですか——を超過することになったとしても、あなたには支障が及ばないよう尽力すると約束しましょう。期日を過ぎた場合には、警察を呼ぶことにします。その際僕らに無理に引き止められていたとでも監禁されていたとでも、好きに言ってもらって構いませんよ。こちらもおとなしく口裏を合わせます」

「…………」

殺人事件。名探偵。和音にとって、随分と縁のなかった言葉だ。しかし、同時に捨て去った過去、忌むべき記憶というわけではない。むしろ再起の契機を待ち望んでいたといってもいいだろう。

和音は密の手の中でくるくると回転する名刺の文字を追う。安威和音。名探偵。そう、その名前と肩書きを蘇《よみがえ》らせる契機があるとすれば、今このときほど相応しいタイミングはない。にも拘わらず、和音が踏み切れずにいるのは、今この状況が、あまりにも唐突だったからだった。現在の自分に、探偵役が務まるのか、それが最大の懸念だった。しかしそのとき、和音の頭の中に声が響いた。いつか耳元にささやかれたときの、くすぐるような感覚をそのままに留めた、やさしい声だった。

――自分がいつ、どこで名探偵になるのか、名探偵として必要とされるのか、あらかじめ知っている人間なんていないよ。

その瞬間、和音の心は過去の自分とひとつに繋がった。それで和音は覚悟を決めた。

「わかりました。今の私に名探偵としてどれだけの実力があるかは正直不安ですが、できる限りの協力はさせてもらいます」

「ああ、その点はご安心ください」密はにっこりと笑った。今日一番の笑みだった。「あなたの役割は名探偵ではありません。それは僕が請け負います。あなたの担う肩書きは、この神室密の『助手』です」

◆　◆

助手ね、と和音は胸中で呟いた。探偵と助手。名探偵と助手。なるほど名探偵には助手が必要であるという密の理屈は、和音にもよくわかる。それは単に、難題に取り組む上で補佐役が必要だという理由に留まるものではない。

そもそも、事件の中にあって、名探偵というのは孤独な存在なのだ。周囲に居並ぶ容疑者たちは、探偵の救うべき存在でありながら、一方で推理に異を唱える評定者である。探偵は事件を解決するにあたって、容疑者の中に潜む犯人を特定し、残った人々に自身の推理の正しさを認めさせねばならない。海にも空にも溶け込まない白鳥のように、探偵は事件の中で一点の異物として、俯瞰《ふかん》的に、客観的に、真実を見定めなければならない。ゆえに探偵は、事件の渦中においては犯人と同等か、場合によってはそれ以上に孤独なのである。

だからこそ、探偵には助手が必要なのだ、と和音は思う。探偵が後ろを振り返らずに謎解きという孤独な旅路を彷徨《さまよ》うためには、助手という帰るべき家が、本来的には必要なのであり、同時にその役割こそが、単なる協力者という枠を超えて、助手を助手たらしめているのだと。

だが。

和音は理想論から立ち返って、現状を客観的に見つめ、これは違う、と首を横に振った。今この場において即席で作られた、和音と密のタッグ。それは探偵と助手のあるべき理想の姿からは、かけ離れたものであるように和音には思えた。そこには問題が横たわっている。

まず、はっきり言って和音と密の間に信頼関係はない。

そもそも和音にとって、密は容疑者サイドの存在なのだ。もっともらしい理由をつけて捜査に関わってきたことにだって、裏があったとしてもおかしくない。『こころの宇宙』の代表者である彼の助力の有無が捜査に与える影響さえなければ、彼と協力体制を取ろうとすることはなかったはずであり、要するに和音にとって、密とペアになった現在の状況が、前提として不満だった。

加えて、探偵である和音が助手として立ち振る舞うというのが、根本的におかしい。探偵としてのノウハウがある者が、すなわち助手として十全に働けるというわけではない。二者の関係はスポーツ選手とマネージャー、漫画家とアシスタントのようなもので、共通事項は多くとも、常に互換が利くものではないのだ。和音はこれまでの経験からどうにか助手役もできるとはいえ、やはり本質的には別物と言える。

──そして、何より、最大の問題は。

岩肌に体重を預けて佇む少年探偵の姿を、扉に手をかけた和音は横目でちらりと見る。密は掌室堂とその中に今もあるはずの是臼の死体へ背を向け、絵の構想でも練るかのように、はるかに連なる山々と青空の彼方《かなた》を見やっていた。

こんなの名探偵の態度じゃない。

和音は率直な感想を抱く。十代の頃なら、頬を膨らませて抗議していたに違いない。今まさに殺人現場へ立ち入り、事件の謎に切り込もうとする和音に対し、密はまるで無関心を決め込むかのような姿勢である。これでどうやって信頼しろと言うのだろうと、和音は小さく嘆息する。

「ご不満ですか？」

密が言った。今日はいいお天気ですね、とでも切り出すような調子だった。そのせいで和音も「そうですね」と反射的に相槌《あいづち》を打ってしまい、慌てて「いえいえ滅相もない」と真顔になる。

「ごまかす必要はありませんよ。十以上も年下の子供に顎で使われるというのが、気持ちのいいことではないであろうとは、僕にも想像がつきます」内容とは裏腹に、詫びる様子もなく密は述べた。「ですがここはご寛恕《かんじょ》していただくほかありません。さっきも言いましたが、僕は犯罪捜査の知識を実体験として一切有していません。ゆえに情報収集の過程は、どうしてもあなたに依存することになる」

「……それなら、私に捜査を全面的に任せてくれてもいいんですよ。あなたはあなたで、この状況への対応策を練ってくれればいい。直接事件解決のために動かずとも、事態の収束のために打てる手はあるでしょう」

「合理的な提案ですね。ですが、残念ながらそういうわけにはいきません。仮に事件の捜査をあなたへ全面的に委託すると仮定しても、やはり僕はあなたに同行しなくてはならないでしょう。あなた一人に捜査を任せるということは、誰にも見られずに犯行現場や証拠品を物色する権限を与える、ということになってしまいますからね」

聞き捨てならない言葉に、和音は眉根を寄せる。

「……それはつまり、私が事件解決のために証拠を捏造《ねつぞう》するかもしれない、ということですか」

「そう思われても仕方がない、ということですよ。いくら名探偵を標榜《ひょうぼう》しているとはいえ、あなたはこの場所において部外者であることに違いはありませんからね。ご自分の捜査が公平かつ公正であると自負されるのであれば、余計な疑いを差し挟まれる余地を残さないことが、かえって理にかなった行いだとは思いませんか？」

「それは……確かにそうですが、しかし、だとしてもあなた自らが私の監視役を務める必要はないでしょう」

「必要性はありませんが、妥当性はあります」密は明快な調子で言った。「なぜなら、この事件においてもっとも犯人の嫌疑から遠いのは、僕ですからね」

「……それは、つまり」一瞬思考停止したあと、和音はどうにか問いかけた。「自分が犯人でないことは自分が一番よく知っていると、そういう意味ですか？」

「逆ですよ。僕が犯人であるはずがないということは、この場所において共通認識である。そう言っているんです。自分で言うのもなんですが、信頼されていなければ宗教団体の代表者なんてできようはずがありませんからね」

密は臆面もなく言う。それから、更に続ける。

「利害関係のない第三者か、利害を超えて信頼されているか。証人として妥当な人間の条件は、このふたつのうちどちらかです。それでは今この状況で、条件を満たすペアとして最善なのは？」

「……私と、あなた」

和音が答えると、密は大きく頷いた。

「だからこそ、あなたは僕と共に謎を解くべきなんです。謎が解明されたあとで、捜査の過程の正しさを保証するために。違いますか？」

「…………違いません、が、一言だけ言わせてください。確かにこの場におけるあなたの保証は絶大な意味を持つでしょう――が、それでも、あなたの潔白は絶対の前提条件ではありません。動かぬ証拠が指し示した場合においては、私はあなたを犯人として名指しするであろうということを、お忘れなく」

「頼もしいですね。そのときは、どうぞ頑張って僕を糾弾してください。多分、一番難しいと思いますが」

「…………」

とんだ自信だ、と和音は鼻白んだ。そして同時に、毒気を抜かれてしまった。余計なことはしてくれるなという警告と、ついでにいくばくかの挑発を込めてぶつけてみた言葉を、そっくりそのまま受け止められてしまったこの状況が、和音に冷静な（あるいは、開き直った）認識を与えた。

——結局、なすべきことは変わらない。事件を解決する、それだけだ。

和音は掌室堂の扉を押し開けた。喉の奥をちくちくとさせるような臭気がむわりと流れ出し、一夜分腐敗の進んだ是臼真理亜の遺体があらわになる。傍《かたわ》らには是臼の靴も並んでいた。昨夜下山するとき、これだけは保存のために屋内へ入れておいたのだ。

いたるところで赤黒い切断面を見せる是臼の死体は、穏やかな死に様とはとても言いがたい。昨日の朝に傲岸《ごうがん》不遜な態度を見せていたときとは、あまりにも結びつかない姿だった。端的に言って、むごい。いったいどんな理由があれば、まだ十代の少女の体にこれだけの暴力的破壊を加える気になれるのか、和音は改めて疑問を抱く。

もちろんある種の動機や被害者と加害者の関係においては、年齢や性別など意味を持たないか、むしろ殺意を増長させる要因になることを、和音は経験的に知っている。しかし、ここにいる人間の中に、殺すに飽き足らず遺体を損壊させるほど強い殺意の対象として是臼を見ていた人間がいるとは、少なくとも二日付き合っただけの和音には、到底思えなかった。

儀礼的に軽く手を合わせてから、和音は検分を始めた。彼女がまず気になったのは、是臼の死因だった。体をバラバラにされているからといって、その傷が直接死因に結びつくとは限らない。いくらなんでも生きたまま全身を切り刻まれるほど是臼が犯人に恨まれていたとは今のところ考えられなかったし、犯人にしても、抵抗の激しくなる殺し方を意味もなく選ぶはずはない。加えて、生きているうちに大動脈を傷つけられたなら、この程度の出血量で事足りるはずがない。となると……。

和音はいくつかの箇所に見当を付けて遺体を調べ始める。目当てのものはすぐに見つかった。和音はゴム手袋越しに是臼の首筋をそっと撫でた。紫色の輪がぐるりと一周している。

「首に細いあざが残っています。死因はおそらく首を絞められたことによる窒息死でしょう。そのあとに全身をバラバラに切断された。凶器は、細い紐《ひも》状のもの——ロープよりももっと細い何かですね」

「その条件に合うものがあるとすれば……そうですね、ビニール紐なんかどうでしょう」

「ビニール紐？」

「ええ。処分する雑誌をまとめたりするのに使っているものです。ここにいる人間が比較的自由に使える紐状のものというと、まず思いつきますね」

和音は頭の中で梱包用ビニール紐をイメージし、遺体の傷を比較する。

「……断言はできませんが、可能性は高いですね。置き場を知っている人は、どれくらいいますか？」

「誰でも知っていますよ。物置か、キッチンの収納棚か。部外者であるあなたでも、ちょっと想像を働かせれば容易に探し出せるんじゃないでしょうか」

「……なるほど」

ということは、そこから容疑者を絞り込むことは不可能に近い。和音はほかに何か手掛かりはないかと、視線を遺体からその周囲へと移した。視界の端に光るものをとらえたのは、そのときだった。

遺体の足側、和音の立っている位置に近いほうの砂利に埋もれるようにして、クリアブルーの物体が頭を出している。しばし観察してから、慎重に引き抜く。

出てきたのは使い捨てのライターだった。がらくた入れの中を探ればひとつふたつは出てきそうな、半透明のボディがチープな着火具。俗に言う百円ライターというやつだ。

「これは是臼さんの私物ですか？」

密は一瞥《いちべつ》して首を横に振る。

「厳密に言えば違いますが、そう考えてもらっても結構です。そのライターは元々林さんが買った煙草に付いてきたもののひとつです。彼は自前のガスライターを持っていますから、そちらはキッチンの収納に入れてあったんです。そのうちのひとつを是臼さんが蠟燭《ろうそく》への着火用に持ち出したのでしょう」

燭台を見てみると、確かに蠟燭のまだ新しい痕跡が残っていた。台の中心に、薄緑の円が、根元のぎりぎりを切断された切り株のように、わずかに盛り上がって残っている。溶かした蠟で立てた蠟燭を、あとから折り取ったのだと、すぐに見当が付いた。

「ハーブみたいな匂いがしますね」

和音は鼻を近づけて呟いた。

「アロマキャンドルだそうです。僕も使わせてもらったことがありますよ」密が答える。「是臼さんはその香りがお気に入りだそうで、愛用していました。部屋を探せば同じものがいくつか見つかると思いますよ。……この場所は気密性が高いので、換気のことを考えるとあまりよろしくないのでしょうが、これまで問題が起こったことはありませんでしたね」

「なるほど」

和音は更にライターを調べた。是臼が使っていたとなると滑稽なほどに、どこにでもあるような量産品。底のほうに亀裂が入っていて、中が空になっていた。燃料の液化ガスは、漏れ出して気化してしまったらしい。

続いて和音は、燭台の痕跡のことを考えながら再び室内を調べる。だが、折り取られたはずの蠟燭はどこにも見当たらなかった。代わりに和音は、蠟燭の入っていたらしいビニールの包装を発見した。製造元の名前には聞き覚えがない。商品情報の欄には、『使い切り用フレグランスキャンドル　六個入りカモミール＋レモングラス　燃焼時間：三時間』とある。中身は空になっているところを見るに、是臼が人生最後の瞑想に際して、ちょうど最後の一本を使い切ったらしい。密に見せると、「その袋に入っていたもので間違いないでしょう。見覚えがあります」と答えた。

「燃焼時間、三時間……」

昨日の十時頃、楠田は山道を登っていく是臼を目撃したと言っていた。そこから二十分かけてこの掌室堂まで登ってきて、キャンドルに火をつけたとして、燃え尽きるのが一時二十分……。

「遺体の解体はいつ行われたのか、という点については見当が付きそうですか？」

包装の文字を読みながら考えをまとめていた和音に、焦《じ》れた風に密が言った。

和音はしぶしぶ思考を切り替えて、遺体の腕に触れる。ひんやりと冷たく硬い人体の一部。そこにはもう生の名残は感じられない。

「出血量から判断するに、おそらく死後ではないか、としか言いようがありませんね」

「死後硬直から割り出せないんですか？」

「残念ですが、そこまで詳しくはないので。死亡推定時刻なら死斑や硬直具合から概算できますけど、今回の場合はそれも自信を持ってとはいきません」

「頼りない話ですね。そこを絞り込めれば、容疑者が限定できるかもしれないのに」

自称名探偵のくせに、とでも言われた気がして、和音はむっとする。

「もちろん、法医学に基づいた、一般的な目安くらいなら言えます。人が死んでから、だいたい二時間とか三時間で、顎や四肢の筋肉が固まりだして、それから……ええと、指なんかの細かいところまで、完全に全身の関節が固まるのは、八時間から十時間とか、十二時間とか、そのくらいです。でもこれは年齢とか気温とか、あとは亡くなる直前の行動なんかで変化してきます。死亡する直前まで運動していると、死後硬直は早まるんです」

「ですが是臼さんの年齢はおわかりでしょうし、事件があった時点におけるこの場所の気温もおおよそ見当が付きます。行動にしたってそうです。犯人の手にかかる直前まで、是臼さんはこの場所で瞑想していた可能性が高いですよね。そういうところからおおよその見当が付くのではないですか？」

「……遺体が普通の状態、つまり外傷に乏しいようなら、可能だったかもしれませんね」和音は正直に答えた。「ですが、こうもバラバラに切断されているとあっては話が別です。このような状態の遺体に対してどのように死体現象が進行していくのか、私は知りません。それに十分なデータを取るための準備もない。正確な死亡推定時刻を割り出すなんて、土台無理な話ですよ」

和音はそう言って是臼の遺体を見下ろし、その切断面に順に目をやった。ひとつ、ふたつ……全部で十のパーツに切断されている。頭、右手、右前腕、右二の腕、左前腕、左二の腕、胴体、右太腿、右すね、左脚。衣服はほぼ、胴体に残っていた。脱がせて切ってまた着せて、という手順が取られたわけではなさそうに見える。犯人には特定の位置で死体を切断することには、こだわりがなかったということだろうか。

「その代わり、わかることもありますよ。さっき言っていた凶器のこともそうですし、あとは切断に使われた道具もだいたい見当がつきます。ここでは薪が燃料として現役なんですよね」

「風呂を沸かすために使っていますね。場所柄、ガスの利用も抑えめにする必要があるので」

「多分、凶器はそのあたりじゃないでしょうか。人一人を解体できる刃物となると、かなり限定されますから」

「なるほど、斧《おの》がなくなっていないか調べてみるとしましょう。もし本当に消えていたら、捜す必要もありますね。もっとも、見つかったとして、薪割りには二度と使えないでしょうが」密が言った。珍しく感情のこもった、苦々しげな口調だった。「人を切るのに使われたとあっては、処分するよりほかないでしょう」

「いや、多分警察が証拠品として押収するでしょうから、処分どころの話じゃありませんよ」

「ああ、そういえばそうですね」密はどこかとぼけた反応をした。「ところで、犯人が解体に要した時間は見当が付くでしょうか。相当手間をかけたのは、間違いないと思いますが」

「ええ、これだけの作業となると、どんなに短く見積もっても三十分はかかるんじゃないでしょうか。ただ、気になるのは……」と和音は眉間にしわを寄せた。「切断面が一定じゃないんですよね。たとえば右手首の切断面は一息で切り落とした風なのに、左前腕〜左二の腕間の切断面は繰り返し凶器を振り下ろした様子がある。右前腕〜右二の腕間なんか、筋肉を断ち切れなくて力任せにへし折ったように見えます」

「作業を繰り返しているうちに上達した、ということでしょうか」

「かもしれません。あるいはわざとそうしたということも」

「わざと？」

「すべての切断が一刀両断の下に行われていれば、犯人はそれだけ力のある人間、おそらくは男性ということになりますからね。戸嶋さんは問題外としても、水浜さんや原井さんでも可能かどうか」

「なるほど。そうなると犯人は男性で、目くらましのために切り方を変えたということですか？」

和音は首を横に振る。

「そうとは限りません。逆に、切断に手間取った痕跡から、非力な人間が犯人であろうと特定されることを恐れた女性が、部分的に必要以上に力をかけて解体を行ったという線もありますから。……いずれにせよ、問題になるのはそうまでして遺体をバラバラにした理由です。怨恨《えんこん》か偏執か、あるいはもっと現実的な理由によるのか」

「現実的な理由というと、たとえば遺体を隠すため、ですか」

「そうですね、人間の死体となるとかなり大きいですから、隠すために切り刻むというのは動機としては自然です。ただ……今回の場合は、その仮説では犯人の行動と矛盾する。犯人は遺体をこの掌室堂に放置していたわけですから」

「確かに、隠すために遺体を切り刻んだというのなら、山のどこかに埋めるか、せめて森の中に投げ捨てるくらいのことはするでしょうね。うまくいけば野生動物が持ち去ってくれるかもしれませんし。それに、解体を掌室堂の中で行っていることもおかしい。これだけの血痕が残っていれば、たとえ死体を隠しても、掌室堂の中で、なんらかの事件が起こったことは明白ですから……」

そこまで言ったところで、密はふと口をつぐんだ。

「どうかしましたか？」

「ああ……いえ、なんでもありません。話を続けましょう」

ごまかすような態度に和音は疑問を感じたが、それを追及する前に、ふと思いつきが脳をかすめた。

「もしかすると、遺体を切断したのは犯行時刻をごまかすためかもしれませんね」

「……というと？」今度は密が首をかしげた。が、すぐに「ああ、つまりさっきあなたがおっしゃっていたことの逆ですか」と反応する。

「そういうことです。遺体が通常の状態なら、死後硬直だとか、あとは死斑や体温なんかも総合して、ある程度被害者が亡くなった時間帯には見当が付く。それはつまり、殺人犯にとっては犯行時刻を限定されるということであり、ひいては正体の特定に繋がるわけですから、妨害しようと考えるのは自然です」

「……そのために、死体をバラバラにするというところまで実行するでしょうか」

「慎重な犯人なら、あり得るかもしれませんよ。……まあ」和音はそこで、遺体を調べる手を止めて立ち上がると、密に対して向きなおった。「殺人のあった時刻は、だいたい昨日の午前中で間違いないと思いますよ。昨日遺体に触れたときの感触から、亡くなったばかりとは考えられませんでしたから。それに、傍証もあります」

「傍証？」

「これですよ」

和音はアロマキャンドルの袋を掲げた。

「是臼さんは瞑想の際にアロマキャンドルを使っていた。事件があったときも、おそらくキャンドルに火はついていたことでしょう。この燭台の上でね」

　そう言って和音は掌室堂の奥にある燭台のそばへと近寄る。

「燭台の皿を見てください。中央に、綺麗な円柱形で蠟が残っています。高さはごく低いですが、そこに蠟燭が立てられていたことは明白です。同時に、それがこの燭台で最後に使われた蠟燭によるものであることも、蠟の形が崩れていないことから間違いない」

　和音がそこまで言うと、密は首をひねってちらりと屋内へ目をやり、それから「確かにおっしゃる通りですね」と、またそっぽを向いた。

「……そこから見えるんですか？」

「視力はいいほうですから。それで、その痕跡にいったいどのような意味が？　燭台の上に蠟燭があったのは、当然のことでは？」

「ええ。燭台に蠟燭が載っているのは自然なことです。でも、この痕跡からわかることはそれだけじゃありません。蠟燭の根元が綺麗な形で残っているということは、つまり蠟燭は燃焼の途中で折り取られたということです」

　密の肩が小さく揺れた。和音の口元に笑みが浮かぶ。

「ケーキの上に立っているものでもない限り、普通蠟燭は根元まで燃えるようになっています。そのほうが経済的ですからね。この蠟燭もそれは同じです。火をつけたままにしておけば、最終的には溶けてなくなるはずでしょう。にも拘わらず、この蠟燭は燃焼途中で根元から折られ、燭台から回収されている。さて、ここで疑問が二点浮かびました。その一、蠟燭はいつ持ち去られたのでしょう。その二、蠟燭は誰によって持ち去られたのでしょう」

一本二本と指を立てながら和音は尋ねる。

「その一についてはすぐにわかります。着火してから三時間以内です。でなければ、アロマキャンドルは根元まで燃え尽き、折り取るどころか形も残っていなかったことでしょう。では問題その二、蠟燭を持ち去ったのは誰か。これも簡単ですね。元々の持ち主である是臼さんが亡くなっている以上、現場に立ち入り、蠟燭を回収しうる人間は一人しかいません。言うまでもなく、是臼さんを殺害した犯人です。さてそれでは疑問その三」

右手の人差し指、中指に続いて和音の薬指が立つ。

「なぜ犯人は、蠟燭を持ち去ったのか。そもそもこの蠟燭は是臼さんが持ち込んだものです。犯人にとっては縁もゆかりもない。それなら、犯行時に犯人の正体を示す手がかり、例えば指紋がついたとか、そういうことでしょうか。違います。なぜなら燭台はこの通り、掌室堂の奥にあるから。犯行の際に誤って触れるようなことは考えられません。では蠟燭に犯人を特定しうる手掛かりが残るということは考えられないでしょうか。……いえ、ひとつだけ、蠟燭がここにあることによって明らかになることがあります。犯行時刻です」

「……おっしゃっている意味がよくわからないのですが。たとえアロマキャンドルをそのままにしておいても、殺人がいつ起こったのかに繫がる証拠にはならないでしょう。放置しておけばいずれ燃え尽きるんですから」

「いずれ燃え尽きますね。火がついていれば。ところで、先ほど見つかった是臼さんのライターは、どのような状態でしたか？」

「…………！」

密が冷や水を浴びせられたようにはっとした表情になる。

「なるほど……つまり、あなたはこう言いたいんですね。アロマキャンドルは犯行があった際に消えたのだと」

「その通りです。おそらく、犯人と是臼さんがもみあう中で消えたか、あるいは遺体から飛び散った血が火に飛んだのでしょう。とはいえ、それだけなら再着火すればいいだけのことです。あなたが今言ったように、火をつけて放置しておけば、殺人があったタイミングで火が消えたことなど、わかりようもない。犯行時刻の特定にも繋がりません。ですが、犯人にはもうひとつ不運がありました。是臼さんのライターが、壁に当たるか何かでひびが入り、中の燃料が漏れ出していたことです。だから、犯人は蠟燭に再着火することができなかった。これは大問題です。蠟燭を放置したままでは、殺人が火の消えた時点で発生したことを推測する人間が必ず出てくる。是臼さんがいつ掌室堂に入ったのかを推定する根拠がほかにあれば、それだけで殺人のあった時間が大きく限定されてしまいます。犯人はそれを避けなければならなかった。だからこそ、不自然になることを承知で、アロマキャンドルを折り取って回収するという手段に出たんです。ただし、それは完璧な解決策ではなかった。蠟燭を折り取る必要があったということは、蠟燭が燃えている間に殺人があったということと同義ですからね。つまり、殺人があったのは是臼さんが掌室堂に入ってから三時間以内、昨日の十時過ぎから一時過ぎの間ということになる」

「……ですが、それは死後硬直の状況からもほぼ同じことがわかっていたのでは？」

「それでも、私が死後硬直について偽証しているという可能性は否定できたでしょう」

「ああ、それなら最初から気にしていませんでしたよ。水浜さんの所見とも一致していましたからね」

当然のようにそう言ってのけた密に、和音は鼻白んだ。

「……水浜さんの？」

「ええ。彼女はああ見えて、もと看護師ですので、昨夜のうちに検分をお願いしておいたんです。死亡推定時刻も、切断に要したであろう時間も、あなたの推定とほぼ一致しています。解体がいつ行われたのかわからないというところまで一致していたのは残念ですが、まあそれだけ正確な検分を心がけていらっしゃるということでしょう。さすがに名探偵の肩書きは伊達《だて》じゃないようですね、素直に敬服しますよ。あなたのような聡明《そうめい》な方が助手で、僕も心強いです」笑顔で言いながら和音の顔にちらりと目をやる密。「どうして先に教えてくれなかったのか、という顔ですね。当然でしょう。先に教えたら推測に予断が生じますから。別々の人間がそれぞれ検分を行い、その結果が一致することに意味があるんです」

確かにそれは道理だ。しかし結果を言わずとも、第三者による検分が実施されていることくらいは先に伝えてくれてもいいのではないか——主に、和音のやる気とプライドの都合上。

とはいえ、冷静に考えてみればもうすでに和音と密以外の第三者が昨夜以降ここに入ったことも、自明といえば自明だった。さっきから岩屋の入り口をくぐろうともせずに、時折肩越しに和音の様子をうかがうだけの密が、バラバラになった遺体を元通り並べたりビニールシートをかけてやったりするはずがない。

「しかし、そうなると……」密は口元に人差し指を当て、思案をめぐらすように眉根を寄せた。「アリバイの面から、容疑の枠をある程度限定できそうですね」

和音は頷いて、上着のポケットから手帳を取り出す。そこに挟んであったアリバイ表に目を通しながら、再び昨夜のことを回想した。

◆　◆

和音の本名と素性を知らされた一同の驚きは、派手なジェスチャーこそ伴わなかったが、はっきりとしたものだった。奇異や懐疑の目の中に宿る、奇妙な興奮の色。どうやら密は、和音が探偵であることを、一部の人間にしか知らせていなかったらしい。そんな中、林だけが無精髭《ぶしょうひげ》の生えた顎を撫でながら、しきりに頷いていた。

「なるほど、安威和音ね。いやあ、まさか実在していたとは」

「ご存じでしたか、林さん」

密が意外そうに言う。

「五、六年ほど前、何かの取材をしていたときに、名前を聞いたことがある。名探偵だとかいう噂《うわさ》だったから、気になって軽く調べてみたよ」

レンズ越しの視線が、和音と交差する。

「ま、本腰入れて調査したわけじゃないがね。その頃は金がなくて、仕事のほうで多忙だったし。神出鬼没に電光石火、助手と共に次々事件を解決しては、自分の手柄にすることもなく、風のように去っていく名探偵。聞いたのは大体そんなところだったよ。具体的な話まで行き着くのは稀《まれ》だった。中には前科持ちの巨漢を一本背負いで投げ飛ばしたなんて噂もあった。さすがにそれは、とんだ誇張だったようだが」

そう言うと、軽薄な雑誌記者は和音の細腕を見て笑った。

和音の胸中には相反するふたつの感情があった。安威和音の名を憶《おぼ》えてくれている人間がいたことへの感謝と、今現在の自分に対する不甲斐《ふがい》なさ。しかし、どちらかというと優勢なのは後者のようで、教団の面々の目の中に非難の色を感じるのも、それが一因であるように思えた。

戸嶋だけが普段通りといった様子で、小さな体を椅子の上で静かに揺らしていた。目はまぶたの重さに耐えきれないという風に閉じられており、何か食べているはずもないのにもぐもぐと動き続ける口の上下に、かろうじて眠ってはいないことがわかるばかりだった。

「さて、僕と和音さんが事件の調査をする上で、ひとつ皆さんにも協力してほしいことがあります」密が言う。「今後の捜査を円滑に進めるためにも、犯行があったと思われる時間帯、すなわち今日の朝から昼頃までの動向を確認しておきたいと思うんです。どこで何をしていたのか、またそれを証明できる人物は誰かを、できる限り詳細にお答えいただけるでしょうか」

俗に言う、アリバイ調査というやつだ。和音は全員の証言をまとめることに備えて手帳を取り出した。

「それではまず僕から証言させてもらいましょう。あとは、そうですね、時計回りに原井さん、林さんと。それでいいですね？」

二人が頷く。ほかの人間からも異論は出なかったが、和音は口を挟んだ。

「その前に、亡くなった是臼さんの目撃証言を確認しておいたほうがいいのでは？　私は朝食の席で是臼さんに会い、そのとき彼女の口から、今日は一日瞑想をするつもりだと聞かされました。是臼さんが出ていくときに、食堂の出入り口にかかっている時計を見ましたが、八時四十五分頃だったように記憶しています。もしもそれ以降に是臼さんを見たという人がいれば、犯行時刻も狭まると思うのですが」

「……だ、そうですが」出鼻をくじかれて、密はこころなしか不機嫌になったように思えた。「どなたか今日、朝食のとき以降に、生きている是臼さんを見たという方はいらっしゃいますか？」

するると、平坂と楠田が目を合わせた。それから平坂のほうが遠慮がちに言う。

「俺と楠田さんは、是臼さんがちょうど石段を上り始めたところを見ました。俺が薪割りを終えて、楠田さんと立ち話をしているところに通りかかったんです」

「時間は十時ちょうどでした。食堂のほうからチャイムが聞こえてきたのを覚えていますから、間違いないでしょう」

楠田が後を引き継ぐ。そういえば、食後に会ったとき、是臼に会ったと言っていたと、和音は思い出しながら尋ねる。

「間違いなく是臼さんだったんですか」

「見たのは後ろ姿だけですけど、あの格好を見間違えたりしませんよ」

言われてみれば確かにそうだ。こんな山奥に通りすがりのゴシックロリータがいるとも思えない。

「では、その後是臼さんの姿を見たという方は？」

再び密が尋ねる。今度は発言する者はいなかった。

「ということは、是臼さんが凶行に巻き込まれたのは、十時以降であると見てよさそうですね」

「付け加えると、遅くとも昼過ぎ……午後一時か二時頃には亡くなっていた、ということも言えると思います。遺体に触れたとき、死後硬直がかなり進行している印象を受けました。亡くなったのが遅い時間なら、そこまで死後変化は進んでいなかったと思います」

「では、そうですね……順を追って思い出してもらったほうが記憶もはっきりするでしょうし、起床時から午後二時頃までの各人の動向を確認することにしましょう。まず僕から。今日は八時前に起き、ここで朝食をとりました。僕が入ったとき、ちょうど八時のチャイムが鳴ったのを覚えています。食事が終わったのは八時三十分より少し前でした。また、食事を終えるまでの間には、林さんと和音さん、それに是臼さん以外の全員が食堂に来ていたのを覚えています。……食事のあとは、しばらく自室で一人でした。それから軽く運動をしておこうと外に出たとき、玄関のところで和音さんと楠田さんに遭遇しました。確か是臼さんの話が出たのはそのときでしたよね」

和音と楠田はめいめい頷いた。

「では、あれが十時過ぎのことになりますね。僕はその前後に時計を見なかったので、十時をどれくらい過ぎていたのかはわかりませんが。ともあれ、五分ほど立ち話をしたところで、今度は駐車場のほうから原井さんと林さんが来て、そこでまた会話になりました。内容は、一昨日山中でガス欠になった車を取りに行くため、和音さんの車を借りたいというものでしたね。話がまとまって、お二人が出発したところで和音さんとも別れましたが、そのときの時間はよく覚えていません。そのあとは、執務室に戻って、昼までずっと仕事をしていました。ただ、途中で一度……十一時過ぎだと思いますが、お手洗いに立ったとき、原井さんの運転する車が戻ってくるところを見かけたので、出迎えに出ましたね。それから正午になったところで昼食のため、また食堂に来ました。今度は林さんと是臼さん以外の全員がいたように思います。全員、一時頃までは食事をしていましたね。それからは和音さんの取材のため、そのまま食堂で、ディスカッションを行いました。終わったのは三時頃でしたから、午後はずっと誰かと一緒にいたことになりますね。以上です」

和音は密の記憶が正確なことに感謝しながら、手帳の一ページにアリバイをまとめた。今の調子で全員分の発言が続けば、南方熊楠《みなかたくまぐす》でもない和音には丸暗記できるわけがない。速記のせいでかなり雑な文字になっているので、聴取が終わったら、時間を見つけてまとめ直そうと和音は決めた。

「午後には三時過ぎまで揃って食堂にいたってことはさ」と林が口を挟んだ。「そこにいた奴らは全員、午後のアリバイが確立されてるってことでいいよな？」

「そうなるでしょうね。昼食時にもディスカッション時にも、長時間中座した方はいなかったはずですから」

「そりゃ話が早くて助かるな」

林はそう言って笑った。

続く原井は、このような事態にも臆した様子は見られなかった。彼女はよどみなく答えた。

「私が起床したのは七時頃でした。しばらく自室で身なりを整えてから、八時前には食堂に入り、それから朝食を摂りました。食事が終わったのは、八時三十分頃だったように思います。そのとき和音さんの姿が見られなかったので、起こしにうかがいました。そのあと事務室で、ひとりで書類の整理をしていると、十時前――確信はありませんが、体感的に九時五十分頃だと思います――に林さんが来て、昨日山の中に置いてきたライトバンを取りに行きたいので、同行してくれないかと言われました。承知して駐車場にあるほうのライトバンにガソリンの携行缶を積み込んだのですが、バッテリーが上がっていたらしく、エンジンがかかりませんでした。どうしようかと思っていると林さんが、安威さんの車を借りてはどうかと提案してきました。そのときちょうど彼女と密様が通りかかったので、二人でその旨を説明しました。了解を得た直後に、私と林さんは安威さんの車のトランクに携行缶を積み替え、エンジンをかけました。そのとき運転席のデジタル時計を見て、十時十五分だったのを憶えています。乗り捨てであったライトバンのところに着いたのは、確か三十分もしない頃でした。それから林さんがライトバンにガソリンを補充し、エンジンがかかったのを確認したところで、私は来た道を引き返しました。心在院に戻ってきたときにも時計を見ましたが、ちょうど十一時十一分でした。ゾロ目だったので、これはよく憶えています。そして、先ほどおっしゃっていたように、このとき密様に会って、少し話しました。それから正午に食堂へ行くまでは、自室で休んでいました。もちろん一人です。昼食以降の流れについては密様と同じです。一時ごろまで食事を摂ったあと、そのまま食堂でのディスカッションに立ち会いました。以上です」

次は林だった。彼にも緊張した様子は見られなかった。心臓に毛が生えているのだろう、と和音は内心思った。

「俺は今朝、六時には起きていた。……いや、本当だぜ？　といっても、自分の部屋でずっと原稿を仕上げてたから、証明はできないけど。なんなら書いた原稿を見せてもいいから。四国の奇祭特集に興味があるんならあとで見せよう」

「そうですね、考えておきます。ところで、その記事が間違いなく今日の午前中に書かれたものだという証明は？」

「ない。そもそも俺がサボらなきゃ先週には仕上がってたはずの記事だからな」

なぜか自慢げに林は言った。

「そんなわけで、その仕上げに忙しくて、朝は食わなかった。んで、仕上げを済ませたところで、昨日車がガス欠になって送れなかった原稿と一緒に、山向こうの郵便局まで持っていこうとしたところで、駐車場にあったライトバンが動かないことに気付いた。原井ちゃんの話から逆算すると、九時四十分頃のことになるかな」

ちゃん付けで呼ばれた原井が眉根を寄せたのを、和音は見逃さなかった。だが、今はそれよりも気になることがあった。

「……すみません、どうして昨日の原稿は、最初から今日まとめて送ろうとしなかったんですか？　二日続けて山の中を行ったり来たりする意味は……」

「昨日の原稿は、昨日が締め切りだったんだよ。不運なアクシデントで間に合わなかったけどな」

「……じゃあ、昨日ここに戻ってきてすぐ、残っていたほうのライトバンで再出発しなかったのは……」

「疲れてたし、暗いし、雨降りそうで不安だったからな。それに、昨日は原井ちゃんも忙しそうだったからな。ここにいる中でまっとうに運転できるの、原井ちゃんだけだし。まあそんなわけで、今朝になってからようやく原井ちゃんを連れてのドライブとしゃれ込もうとしたとき、車が動かないことに気付いて……あ、これはさっき言ったっけ？　まあいいや、その辺はさっき教祖サマや原井ちゃんが言った通りだよ。放置してあった車に、ガソリン補充したところまで。それから後は、郵便局で原稿を送って、編集部に連絡取って帰ってきたのが……だいたい四時だったかな。あとは疲れたから、夕食の時間まで部屋で寝てた。まあそんなところだ」

次の水浜の証言は、緊張しているのかところどころで齟齬《そご》が生じ、それを補っていった結果、以下の通りになった。起床は七時半。身支度をしてすぐ戸嶋の部屋へ行き、起こした戸嶋の着替えを済ませ、八時頃には一緒に食堂へ行った（ここの説明を聞いたとき、和音は彼女が戸嶋の部屋の鍵を普段から預かっていると知った。もっとも、いつもは施錠していないとも言っていたが）。朝食を済ませたのは八時半頃で、その後は戸嶋を部屋に戻したあと、自分も一旦部屋に戻った。九時になるかならないかという頃に、越屋が部屋の前にやってきて、今日の昼食準備当番が水浜であることを確認して去っていった（この発言については、時間のことも含め、越屋も同意した）。その後戸嶋の部屋に向かうと、十一時半まで戸嶋と共に過ごした。この間に会った戸嶋以外の人間は、十時四十分に来て、林さんは昼過ぎまで帰ってこないだろうから、昼食は一人分少なくていいと告げていった楠田だけだった。十一時半になると部屋を出て食堂に向かい、昼食の配膳などを手伝った（食事当番なら調理もしないといけないのではと和音は首をかしげたが、食事は基本的にいつも越屋が作っており、回り持ちの仕事はあくまで前の食事で汚れた食器を洗うことと配膳、それに後片付けだということだった）。十二時近くなったところで戸嶋を部屋から連れ出し、昼食。食事が終わるとまた戸嶋を部屋に戻し、昼食の後片付け。それからはほかの面々と共にディスカッション。

続く戸嶋の証言は、水浜のアリバイを裏付ける上では重要な意味を持っているはずだったのだが、水浜と密、そして和音が近寄って辛抱強く話を聞いた結果、どうやら殺人の容疑者特定論理に組み込めるだけの証言能力がないらしいことがわかっただけだった。密は、時間によってはよくなるときもあるんですが、と言ったが、それがいつなのかはわからなかった。水浜は口を引き結んで何かに耐えるような表情をしていた。老婆はただ、柔和な笑みを浮かべるばかりだった。仕方なく、証言の番は楠田へと移った。証言者も後半に入ると、重複も多くなってきたが、楠田は省くことなく述べた。

「私は七時半に起き、着替えると食堂に向かって、八時から食堂で朝食を摂りました。食べ終わったのは、三十分頃だったように思います。一旦部屋に戻ってから、外へ出て掃き掃除を始めました。時間は九時半頃ですね。掃除中は、風呂のところで薪を割っていた平坂くん以外には会いませんでした。姿を見たのは掃除の頭と終わり、九時半と十時だけですが、ずっと薪を割る音が聞こえていたので、その間彼がずっとそこにいたのは確かだと思います。十時には平坂くんも薪割りを終えていたので、短い立ち話をしました。先ほども申し上げた、是臼さんが掌室堂へ向かうところを見かけたのは、このときですね。そのすぐあとに平坂くんと別れ、箒を片付けるために表へ回ったところで、安威さんと密様に会いました。また立ち話をしていると、更に林さんと原井さんが、車のことについて話しにきました。結局会話が終わって玄関の用具入れに箒を片付けたのが、十時十五分でした。だから原井さんの出発と同時刻になりますね。ロビーの掛け時計を見ましたから、これは間違いないと思います。その後は正午になって昼食を食べにいくまで、基本的には事務室でずっと仕事をしておりました。例外はお手洗いに立ったときと、十時四十分に戸嶋さんの部屋に行ったときですね。部屋に行った理由は、水浜さんは多分そこか自室にいるだろうと思ったからです。林さんが、帰りが遅くなると言っていたのを思い出したので、昼食の配膳を一人分減らしてもらうことを伝えようと考えまして。そのとき、戸嶋さんの様子見がてら、五分ほどは話していたんじゃないかと思います。あとはずっと事務仕事です。原井さんは出かけていたので、ずっと一人でしたね。いや、厳密に言えば、昼前には帰ってきていたのか。でも、部屋にいた、ということでしたね。だから、結局午前中のアリバイは、十二時に昼食へ向かうまでないわけです。一方で午後は昼食後にディスカッションに参加していましたから、ほかの皆さん同様、確固たるアリバイがあります。以上です」

続く平坂の証言にも、楠田のそれと一致する箇所が多かった。

「起きた時間ははっきり憶えてないけど、多分八時少し前です。着替えて食堂に向かったとき、ちょうど八時になるかならないかって時間でしたから。二十分か三十分くらいで食事を済ませて、それから部屋で休憩してたんですけど、俺の当番になってた薪割りを朝のうちに済ませておこうと思って、九時半頃から風呂の焚き口でしばらく作業を続けてました。始めるときに、ちょうど楠田さんが通りかかったんで挨拶を交わしました。終わったときにもやっぱり近くにいたんで、また少し会話をしました。そのとき是臼さんが通りかかって、階段を上っていく後ろ姿を見ました。その後は昼まで自室で休んでました。部屋に戻るときは表玄関じゃなくて裏口を使ったんで、玄関側にいた人たちの顔は見てません。正午からはほかの皆さんと同じです」

次の越屋の話も、喋り方はゆっくりだったが、内容自体ははっきりしていた。

「僕が起きたのは七時頃でしたね。七時半から八時まではキッチンで朝食の準備をしてましたが、この間は誰にも会いませんでした。八時を過ぎた頃、いつものように皆さん起きてこられたので、会話しながら一緒にご飯を食べました。食事が終わったのもいつもと同じ、八時半前後。それから食器を流しに置いて、昼まで休憩することにしました。これもいつも通りです」いつも通りにしていれば疑われないという強迫観念があるのか、越屋はその言葉を再三繰り返した。「そうそう、九時に水浜さんの部屋へ行って、食事当番の確認をしましたね。今日はお客さんもいるから、遅れると困ると思いましたので」

お客さんというのは和音のことだろう。林については、今日のところは昼食の必要はなかったわけだが、普段から客人扱いされているのかどうかはわからない。

「そのとき水浜さんは着替え中とのことで、隙間を開けたドア越しに二言三言交わしただけでしたが、間違いなく水浜さんの声だったと証言できますよ。それから、今言ったように休憩をとって、昼食の準備を始めたのは十一時過ぎでした。水浜さんが食器を洗ってくれたので、急いで用意を……いや、その前に何かあったかな」

一同の視線を受けて、越屋は居心地が悪そうに考えていたが、記憶をもみ出すように頭を撫で回しているうちに「ああ、そうだ」と声を上げた。

「休憩中、部屋に置いてあった目覚まし時計が頭に落ちてきて、たんこぶができてたんですよ。ほら、午前中に一度地震があったでしょう。……そうだ、十時半だ。文字通り叩き起こされたからよく憶えてますよ」

ああ、そういえば……という雰囲気が一同の間に流れたとき、和音はふたつの点について、少なからず驚いていた。まずこの場所においては、地震というのがほとんど頭に残らないほど日常的なものとして認識されていることに。そして、和音自身もそのことについて、すっかり忘れ去っていたことに。

「十分くらいしても痛みが引かないんで、台所へ氷を取りに行ったんですよ。そのとき確か、ついでにトイレへ行こうとして、途中ロビーで楠田さんと会いましたよ。すれ違っただけでしたけど」

「ああ、そういえばそうだった！」と楠田が膝を叩く。「うん、そのとき私は水浜さんのところへ向かう途中だったんだ。失念していてすまなかった」

「いえいえ……ええと、それでどこまで話しましたっけ。ああ休憩を終えたところまででしたね。昼食の準備を始めたのは、十一時半でした。このときは水浜さんが、ずっと一緒にいました。それからあとは皆さんの証言と同じです」

最後に和音の順番が回ってきた。彼女は手帳を閉じると、一日のうちにあったことを、順番に思い出していった。八時三十分に目を覚ましたこと。食堂に着き、是臼と四十五分まで食事をしていたが、証明できる第三者はその場にいなかったこと。十時に外に出たとき、楠田と密、林と原井に、順に遭遇したこと。昼食時、十二時には食堂にいたこと。昼食を終えたあとは、林と戸嶋を除いた人間と共に、三時までずっと食堂にいたこと。アリバイとして証言できるのはそのくらいだった。あとの時間にしていたことは、部屋で過ごしていたことをはじめとして、ここで述べ立てても仕方ないことばかりだ。

全員の発言が終わったところで、再び密に視線が集中した。彼はまず、「今になってから、言い忘れに思い至った方、あるいはほかの誰かが言ったことと記憶の食い違う方はいませんか？」と一同を見ながら言った。

「――すみません。ひとつ、参考までに教えてください」和音は、ふと思いついて一同に問いかけた。「今アリバイを調べなかった午後三時以降についてです。午後三時から夕食のために全員が集まった午後七時までの間、誰にも会わなかった時間が一時間以上ある、という方は、挙手をお願いします」

真っ先に手を挙げたのは、ずっと寝ていたと自ら証言した林だった。続いて原井、密と、ぱらぱらと手が挙がっていく。

「――全員ですね」

和音は確認するようにそう呟いた。挙がっていた手が、順に下りていく。

戸嶋を除く全員が、今、手を挙げた。

つまり、午後三時以降のアリバイが確定している人間はいない。

言い換えれば、午後三時から七時までの間に掌室堂に行くチャンスは、全員にあったことになる。

もちろん、その時間帯は死亡推定時刻の範囲外だ。だが――

「……ありがとうございました。私からは以上です」

和音はそう言って、場の進行役を密に返した。彼は少しの間、不思議そうな顔をしていたが、すぐに気分を切り替えるように言った。

「それでは、もう夜も更《ふ》けてきたことですし、今日はこれで解散としましょう。最後にひとつ――僕たちは今、二年前と同等か、それ以上の危機に直面していると言えるでしょう。ですがご安心ください。僕たちにはあらゆる知の集合体たる神と、確固たる相互の繫がりがあります。そして皆さんには、僕がいます。この事件の謎は、僕が必ずや、解き明かしてみせましょう。――では、お休みなさい」

◆

◆

結局、昨日はどれだけの人間が満足に眠れたのだろうか。そんな自分には判断のつきかねる疑問について考えるのはやめて、和音は目の前にある、徐々につかみ所の現れてきた問題に挑むことにした。ポケットから取り出した手帳の、栞《しおり》を挟んでおいたページを開く（図1）。

図1：第1の殺人におけるアリバイ表（灰色部分は不明瞭なアリバイ）

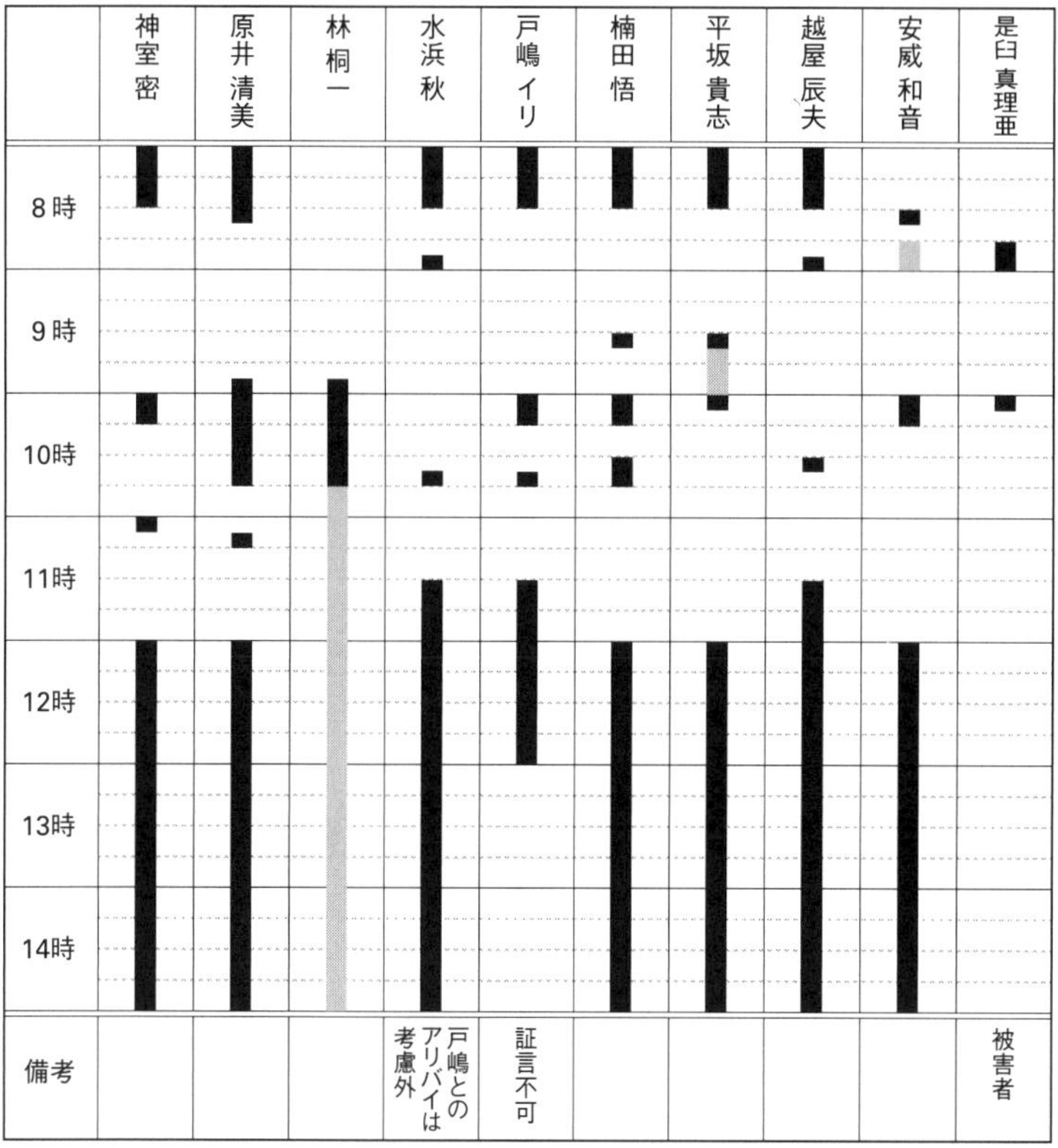

十人分のアリバイ表となると、それなりに情報量は多くなるが、こうして見ると争点ははっきりしている。是臼が最後に目撃されたのは十時。十二時以降については、ほとんどすべての人間に関して、食堂にずっといたというアリバイがある。例外は林と戸嶋だが――

「林さんと戸嶋さんは、真っ先に容疑者圏外に置かれますね。林さんは是臼さんが死亡したと思われる時間にはずっと外出していましたから、アリバイが成立します」

是臼を殺すために、こっそり戻ってきたというのも考えづらい。原稿を郵送したと言っていたから、郵便局に問い合わせれば受付時間が記録されていることだろう。行きの道中のどこかで引き返して犯行に及んだとすれば、発送時間が不自然に遅くなっているはずだ。そんな簡単に露見する嘘を、林が口にするとは考えられない。

「戸嶋さんについても、水浜さんを中心とした複数人の証言がありますし、そもそも年齢や体の状態からして犯人である可能性はほぼないと思われます」

和音は昨日戸嶋の証言を聞き出そうとしたときのことを思い出す。そのときの態度が演技だとは、到底考えられなかった。仮に演技だったとしても、あの小柄で背中の曲がった老婆に、人一人殺してバラバラにするだけの力があるとは、やはり想像できない。

「……林さんと戸嶋さんの犯行が否定されるのはいいとして、容疑者圏外に置かれる人間はほかにもいるのではありませんか?」密が問いかける。「是臼さんの遺体はバラバラにされています。その作業に要する時間は、あなたと水浜さんの見立てによれば、三十分ほどのはず。また、心在院からここまでは、急いでも十五分、往復なら三十分はかかります。殺人自体がごく短時間……数分ほどで済んだとしても、犯行全体に要する時間は、合計すれば最低一時間。ですが、原井さんは十一時十一分まで外出していますから、犯行に使える時間は五十分弱しかありません。また、水浜さんについても、似たようなことが言えます。戸嶋さんの証言が期待できないものだとしても、彼女は十時四十分から五分間ほど、楠田さんと会話しています。是臼さんが最後に目撃されたのが十時以降で、水浜さんのアリバイが成立していないのは十時から十時四十分の間と、十時四十五分から十一時半の間だけ。犯行のために必要な一時間を確保することは不可能です」

「確かに、殺人と死体の切断を同時に行ったとすれば、その二人にも犯行は不可能だったと判断できますね。でも、それらが別々のタイミングで行われたとすればどうですか？」

べつべつの、に力を込めた言い方で、和音は指摘した。

「昨日のアリバイ調査のとき、私が最後に聞いたことを憶えていますか」

「午後三時以降のアリバイのことですか？」

「そうです。その時間帯は是臼さんの死亡推定時刻を過ぎているので、一見すると確認は無意味に思えます。ですが、ひとつ見落としてはいけない問題があります。遺体がいつ解体されたのかということについては、はっきりとはわからない、ということです。たとえ殺人があったのが午前中でも、そのあとバラバラにする行為は、午後に行われていたとして、なんらおかしくはない。つまり、登山↓殺人↓下山の、計四十分前後の時間を午前中に確保することさえできれば、死体の解体は急がなくてもいい。その作業は三時以降に回すようにすれば、犯行は不可能ではないということになります」

「……ですが、それだと二度もここまでやってくる必要がありますよね」密は掌室堂の外壁に手をついて言う。「片道十五分の山道を二往復。なんのために、そんなことをする必要があるんですか」

「それはわかりません。今私が言ったのは、あくまで原井さんや水浜さんにも犯行は不可能ではない、という反証ですからね」

「……なるほど、その通りですね」

渋々、といった口調で密が認める。彼をやり込めた優越感に数秒浸っていた和音は、そのあとでふと気付いた。

「そういえば、さっきからアリバイの話を普通にしてますけど、……昨日の証言をまとめたメモか何かお持ちでしたっけ？」

少なくとも和音には、自分の一覧表を渡した記憶はない。

「記憶しているに決まっているじゃないですか。たかだか十人分の証言でしょう」

密は事もなげに言った。

「……そうですか」

優越感は、それで帳消しになった。

「では、アリバイについてはそれでいいとしましょう。密室の謎のほうについてはいかがですか」

和音は気分を切り替えるために、ぱたんと音を立てて手帳を閉じると、掌室堂の中をぐるりと見回した。

「ひと通り確認してみた感じでは、この部屋はほぼ完全に密室状態だったようですね。案外どこかに抜け穴があって、犯人はそこから脱出した——というオチでもおかしくないと思ってたんですが、扉以外の部分には、隙間さえ見つかりません。砂利に埋もれた部分に抜け道でもあるのかと思ったら、随分下まで岩壁が続いているようですし」

和音は天然の石壁を、こぶしにした右手の中指付け根でこつこつと叩いた。内部に隙間がないことを証明するかのごとく、音はまったく反響しない。調査の結果、この小さな岩屋には、出入り口となっている扉と、燭台の上部にある通気孔以外に、一切の開口部は見つからなかった。加えてその通気孔にしても、自然の亀裂をそのまま利用したものであることと手入れがされていないせいで、糸を使ったトリックなどに利用するのは不可能であると思われた。

「隠し扉のたぐいも考えにくいでしょう。建造物ならともかく、自然の洞窟に手を加えて造った部屋となると、仕掛けを施すのは難しい」

「僕も抜け穴・隠し扉のたぐいについては考慮する必要はないと思います」和音の言葉に賛同する密。「代表である僕も知らない抜け道があるなんていう話はナンセンスですからね」

それはいささか自分を過大評価した見解ではないか、と思うところもあったが、和音は口に出すことはしなかった。そして「しかし……」と入り口のほうに向き直る。

「そうなると、唯一の出入り口にかけられていたこの閂をどうにかしない限り、密室を作ることは不可能だった、と考えていいでしょう」

和音はそう言いながら、真っぷたつになった閂を両手で拾い上げた。密がそれを一瞥し、渋い顔になる。全体的に黒ずんでいるせいでぱっと見ただけではわからないが、あちこちに血しぶきがこびり付いた閂には、呪具《じゆぐ》のような禍々《まがまが》しさがある。折れた断面は生木のような白さのままなので、そこに付着した血痕が特にはっきりと見て取れるのが、一層不気味さをかもしていた。

「犯人はいかにして密室を作ったのか、ですか……」

「それと、気になるのは動機ですね。犯人はなぜ密室を作り上げたのか」和音は首をかしげた。「まさか、過去の事件の模倣というわけでもないでしょうし……」

「過去の事件？」

「事件では言い方が悪かったでしょうか。百年前に、この中で修行者が消えたという……」

正確にはテレポーテーションなのだろうか、と和音は考えながら言った。密は「ああ」と手を打ってから、「それについては考えなくていいでしょう。関係があるとは思えません」とそっけなく言った。

「それより、密室を作った動機が気になるというのは、具体的にどういう意味ですか？」

「一般論ですけど……この手の密室トリック——完全に見える密室を作るタイプのトリックというのは、基本的にできそこないのトリックなんですよ。だって、トリックを使ってることが見え見えですから。密室を作る最大のメリットは『自殺に偽装することができる』ってことなのに、この殺し方じゃその利点を一切活用できなくなっている。それが私には、腑《ふ》に落ちないんです。……動機といえば、是臼さんを殺害したこと自体の動機も今のところは不明ですが、彼女を殺害して得をする人間はいるんですか？」

「『こころの宇宙』代表としては申し上げにくい問題ですが」今更とってつけたように密は前置きした。「いるとも言えるし、いないとも言えるでしょう」

「というと？」

「彼女を殺害して大金や地位を得る人間はいないと考えられます。ご存じの通り是臼さんは家出同然に家を飛び出してきた人間ですからね。しかし、彼女の存在を煙《けむ》たく思っていた人間はいるかもしれません。良くも悪くも目立つ方ではありましたから、この教団には相応しくないと考えた人間がいないとも限らない。そして、思い余って殺害という手段を取った可能性もなくはない」

「……では、それらも含めて、ここにいる人物の中で殺人を実行してもおかしくないと思えるような人間は誰でしょう」

「……なんだかさっきから、探偵と助手の役割が逆になってるような気がしますね。情報を集める必要があるのは僕のほうのはずですが」密はちょっと不満げに呟いた。「まあいいでしょう。殺人を実行しそうな人間ですか。何人か挙げられますね。まず僕とあなた」

「……冗談はよしてください」

「可能性としてあり得なくはないでしょう。僕はこの通り『こころの宇宙』の代表――曲がりなりにも団体の中で上に立つ者として、何かと出しゃばる是臼さんのことをうっとうしく思っていたかもしれません。また、あなたは今ここにいる人間の中で数少ない部外者です。それゆえ僕たちの知り得ぬ是臼さんとの繋がりや殺人の動機を持っている可能性は、十分にあるでしょう。同様の理屈は林さんにも適用できますが、そうは言っても彼は教団にも関係の深い人間ですからね、疑わしさも半減といったところでしょう。あとは信仰に殉じて教団に害をなす存在を排除したという動機なら、思い当たるのは、そうですね……原井さんと平坂さんでしょうか。……ほかには、楠田さんも疑わしくはありますかね」

「楠田さんも狂気に近い信仰を持っているということですか？」

「いえ、そうじゃありません。確かに彼も信仰には熱心ですが、疑う理由は別にあります」密はちょっと目を伏せた。「彼はここに来る以前に、人を殺しています」

第五章　推論は穴の中

　現場の調査があらかた終わったのは昼過ぎだった。遅い昼食を摂りに食堂へ向かった和音は、そこで茶話《さわ》をしている水浜秋と楠田悟、それに平坂貴志と出会った。入り口側を向いて座っていた平坂が最初に和音の姿を見つける。昨日の不安定な状態はひとまず収まったようで、表面上は落ち着いて見える。

「和音さん。捜査のほうはもう終わったんですか」

「ええまあ、一段落というところです。解決には一歩一歩近づいていいます」

　和音は曖昧に答えた。実際は、一段落どころかようやく初手《しょて》を打ったような気分だったが、容疑者でもあり事件の当事者として不安を抱いている面々に、そんな答え方をすることはできなかった。もっとも、今ここに密がいれば「出すぎたことを言わないでください。解決するのはあなたではなく僕ですよ」と反論するところだろうが、今ここにいないので知ったことではない。探偵役を自負する少年は、和音の推理通りに薪割り用の斧が一本なくなっていることを確認したあと、「考えをまとめたい」と言って執務室にこもってしまった。

「昼食がまだなんですが、何か残っていますか？」

「取り置いてありますよ、持ってきましょう」楠田がそう言ってキッチンに向かうと、数品の料理とおにぎりの載った皿をそれぞれ一枚ずつ持ってきた。手渡されるとき「頼りにしてますよ、頑張ってください」と言われ、とっさに返事ができなかった和音は、ばつの悪さをごまかすように、慌てかけてあるラップをはがした。

「私たちも今まで、事件のことについて話してたんです。是臼さんに何があったのかとか、今後どうなるのかとか」

水浜の言い方から、誰が殺したのか、という問題には触れないようにしているらしいことを感じ取るのは容易だった。無論、それを責めるつもりは、和音にも毛頭ない。昨日まで、いや今現在においても共同体として一緒に過ごしている人間の中に犯人がいることについて冷静に考えられる人間がそうそういるはずもない。彼女たちが求めているのは、事件解決よりもまず、心の平穏なのだ。そして、だからこそ、彼女たちに代わって腫れ物をつついて膿《うみ》を出す人間が必要になる。それが探偵の役目だと、和音は考えていた。

「よろしければ、是臼さんのことを聞かせてもらえませんか」と和音は三人それぞれと順に目を合わせながら言った。食堂に来る前、和音は密から借りた鍵で、是臼の使っていた部屋を調べていた。もちろんこれは遺体となった是臼の持っていた鍵ではない。そちらは遺体が発見された時点で、証拠品として回収、保管しているため、密の執務室に保管されているスペアキーを借りた。しかし、結局是臼の部屋から出てきたのは衣装類——ゴシックドレスが数着と、それに普通のシャツやパンツもいくらか——とアクセサリー、画集やカタログをはじめとする本と、古めかしいインスタントカメラ（長いこと放置されていたらしく、ほこりをかぶっていた）、あとは件《くだん》のアロマキャンドル等の小物類くらいだったので、和音は失望のうちに鍵を返却することになった。それは和音が見た彼女の姿を象徴する品々だったが、しかし、是臼真理亜と名乗った少女の持つ側面は、それだけだったのだろうか。彼女にももっと別の、人間らしい、あるいは少女らしい一面があったのではないか。和音はそこが気になっていた。半分は職務遂行上必要なデータとして、もう半分は、個人的な興味として。

「彼女は半年前にここへやってきたんですよね。それから今まで、どういう生活を送ってきたんでしょう」

「和音さんは生きているうちに真理亜とまとまった会話をしたことはありましたか」平坂が尋ねる。和音は頷く。「なら説明しやすい。彼女はここに来た当初から、ずっとああでした。災害がなんの前触れもなくある日突然やってくるみたいに、真理亜は最初から是臼真理亜として、ここにやってきたんです」

「確かに、思い返してもあのインパクトはすさまじかったな」楠田が筋張った腕を組み、懐かしむように呟いた。「彼女を最初に見つけたのは私なんです。いつものように玄関前を掃除していたら、正面の道に――いや、最初は音か。キャリーケースを転がす、ガラガラって音が聞こえてきたんです。それで正面の道のほうに目をやったら、黒ランチュウみたいな格好をした女の子が、坂の下からずんずんと」

和音も想像し、なるほどそれはシュールだ、と思った。

「もう驚きましたね、あのときは。なんせこの山の中ですから。最初に聞いたのは『お嬢さんどうやってここまで?』ですからね。そうしたらあの子は『歩いて』って。それで次に『その格好で?』って続けたら『この格好だからこそ意味があるのよ。ところで教祖様はいらっしゃるかしら。私、彼に用があるのだけれど』ですからね」

楠田はいまひとつ似ていない声色を使いながら言った。

「それだけでもう、自分の世界に生きている子なんだっていうのがよくわかりました。私みたいな自分をはっきり持ってない人間からすれば、是臼さんの迷いない態度は、正直うらやましかったですよ」

「自分の世界っていうのはよくわかりますね」平坂が口を開く。『『ワレワレハウチュウジンダ』ってあるでしょ、子供が扇風機の前で言いたがるやつ。彼女のスタンスはまさにそれでした。『私は是臼真理亜である』、それだけ。だから、正直ここでも浮いてるところはありました。でも、そんなの殺される理由にはならないですよ。気にいらないから殺すだなんて、そんなのは許せない」

「許せませんか」

楠田が鸚鵡返《おうむがえ》しに言う。平坂は「当たり前でしょう」と声を荒らげた。水浜の体が椅子の上で小さく跳ねる。

「俺はですね、こういうこと言うと引かれるかもしれないけど、ここにいる人たちとは家族同然だと思ってたんです。だからこそ、俺はこんな事件を起こしたやつのことは許せない。第一、そんな考え方は教義にだって背くものです。人類は互いの考えを理解しながら生きていかねばならない、それが『こころの宇宙』の教えでしょう。犯人はそれを無下《むげ》にしたんです、許せるわけがないでしょう。楠田さんはそう思わないんですか」

「私は——私は、どうだろうね」楠田ははぐらかすように首を振った。「いや、私のことなんてどうでもいいよ。水浜さんは犯人のことをどう思いますか。あなたは是臼さんと一番歳が近いし、付き合いも私たちよりうまくいっていたように思いますが」

水浜はさっと顔を背け、自分の湯呑みに目を落とした。

「……私も、正直よくわかりません。是臼さんが亡くなったこと自体、あまり実感が湧かないんです。親しくなった人が亡くなってしまったことは、以前にも何度かありましたから、慣れてしまったのかもしれません」

「そういえば、看護師だったんですよね。神室さんから聞きました」

「はい……あっ、そうだ安威さん、あの、是臼さんの亡くなられた原因なんですけど……」

「それも聞いています。亡くなられた時間帯の概算のことも。私の見立ても同じでした」

「そうですか。よかった……」

水浜は胸を撫で下ろすように言う。

和音はふと、気になっていたことを思い出し、尋ねることにした。

「もしかして、水浜さんも『こころの宇宙』の意徒ではなく、看護や介護のためにここにいらっしゃるんですか？　ずっと戸嶋さんのお世話をされているようですし」

「あ、いえ、そうじゃありません」水浜は慌てた様子で顔を上げた。「確かに、私がこの心在院にずっと置いてもらえているのは、戸嶋さんの生活のお手伝いができる人が必要だからなんでしょうけど……でも、そのために看護師として呼ばれたわけじゃありません。自分の意思で、『こころの宇宙』に入信したんです。……私、学生時代、陸上をやってたんですけど、高一のとき、通学中の事故で足を怪我してしまって」

水浜はそう言って、ジーンズ越しに自分の腿の裏を撫でた。いたわるような手つきだった。

「随分大きな怪我だったので、完治しても陸上は続けられないだろうって言われて、その、かなり悪い落ち込み方をしてたんですけど、そのとき手術の担当だった先生が、私のことを熱心に励ましてくれたんです。あの先生がいてくれなかったら、私、立ち直れていたかどうかわかりません。それで、自分も同じように誰かを助けられる人間になりたいと思って、看護師に。……でも、結局辞めちゃったんですけどね。人付き合いがうまくいかなくて、どうしても耐えられなくなっちゃうんです。だから、それをどうにかしたくて『こころの宇宙』に」

「みんな、大なり小なり、悩みや思うところがあって、救いを求めてここに来たんですよ」

と楠田が言うと、平坂が、

「例外もいますけどね、原井さんとか」

と続けた。あからさまに疑っているような言い方に、和音の眉が動く。

先を促すまでもなく、平坂は続けた。

「原井さんは元々、『こころの宇宙』の意徒としてここに来たわけじゃないんですよ。前の教祖様……彼此一さんに、三、四年前に秘書として雇われて、やってきたらしいんです」

「……意徒じゃなかった？　でも、今は……」

和音はここに来たばかりのときのことを思い出す。『こころの宇宙』について語るときの、原井の熱っぽい口調。

「そうなんですよね、不思議なことに。最初はあの人、宗教なんかに全然興味ありませんって顔して働いてたんです。それが、彼此一さんが亡くなって、密様がトップになったあと、急に『こころの宇宙』に入信したんですよ。だから、『こころの宇宙』との関係自体は長くても、意徒としては俺や水浜さんより後輩なんです。今じゃ昔っから、敬虔な意徒だったみたいな顔してますけど」

「得体が知れないといえば、戸嶋さんもだね」と楠田が顎に手をやりながら言った。「私もここにやってきてからだいぶ経つが、未だにあの人の出自についてはよく知らない。話によると、団体ができたころからいるようだし、前教祖様の知り合いらしいが、親類縁者というわけでもないようだし……水浜さんは、何か聞いていないのかい？」

「……いえ」水浜は妙に伏し目で首を横に振った。「私にも、よくわかりません」

「そうですか？　あなたは今いるメンバーの中だと、一番戸嶋さんに近いし、話を聞くこともあるんじゃないかと思ったんだが……」

「でも、本当に知らないんです。……あの、そういえば和音さん。私、検分をしていてひとつ気になったことがあるんです」

と、水浜はあからさまに話題を逸らしたがっている様子で、和音のほうを向いた。

「現場を見た皆さんにはおわかりだと思いますけど、掌室堂の中には相当な量の血痕が飛散していました。多分犯人も、随分返り血を浴びたと思います。でも私、昨日の夕食前に皆さんの作務衣を洗濯したんですけれど、血がついていたり汚れを洗った痕のあるものは一着もなかったんです」

「つまり、犯人は浴びたはずの返り血を浴びなかったということですか？」

平坂がまとめた。和音は水浜の奇妙な様子については一旦脇に置き、ちょっと考えてから言う。

「おそらく犯行時にはレインコートのようなものを着て、血痕を防いだんじゃないでしょうか。ここにレインコートはありますよね？」

「ええ、玄関脇の物置に」

楠田が頷く。

「ならばやはり、それを利用した可能性が高いと思います。そして、犯行後に処分した」

「そういえば……」水浜がふと顔を上げた。「昨日お風呂に入っているとき、かまどの煙が変に焦げ臭かったような」

「本当ですか。入浴したのはいつです」

「夕食の前です。六時半とか、それぐらい」

「確認してみましょう。もしかしたら、何か残っているかもしれない」

楠田が立ち上がった。和音も頷いて、彼と共に部屋を出た。

◆　◆

円筒を横に倒した形をした風呂焚き用のかまどは煤《すす》で黒く汚れており、金属製の煙突が角度を変えながら屋根のほうに延びていた。傍らには薪が積まれている。

楠田に借りた火バサミを焚き口から差し込んで灰の中をかき分けると、焼けて爪の先くらいのサイズに縮んだプラスチックがいくつも見つかった。和音はそれを拾い上げ、しげしげと観察する。片面は比較的なめらかだが、裏側には溝のようなものが見える。

「おそらくレインコートのボタンですね」

和音が指先に付いた灰を払いながら言う。

「言われてみると、ここで使っているものとよく似ています。ということは、やはり犯人は殺人のあとにここに来たんですね」楠田が顔をしかめた。「見つけていればその場で取り押さえたのに……」

「向こうも見つからないように注意していたんでしょう。血の付いたレインコートを持っているところを見つかれば、言い逃れできない証拠になりますからね」

和音は慰めるように言うと、「ところで楠田さん」と続けた。

「今ここで、ふたつ、あなたにお聞きしたいことがあるんですが」

「……なんでしょうか。私に答えられることならお答えしますが、部外秘の事項については、いくらなんでも――」

「いや、そうじゃありません」そんなことを尋ねるつもりは、和音にも毛頭なかった。事件の背景に『こころの宇宙』が抱えるなんらかの裏事情があったとしても、それを示す十分な根拠がなければ、彼らがそう簡単に口を開いてくれるはずもない。「事件に関係しているかもしれないんだから、洗いざらい秘密を吐いてもらおうか」で聴取が進むのならば苦労はしない。

「それに、もしも答えたくないのであれば、そう言ってもらって構いません。それだけであなたへの嫌疑を強めたりもしません」

楠田はまだ不安げだったが、

「……わかりました。ひとまず、質問というのを聞かせてください」

と応じた。

和音は「ありがとうございます」と頭を下げた。楠田が無下に突っぱねるような性格だとは思っていなかったが、それでも自分たちに嫌疑がかかっていると知りながら質問に応じてくれたことに、和音は感謝していた。

「では、ひとつ目の質問です。水浜さんが、かつての事故で脚を痛めているという話を、ついさっきうかがいましたね。その後遺症の度合いというのは、どの程度のものなのでしょう。日常生活に支障が出るようなレベルのものではないのでしょうが……」

「――ああ、つまり、山道を歩くのに障害があるのかどうかを知りたいわけですね」

楠田はすぐに質問の意味を理解したようだった。もしも水浜の脚が甚大《じんだい》なダメージを受けており、掌室堂へと続く階段を上ることもできないのであれば、彼女に是臼を殺すことは不可能ということになる。

しかし楠田は「残念ですが……」と首を横に振った。

「水浜さんの脚は、ほとんど健常ですよ。それを残念と言うのも、なんだかおかしな話ですが、この場合は彼女の疑いを晴らすことができないんですから、まあ間違ってはいないでしょう」

「……掌室堂まで行くのにも支障はないと、断言できますか？」

「断言とまではいきませんが、まあ九分九厘問題ないのではないかと思います。掃除なんかのために階段を上っているところも時折見かけますし、本人から苦労しているという話を聞いたこともありません。全力疾走を控える必要があるくらいで、普通に暮らす上ではなんら問題がないと言っていたように記憶しています」

「そうですか……」

ここで容疑者の枠が狭まることはなさそうだったが、和音はさほど意気消沈しているわけでもなかった。念のために尋ねてはみたものの、水浜の脚に問題がないことは、ほぼ想定済みだった。もし彼女の脚に、犯行が不可能なほどの問題があるのならば、密や、あるいはほかならぬ本人が、事件が起こったあとで、真っ先に口にしたはずである。何せ殺人の嫌疑がかかるかどうか、容疑者から外れるかどうかという状況なのだから。

何より——水浜は、遺体の検死をしている。

昨夜のうちに是臼の遺体の状況を確認して、死亡推定時刻を算出していたことは、密と彼女本人が語っていたことだ。まさか伝聞による情報だけで割り出したはずはないから、一度は遺体を直接確かめたはず。であれば、必然的に山を上って掌室堂を訪れる必要がある。逆に遺体を山から下ろしてくる場合はこの限りではないが、それなら再び掌室堂に戻す必要はないだろう。よって、検死が問題なく遂行されている以上、彼女の足は登山に耐えられたということになる。

それでも和音が楠田にこの質問をした理由はふたつあった。

ひとつは、少しでも推理の狙いを絞りたかったから。

検死と容疑者からの聴取を終えてもまだ、和音は是臼真理亜殺害事件の解明に明確な取っ掛かりを見出せずにいた。

曖昧な動機。限定しきれない容疑者。そして密室の謎。

そうしたものの中から解決の糸口を手繰り出すのは、霧の中の目的地に向かって歩くような話だ。となると必然、目印が欲しくなる。当てのない彷徨を、一歩でも早く終わらせるための近道を試したくなる。

だからこそ和音は、望み薄とわかっていても、容疑者の候補が一人減る可能性を捨てきれなかったのであった。

——そして、もうひとつの理由。

「わかりました、この質問はこれで終わりにします。では、ふたつ目の質問ですが……」

何気ない風を装って尋ねたほうがいいだろうか、と少し悩んだが、結局少し言葉を切って、楠田に向き直ることを和音は選んだ。芝居がかった振る舞いをして相手の動揺を誘うような真似《まね》で、重要な情報をつかみ取れるだけの技術が、自分に備わっているとは考えられなかったからだった。

楠田の表情に緊張が浮かぶ。自分もまた、同じようにこわばった顔をしているのだろう、と和音は思った。

水浜の脚のことを最初に尋ねた、もうひとつの理由。それは、本題に入る前に様子見がしたかったからだ。

和音は、意を決して楠田に問いかけた。

「あなたが過去に人を殺しているというのは本当ですか？」

壮年の男はちょっと目を丸くして、それから困ったように笑うと、白髪交じりの頭をかいた。思わず和音のほうが動揺するような笑みだった。

「どこでそれを……と聞こうとしたんですが、考えてみれば当たり前のことですね。ここにいる人たちでそのことを知らない人間はいませんし、こうして今殺人が起こっている現状を、誰かが私の殺人と結びつけて考えたとしても不思議はない。ええ、確かに私は、以前人を殺しました」

楠田はあっさりと頷く一方、直後に「ですが」と続けた。

「おそらくふたつの事件は関係ないでしょう。もしそうなら犯人の狙いは是臼さんではなく私のはずです。少なくとも是臼さんは、私の過去と一切関係ない。それに……」

「それに？」

「……いえ、なんでもありません。ともかく、今私の過去について語る必要はないでしょう。申し訳ありませんが、これぱっかりは誰の頼みであっても喋る気にはなれません」

「殺人という罪を犯したことは口外しているのに、その詳細については語れない、というんですか」

「おかしいでしょうか。でも、私が殺人者であることを、ここで暮らすうち、ほかの皆さんに伝えたのも、決して前科自慢だとか、あるいはそれを笠《かさ》に着て強い立場を得ようとしたからではないんです」

信じてもらえるかどうかわかりませんが、と楠田は眼鏡の奥の細い目をしばたたかせながら言った。それから更に続けた。

「……和音さん、私はね、許されたいんですよ」

「許されたい？」

「そう、自分の犯した罪が、いつか許されること。それが私の願いであり、行動原理です。だからこそ、私は罪を告白した。私の罪を知った上で、今の私の行いが、それを許されるに足るものかどうか、判断してもらいたいからです。それだけです」

「ですが、もしも、ふたつの事件に関係があるとすれば……」

なおも食い下がろうとする和音を、楠田は片手で制した。

「私も馬鹿じゃありません。そうわかったときは必ず、和音さんにお知らせします。でも、きっと取り越し苦労でしょう。そうあってほしいものです」

「…………」

それは楽観視ではないのか、と和音は思ったが、しかしいくら言葉を尽くしたところで、今の楠田の口を割らせることはできないであろうことも直感的に理解できた。諦めて屋内へと戻ろうとした彼女の背に、「和音さん」と楠田が呼びかける。

「よければあなたも教えてくれませんか。今の私は、人殺しの罪を許されるのに相応しい人間なのでしょうか」

「それは……」

和音は言い淀《よど》んだ。それを困っていると見たのか、楠田は答えを待たずに言葉を重ねた。

「……いや、こんな答えにくいこと、唐突に聞くべきではなかったですね。いずれまた、ここから去られるときにでも教えてください」

◆◆

「よお、嬢ちゃん」ロビーのソファーで煙草を吸っていた林桐一は、相変わらずの調子で言った。「いや、その様子だと『名探偵』とでも呼んだほうがいいかな?」

和音は林の正面に座ると、

「おかげさまで『名助手』として徴用されましたよ」

と恨み節たっぷりの口調で返しながら、やわらかな合皮に深々と体を沈めた。

「よかったら、何か情報をくれませんか。本物のジャーナリストの腕前を見せてくださいよ」

「まあそんなに情熱的な目を向けるのはよしてくれや。俺だって今回のことについては予想外なんだ。おかげで差し迫ってる仕事をいくつか調整しなくちゃならん」

ああそうですか、と和音は心の中で舌を出し、上着の内ポケットから出した細巻きのシガレットに、愛用のオイルライターで火をつけた。

「見たことない銘柄だな」

「ええ。お気に入りなんです」

和音はそう言って煙を吸った。喉の奥をくすぐる茶葉とバナナの葉の香り。副流煙に顔を近づけた林は、「妙なもの吸ってるんだな」と肩をすくめた。

「こだわりがあるんです。紅茶煙草ってやつですよ」和音はそっけなく言った。「それより、気付いてたんですね。私が記者じゃないって」

「ああ——黙ってたのは悪かった。だが元はといえばそっちが素性を偽ろうとしてたんだからな。おあいこだ」

「ええまあ、それに関しては今更恨み言を言うつもりはありませんよ。大体おかしいとは思ってたんです。あなたは私と同じ来賓側の人間のはずなのに、誰もそのことについて触れようとしてませんでしたから。ひそかに様子を探るためだったんですね、あれは」

「まあな。こっちとしても、素性を偽って潜入かましてきた相手の正体は気になってたんだ。美ぼ——、女スパイというのは好奇心に訴えかけるものがあるしな」

「今、美貌の、と枕に付けようとしてやめましたね」

「不服かい？」

「不服ではないですが、そういう遊ばれ方をするのは不快です」

「わかったよ、もうからかわない。それで、今言ったのはどういうことなんだ？」

「なんのことです？」

「とぼけなくてもいいだろ、女探偵さん。今言ったじゃないか、『おかしいとは思ってた』って。俺の知る限りでは口外した人間はいないはずなのに、どうして俺が『こころの宇宙』の信者じゃないと感付いた？」

「…………」

まだ半分ほどの長さまでしか吸っていないシガレットを、和音は灰皿で押し消した。やはり一人になってから吸ったほうがよさそうだ。

「……まず、それが一点」和音は人差し指を立てて林の顔に突きつけた。「あなた『信者』って言葉を繰り返し使ってますよね。でもそれは『こころの宇宙』では用いられない名称だと、ここに来てすぐ原井さんから教わりました。団体内では『意徒』と呼ぶそうですよ」

「そういえばそんな言葉もあったな。……道理で信者信者と言うたび、原井ちゃんが渋い顔をするわけだ」

「原井さんに訂正されないいんですか？」

「意図してやってることだと思ってるんだろうさ。俺は彼此一のソウルメイトだったからな」

「……彼此一って、前代表の神室彼此一ですか？」

「お？　これは初耳だったか。ってことはこれで一勝一敗だな」なんの勝ち負けなのやら、林はガッツポーズで言う。「まあその話はあとにするとして、ほかにも理由があるんだろ？『信者』って言ってるだけなら、俺が単に最近入った新米信者……もとい、意徒ってこともあるからな、もっと決定的な証拠があると見た」

「……そうですね。どう考えてもおかしいと思ったのは、初日の夕食時でした。あの席で確か林さん言ってましたよね、『風呂場のドアの立て付けが悪くなってる』って。そしてそれに対して平坂さんが『そうですか、近いうちに直しておきます』と答えた」

「うん、それで？」

「おかしいんですよ、これ。というのも、あのとき平坂さんは、夕立に降られて自分も風呂場でシャワーを浴びていたはずなんです。だからもしあなたが平坂さん同様、内部の人間用の大浴場を使う立場の人間であるならば、平坂さんの返事は『そうですね、近いうちに直しておきます』ないしは『そうですか、俺は気付きませんでしたけど』に準ずるものでないとおかしいでしょう。となると、あなたが使っている風呂場と平坂さんが使っている風呂場は別物であり、あなたは大浴場の男湯以外を使っているということになる。そこまで導き出せば、それが男性棟の来客用個室に付いている風呂場だと推理するのは簡単なことです。となればそこを使っているあなたが、外部からの来客であるのは自明です」

「いやいや、もうひとつ可能性を忘れちゃいないかい？　平坂と違う風呂場を使ったのは、俺が女湯を使ったから、すなわち俺はこう見えてかよわき乙女《おとめ》――」

「冗談は髭剃《そ》ってからにしてください」

「ははは、いや、しかし見事なもんだ。普段から何食ってれば、そんなややこしい試行錯誤ができるのか感心するね」

「食事のせいなら今頃日本中の若手独身サラリーマンは論理のプロフェッショナルになってますよ」

「褒めてるんだからそう皮肉を言わないでくれると嬉しいんだがね。プロはもっとどっしり構えておくもんだよ。かつて一世を風靡《ふうび》した名探偵なんだろう、あんた」

「世の中いつだって何かが風靡してるものですよ」

和音は捨て鉢に答えた。

「第一、一世を風靡したというのは――」贈られた賛辞を否定するとき、和音の心はいつもきしみを立てる。たとえそれが軽口であっても、事実とは異なっても。「――言いすぎです。結局は、過去の栄光ですよ」

「でもそれが嫌だから、あんたは探偵を続けてる。違うかい？」

「…………」和音は一瞬、この男には本当のことを言ってみようか、と思った。事件の渦中に巻き込まれたストレスが、捌《は》け口を求めていたのだろう。しかし彼女は最終的に、「どうでしょうね」とはぐらかすことを選んだ。この場所でまだ名探偵として振る舞いたいなら、そうすべきだと考えたのだ。

「嬢ちゃんはつくづく変な人だな」林は愉快そうに笑った。「密もあんたくらい悩んでみるべきなんだろうな」

「神室さんが？」

「ああ。そうしてないから、あいつは宗教団体のトップに立つ人間として力不足だ」

「そうでしょうか？　私には、ここにいる人たちの誰もが、彼を信頼しているように見えますが。それに、彼の両親が亡くなったとき、崩壊寸前の教団を見事、繋ぎ止めたのも彼だったと聞きました」

「それはあいつの手柄じゃない。あいつが両親に似ているからだ」

林はきっぱりと否定した。

「外見も内面も、この親にしてこの子ありってやつだ。生まれた頃はもうちょっと可愛《かわい》げもあったがな」

「随分詳しいんですね」

ソウルメイトというのもまんざら嘘じゃないというわけか。

「まあなあ。そもそも『こころの宇宙』にしたって、俺が渾然一神教のことを教えてやらなきゃ、よくあるぽっと出の新宗教で終わってたかもしれんし。戸嶋の婆さんと彼此一を引き合わせたのも俺だからな、『こころの宇宙』の生みの親を自称してもいいくらいだ」

「えっ、戸嶋さんがどう関係するんです？」

「密から聞いてないのか？　あの婆さん、自称、渾然一神教の生き残りだよ」

目をぱちくりさせる和音に対し、何を今更といった様子で林は応じる。

「元々この辺の出身で、子供の頃に修行者の一団の中へ働きに出されたらしい。大方、口減らしみたいなもんだったんだろうな。でも、なまじ帰る家がなかったせいで、入信したあと最後まで渾然一神教に残ることになって、結果ここの土地の権利だなんだと引き継いでたってわけだ。それを俺が突き止めて、彼此一に情報提供した」

「…………」

「おかしいと思わなかったのか？　こんな山奥で婆さんひとり面倒見るって大変だぞ？　普通は事情があると思うだろ」林は常識人みたいなことを言った。「あの婆さんが土地の引き渡しの条件として、ここに残ることを要求したんだよ。当時はまだ会話もしっかりしてたからな。そのあとで肩の荷が下りたのか、一気に老《ふ》け込んで今はああだけど」

「…………」

「『こころの宇宙』が所有してる渾然一神教の記録も、だいたいあの婆さんから引き継いだもんだからな。案外団体創設当初からいるのかもしれん」

「ひゃ」和音はようやく言葉を発した。「百歳超えてるじゃないですか、どう若く見積もっても」

「じゃ百歳超えてるんだろ。信仰のご利益ってのはあるもんだ」

林はどこ吹く風だった。

「まあそんなこたぁいいんだよ。俺はあの婆さんの話がしたいんじゃないんだ」林はそう言ってから、急に声のトーンを落とした。「あんた、彼此一のことは調べてきてるんだろう？　それに、皆奈さんのことも」

「……一通りは」

思わず和音も殊勝な顔で頷く。

林は「そうかい」と頷くと、肺いっぱいに煙草の煙を吸い、それを吐き出してから言った。

「――天才が天災に死す。洒落にもならんわな。おまけにあいつが早々にくたばったせいで、その息子まで難儀してるんだから、尚更《なおさら》厄介な話だ」

「厄介、ですか？」

「まったくもってな。死ぬなら準備してから死ねってんだよ、本当に」林は煙と一緒に毒づいた。

「……確かに彼此一は、密にすさまじい英才教育をしたんだろうよ。神に選ばれた者としてどう生きるか、次代の代表としてどう振る舞うか。自分にはできない役目を担わせるわけだから、そりゃ力も入るわな、ははは」

「……今の神室さんの振る舞いは、先代代表の教育によるものだと」

「じゃなきゃ十代半ばの子供がああ育つわきゃないだろ。……でもな、それは途中で終わってしまった。あいつの両親がギリギリまで教えずにいたかったこと、人間の不条理さ、汚さ、正しくなさをあいつはちゃんと知らない。あいつには、モテたいとか金が欲しいとか、そういう人間らしい目的がないんだ。これはとんでもないことだぜ、嬢ちゃん。あいつにとっては、信仰すること、教団を存続させること、それ自体が行動原理なんだ。汚い現実を教えられなかったから、あいつはほんとうに、神と共に生きている。そして今、その椅子からあいつを引きずり下ろせるやつは誰一人としていない」

「あなたがいるじゃないですか」

「俺が？」林は悪い冗談だという風に首を振った。そして実際に「ナンセンスだね」と口にした。「教師を必要としていない人間を教育することなんてできるかよ。かつて密の教師は父親と母親だった。今は神だ。俺の介入する余地はない。あいつは俺を頼らないからな。昔っから嫌われてんだ、俺。彼此一のアホが俺に説教するところを散々見てるせいだな、きっと」

教団の誰かに聞かれたら目くじらを立てられそうなことを、林はソファーにふんぞりかえって平然と言う。

「だから多分、自然に任せるしかないんだよ。……ひとつ、いいことを教えてやろう。俺は正直、この事件が解決しなくてもいいと思ってる。スキャンダルが白日の下に晒され、この土地を石もて追われても、密はきっと、最終的にそこそこ幸せになるだろう。否定するだろうが、あいつはそういう奴だ。不遇をかこつことも停滞することも自分に許可しない、というよりあいつの中の神がそれを許さないからな。そして、そういう生き方をしたほうが、多分、あいつ自身のためにもなる」

林は煙草を灰皿でねじりつぶす。

「しかし、それは俺の考えであり、あんたの都合じゃない。あんたはあんたの目的のために動けばいいさ。あとはどっちが勝つかの運だめし。言うだろう、『神はサイコロ』って」

「……『神はサイコロを振らない』でしょう？」

「そうだったかな。だとしたら、正解のほうが間違ってるんだ。神はサイコロだよ。少なくとも俺にとっては」

和音は沈黙した。それは真実なのだろう。少なくとも彼にとっては。しかし万人にとっての真実ではない。和音の信じる神はサイコロのような不確かさを持つものではない。もっと絶対的な論理によって裏打ちされた、唯一の事実を有する存在である。しかし、それでも和音は、彼の考えることも理解できる気がした。

おそらく、彼はこの世界の不確かさに疲れてしまったのだろう。自身の人生を通して、そして、親しい人の理不尽な死を経て。

「どっちに転ぶか、楽しみにしてるぜ、名探偵」

そう言って立ち上がろうとした林の視線が、ふと止まった。

「残念ですが彼女の出番はなさそうです」

背後からの声に和音は振り返る。凜《りん》とした表情の密が立っていた。

「いささか勇み足気味なところはありますが、ここで解決編としましょう。探偵役は僕、和音さんは助手。犯人は——あなたです、林さん」

◆

◆

「俺が犯人だって?」林は一瞬目を丸くしたあと苦笑すると、「どういうことか聞こうじゃないか、坊《ぼっ》ちゃん」と次の煙草に火をつけた。

「随分と余裕の表情じゃないですか」対する密は挑発的な態度をとっている。「僕はてっきり、一笑に付して逃げるんじゃないかと思っていましたが」

「この事件に関しては、俺としても興味があるんでね。果たして神室密君はいかにして密室が作られたとお考えであらせられるのか。ぜひ説明していただきたいもんだ」

「ミスディレクションのおつもりかもしれませんが――残念ながら、僕はあの密室がどのように作られたかなんてことは、毛頭考えるつもりはありません」

「――えっ？」

素っ頓狂な声を上げたのは和音だった。

「ちょ、ちょっと待ってください。密室の謎を解かないってどういうことですか？」

「どういうこともこういうことも、そういうことです」

和音が何を慌てているのかさっぱり理解できないとでも言いたげに、密が眉根を寄せる。

「いいですか、是臼さんは確かに密室の中で死亡していました。しかし彼女の死因は明らかに他殺です。自分で自分をバラバラに解体できる人間なんて、この世に存在しませんからね。そして他殺である以上、密室はなんらかのトリックを用いて作られたものであることは自明です。となれば、別の手段で犯人を特定することさえできれば、その作成方法を議論することは必ずしも必要ではない」

「で、ですが、犯行手段が特定できない以上、その人物を犯人として断罪することは……」

「お忘れですか和音さん。僕たちは、何も犯人を法の下に罰するために捜査しているわけではないのですよ」ともすれば冷たささえ感じさせるほどきっぱりと、密は言った。「すべては是臼真理亜殺害事件を内々で処理するために行っていること。僕たちに必要なのはあらゆる謎の解明ではなく、犯人の正体を暴くことなのです」

二の句が継げない和音を余所《よそ》に、密は息をつくと林に向き直った。

「もちろん密室そのものの存在は僕の推理を形成する際にも大変役立ちました。密室殺人であるという点がこの事件における最大の特異性であることに、変わりはないですからね。ただ、和音さんのようにその方法について考察するような回り道はしません。僕が注目したのは動機――すなわち、『なぜ犯人は密室を作ったのか』という点です。犯人がわざわざ危険を冒して現場を密室にした以上、ここには重要な意味があり、犯人特定への端緒になり得る、そうは思いませんか」

「一理あるな。逆に言えば、その指摘だけなら単なるこじつけに過ぎないわけだが――それで？」

「僕はそこを論理の出発点として考えました。果たして犯人にとって密室を作ることにどのような意味があったのか。言い換えると、密室を作ることにどのようなメリットがあったのか」

「なるほど……」

思わず和音の口をついて言葉が出た。急に林を犯人と言い出したときは慌てたが、今こうして話を聞いている限りは、少なくとも無根拠な言いがかりというわけではなさそうだ。

「さて、殺人犯が現場に細工をするとすれば、その目的はおおよそ一点に帰結します。『容疑から逃れるため』という一点に。そしてこの論理は裏返せば、『容疑者圏外にいる人間こそが犯人である』ということになる。その条件に該当するのは――」

「殺人が到底できそうもない戸嶋のばあさんを除くと、あとは俺だけってわけか。しかしその仮説には、必然的に厄介な問題が付いてくるぜ。現場に行くどころかこの場所にいなかったのに、いったい俺はどうやって是臼の嬢ちゃんを殺害したっていうんだ？　これればかりは『方法について考える必要はない』で切って捨てることはできないだろう」

「もちろんです。『犯行が不可能と思えた人物に犯行が可能だった』という点がこの推理の骨子ですからね」密は変わらず毅然《きぜん》とした態度で言った。「あなたはいかにして離れた場所から是臼さんを殺害することができたか。それを解明する手がかりが、あの密室です。是臼さんは自らこもると言っていた掌室堂の中で、バラバラ死体となって発見されました。また遺体発見時、現場は密室となっていた。一見すると、犯人は掌室堂で犯行に及び、その後現場を密室にしたように思えます」

「一見すると？　それはつまり、そうでない可能性があると？」

「まさにその通りです。その証左こそ、扉の縁に付着していた血です」和音たちが事件の発生に気づく原因となった、あの血痕のことだ。「掌室堂の中には砂利が敷き詰められています。室内にこぼれた血が、地面を流れて扉の外まで達するとは考えづらい。扉を開けたまま遺体を解体していれば、扉の付近まで血が飛散する可能性もありますが、それならもっと多くの血痕が外部で発見されているはずです。殺人と解体が掌室堂の中で完遂されたものだという仮定は、あの血痕と矛盾しているんです。ですが、外部から室内に遺体が運び込まれるときに、うっかり垂れるか付着したものだと仮定すれば、説明が付く。是臼さんが殺害されたのは掌室堂ではなく、あなたの運転するライトバンの中だったんですよ」

「ちょ……ちょっと待った」

和音は思わず口を挟んだ。

「その推理には納得できない部分があります。掌室堂の中は血まみれでした。あの出血量から考えて、現場があの場所であったことははっきりしています。それに、是臼さんはどうやってここからライトバンの置かれていた山の中まで移動したっていうんですか」

「もちろんそれらの点についても考慮済みですよ。犯行の流れに沿って説明します」密に臆する様子は見えなかった。「昨日の朝、和音さんは是臼さんから、掌室堂にこもることを教えられましたね。実はこの時点で、林さんの計画は実行に移されていたんです」

「ほほお」

吸い終えた煙草を灰皿に押し付けながら林がにやりと笑う。密はちらりとその手先に目をやってから続けた。

「実は是臼さんは、最初から掌室堂に入るつもりなんてなかったんです。よくよく考えてみると、目立ちたがりのきらいがある是臼さんが、雑誌記者という体で和音さんが訪れているのに、人前に姿を出さず修行をしているなんてこと自体おかしいですからね。つまり、朝食の時点で是臼さんが和音さんに語った内容は、真っ赤な嘘だった」

「なぜそんな嘘をつく必要があるんです」

「それはあの掌室堂にまつわる伝説を思い返せば、おのずと明らかになります」

「伝説？　ここに来た日に教えてもらった、消失した修行者の話ですか？」

「その通り。掌室堂にこもって宇宙と一体化した澄心は、その後どこで発見されたんでしたか？」

「それは……あっ！」

密が満足げに頷く。

「そう、山の中です。林さんは是臼さんに、和音さんの目の前で、あの奇跡を再現してみてはどうか、と持ちかけたんです。是臼さんは一も二もなく飛びついたでしょう。彼女は自身が特別な存在であることを誇示するのが、何より好きなようでしたから」

和音は林に目をやった。表情に変化は見られず、ただソファーに深々と腰を下ろし、密の推理を聞いている。

「おそらく計画はこういうものだったんじゃないでしょうか。まず是臼さんが朝食の席で和音さんと会話し、掌室堂にこもる予定だと言っておく。次に林さんが屋外に出てきた和音さんを引き止め、教団のライトバンを回収するために和音さんのクーペを借り、原井さんと共に出発する。このとき是臼さんはこっそりと駐車場に停めてあった和音さんの車に隠れたんです」

「……ということは、あのガス欠やバッテリー切れも」

「当然林さんの自作自演ということになります。さて、こうして是臼さんはトランクルームに潜り込みました。あとは山中のライトバンまでたどり着いたところで、林さんがトランクルームからガソリン携行缶を取り出すふりをしながら是臼さんを外に出します。その場で殺害したということも考えられますが、原井さんに目撃される危険性を考慮すると、一旦ライトバンに乗せたと考えたほうが自然ですね。そして少し走ったところで停まり、是臼さんの首を絞める。彼女が意識を失ったことを確認したら、今度はあらかじめ車内に準備しておいた寝袋状のビニールシートにでも体を押し込み、頸動脈《けいどうみゃく》を切断して殺害したんです。もちろん車外に出た上で、ですが。また、掌室堂に残された血痕の問題を解消するための仕掛けもここで行われました。ビニールシートの中に、掌室堂から持ち出した砂利を広げておいたんです。そうすれば殺害時に傷口から流れた血液が砂利に染み込みますから、あとで元通り掌室堂に敷き詰めたとき、あたかもそこが殺人現場であるかのような状況を演出することができる」

「砂利に血を吸わせるというのはどうなんでしょうか。それだけの量の砂利だと、かなりの重さになりそうですが」

「お忘れですか、和音さん。掌室堂の中に敷き詰めてある砂利は軽石ですから、見た目ほどの重さはありませんよ」

そこまで言うと、密は一息ついた。そして再び喋り始める。

「さて、車内での作業はこれで終わりです。あとはここ心在院に戻ってきてから、隙を見て遺体を車外へ引っ張り出し、解体する。そして体全体を適当なサイズに切断したところで、前述の砂利ともども山上へと運ぶ。遺体がバラバラにされていたのは、運びやすくするためだったんです。軽く見積もっても四十キロ以上はあるはずの死体を運ぶのは容易ではありませんからね。ことにそれが人目をはばかっての作業となるなら、尚更です。さて、林さん」

密はソファーに腰掛けたままの林を呼んだ。彼は無言だった。

「これが僕の考えた推理の全貌です。密室トリックについても、じきに明らかになるでしょう。できることならその前に、自白を――」

「待ってください」

和音は言った。

「残念ですが、その推理には穴があります」

「……穴、ですか？」

「はい。林さんは犯人ではあり得ません。犯行現場の状況が、それを示しています。思い出してください。掌室堂での現場検証の際、私は残された証拠品から、犯行時刻は十時過ぎから一時過ぎの間だという傍証を得ました。それはどのような論拠によって導き出したものだったか。アロマキャンドルに再着火できなかった犯人が、仕方なくそれを折り取って回収したということ。それこそが、私の推理の根幹でした」

「それが――」それが何か、あるいはそれがどうしたと言おうとしたのであろう密の顔が歪む。「再着火できなかっ、い、いい、いかったから、折り取っ、い、いい、た――」

「そうです。犯人はキャンドルに火をつけることができなかったはずなんです。ところが、林さんは喫煙者であり、ライターを常備しています。だから、アロマキャンドルの火が消えたときに、折り取って回収するような真似をする必要はない。ただ、自分のライターで再着火すればよかったんです」

水浜によって行われていた検分、その事実が伏せられていたことで、和音が無意味に導き出した論理。それが今、こんなタイミングで意味を持つことになるとは、和音自身も思わぬことだった。

「また、今の説明通りのトリックを使ったのだとすれば、そこにも疑問を挟む余地があります。あなたの推理では、是臼さんは私のクーペに隠れて心在院を出ていったことになっていますが、その場合、隠れ場所として妥当なのはトランクくらいでしょう。ですがあのとき、トランクにはガソリンの携行缶が積み込まれていました。そして、私が帰ってきた車のトランクを確認したとき、ガソリンの臭いが充満していた。もしも是臼さんがそこに入ったまま、三十分近くドライブしていたというなら、衣服や体にもその臭いが付いていたはずですし、そもそも是臼さん自身がその状況に耐えられなかったでしょう。加えて、ライトバンで帰ってきたとき、林さんの体は随分煙草臭くなっていましたが、こちらの臭いも同様に、是臼さんの遺体からは感じられなかった。つまり、彼女はクーペにもライトバンにも乗らなかったことになります。すなわち、あなたの組み立てたトリックは、使われていなかった。よって林さんが犯人である可能性も否定される」

和音が語り終えてもしばらく、密は考えを練っていたようだが、やがて強い視線と批判するような口調で言った。

「確かにその通りです。僕の推理は間違っていたということでしょう。でも、和音さん」

「はい」

「あなたは、誰の味方なんですか」真剣な顔で密は尋ねる。「今一度確認させてください。僕はあなたのことを信用していいんですか。あなたのことを味方ととらえて、構わないんですね」

「…………」

和音はしばらく黙考してから答えた。

「どんな形であれ、依頼を受けた以上、クライアントの意向に沿うよう最大限努力するのは探偵として、あるいは人を相手に働く者としての義務であるとは思っています。ですが、私にとって最も優先すべきものは、探偵・安威和音の矜持《きょうじ》です。それが心の中にある以上、間違った論理は正しますし、不当な判断には抵抗します。それと、私を味方側に置いておきたいと思っていただけるのなら、もっと私を頼りにしてもらいたいとは思います。今の推理だって、あらかじめ聞かされていれば、このように水を差す形での否定はしなかったでしょう」

「……肝に銘じておきますよ」密は音を立てて息を吐いた。「少し頭を冷やしてきます」

◆◆

七時になると夕食が始まった。前日の夕食が事件の騒ぎによって有耶無耶《うやむや》に終わってしまったため、その日の夕食は二日ぶりの全員揃っての食事となった。無論、死んだ是臼真理亜は別として。程度の差こそあるものの、一様に沈痛な面持ちを見せる一同を観察しながら、和音は料理を口に運んだ。

先ほど失態を見せた密と犯人扱いされた林も、今は素知らぬ様子で食事を進めている。和音はあの推理のあと、駐車場をはじめとした屋外のスペースをあらかた調べ、そこに殺人や遺体の解体の名残となる臭いも血痕も残されていないことを確認していた。森の中や心在院から離れた場所までは探していないが、いずれも犯行とは無縁であろうと思われた。前者が解体の場に使われていれば是臼の衣服に落ち葉など何らかの痕跡が残っていてしかるべきだったし、後者を使うためには車が必要となる。昨日は林と原井以外に車を利用した人間はいないはずだった。

不穏な空気の立ちこめる食卓。和音が味よりも温度のほうを過敏に感じる食事を進めていると、例によって戸嶋の食事を補佐していた水浜が「えっ?」と我に返ったような調子で声を上げた。「おばあちゃん、今何か言った?」

和音はほかの人々同様、戸嶋に目をやった。すると確かに、老婆は口を酸欠の金魚のように開閉させ、何事かを伝えようとしていた。水浜がその唇に耳を寄せる。彼女の表情は真剣だった。それがあまりにもはっきりしていたので、水浜は戸嶋に、この状況を打破するような言葉を期待しているのかもしれない、と和音は思った。事件の黒い鎖を振り払う一言を。しかし、いくらもしないうちに水浜の顔に、さっと影が差した。

「水浜さん、戸嶋さんはなんと?」

密が尋ねる。裁判官のような、ゆっくりとした、しかし有無を言わせぬ口調だ。

「——あの、ええと……」水浜は傍目にもはっきりわかるほどうろたえていたが、やがて密の見透かすような視線に耐えられなくなったというように俯《うつむ》くと、「……お嬢ちゃん、えっと、その、是臼さんのことだと思いますけど、お嬢ちゃんは今日もいないのかい、まだ瞑想をしているのかね、って……」

密は一瞬表情をこわばらせたが、すぐに諭すような口調で、

「戸嶋さん、是臼さんは……」

と言い聞かせようとした。だが、それを遮るように、音を立てて茶碗を置くと、

「死んだのさ。死んだんだよ、彼女は。……もうこれぐらいでやめにしたほうがいいんじゃないかい、教祖くん」

と、力任せに剣を振り回すような調子で林が言った。

「もう駄目だ。もうおしまいだよ。俺はもうこんな茶番、耐えられない。今の一瞬、張り詰めた感じでわかっただろう。昨日の時点でお前の言葉がどれほどの効果を発揮していたのかは知らないけれど、今ここにいる人間は、もうギリギリのところまで追いつめられている」

林はそう言って周囲の人々を見回した。彼と目を合わせようとする人間は少なかった。

「まったく、揃いも揃ってご立派な信者様たちだよ、本当に。昨日まで一緒に暮らしていた人間が、それも十代の、まだ世の中をろくに知らないような女の子が死んだっていうのに、涙も流してやらないんだからな。それがあんたらの愛する神の教えなのかい？　ご立派だね。でも俺はもう、こんなのは御免なんだ。なあ密、お前はそう思わないのか？」

林は密を真っ向から見つめる。

「……お前はよくやったよ、密。十代半ばでひとつの団体を切り盛りするなんて、普通できないことだ。それについては俺も感心してる。お前ぐらいの時分なんて、俺も、それに彼此一も、遊んでるか馬鹿やってた記憶しかない」

父親の話が出て、密の目つきが更に険しくなる。

「それに比べて、お前はまったくもって真面目に頑張ってる。その努力は認めよう。でも、そろそろお前は挫折を知るべきだ。自分が何者にも選ばれていないってことをちゃんと理解して、他人と同じスタ

ートラインに立つべきだ。俺の言ってることがわかるよな、密？　でもあえて明言しよう。俺はお前に、『こころの宇宙』の教祖をやめてもらいたい。教団自体をどうするかは知ったことじゃないが、ともかくお前には普通の子供として、中学に編入して、同級生とそれなりに付き合って、受験して、高校行って、大学行って……そういう人生を送ってもらいたい」

「それはあなたのエゴです。僕は『こころの宇宙』の代表として――」

「そうさ、これは俺のエゴだよ。でも、そうしないとお前はいつまでも、彼此一たちの亡霊と、それにいるはずもない神様とやらに取り憑《つ》かれたままだろう。お前は、お前自身のために生きるべきだよ」

密はしばらく押し黙っていたが、やがてゆっくりと首を横に振った。

「……残念ですが、僕はあなたの言うことを聞けません。この事件は僕たちの信仰に対する冒瀆《ぼうとく》であり、僕による事件の解決は、神によって運命付けられています。だからこそ、僕にはそれを実現させる義務がある」

「神……ね」林はおうむ返しに呟く。「わかってるんだろうな、そいつは切り札……というより約束手形だ。使ってしまった以上、もうあとには引けないぜ」

「――ひとつ、当たり前のことを確認しておきましょう」

密は真っ向から林の顔を見て、言った。

「神は間違わないからこそ神であり、僕はその言葉を正しく理解できるからこそ『こころの宇宙』の代表なのです」

林はそれを鼻で笑うと、立ち上がった。

「そいつはいい。楽しみにしてるよ」

ズボンのポケットから自室の鍵を取り出しながら、林は和音の背後を抜け、出入り口のほうへと向かう。その際彼は、和音の背中を軽く、エールを込めるように叩いていった。それで和音にも、林がなぜ急に、こんな暴走とも言えるような対立の仕方をしたのか、わかったような気がした。多分彼は、密をこの環境から出すための、最後の賭けに出たのだろう。逃げ場のないところに追い込んでから、完膚なきまでに失敗させる。教師にはなれないと言った彼は、敵役になったのだ。

林は、食堂を出て行った。

第六章　殺人は闇の中

夕食を済ませた和音は、自室でシャワーを浴びた。体を流れ落ちる熱い湯が、疲れを洗い落としてくれるのが感じられた。

さっぱりしたところでユニットバスから出る。頭にタオルを巻くと、洋室の椅子に腰掛けて、灰皿を引き寄せると、シガレットに火をつけた。

一日中稼働しっぱなしだった頭を休ませながら、煙を吸う。煙草の味と香りが、気持ちを静め、安心感を与えてくれる。和音は荷物の中から手帳を取り出すと、ぼんやりとページをめくった。過去の記録をひとつひとつ紐解き、頭の中にそれらを解決に導いたメソッドを並べていく。そうすることで、凝り固まった思考がほぐれていくように思えた。

煙草がフィルターの近くまで灰になったところで、和音は過去を振り返るのをやめ、今回の事件についての考察を再開した。最初に浮かんだのは、数時間前に聞いた密の推理だった。結果的には間違いだったが、彼の推理にも見るべきところはあった、と和音は考える。たとえば、犯人は是臼を犯行現場に誘導することが可能だったという見方。確かに、是臼の振る舞いから考えれば、彼女を犯行当日、瞑想するように誘導することは可能だっただろう。だとすれば、掌室堂での殺人は計画的なものであったとしてもおかしくはない。あるいは、密室はなぜ作られたのか、という点についての考察も興味深かった。

密の提示した理由——密室を作ったのは、そこが犯行現場だと強調するためだ、という論理自体は筋が通ったものであるように思える。

しかし、今回の事件において密室が作られた理由については、和音はまだ判断できずにいた。不甲斐ない自分に嫌気がさし、手帳を机の向こうに押しやる。

そして、それらとは別に、和音にはもうひとつ気になっていることがあった。百年前に起こった、もうひとつの密室事件がそれだ。密は気にしなくてもいいと言っていたが、同じ場所で二度密室が作られたということには、やはり何かしらの意味を見いださずにはいられない。犯人が使ったトリックが、百年前に用いられたものと同じという可能性もある。

しかし、と和音は左手で卓上に頬杖《ほおづえ》をつく。だとしても、なぜ密室を作ったか、という問題は解決されないままだ。百年前の事件を再現するため、という可能性が一瞬、和音の頭をかすめたが、それはそれで、どのような意味をなすのかわからない。犯人の意図が、読み解けない。

「…………」

和音はふと考えた。犯人が密室を作ることを意図していなかった可能性はないだろうか。

犯人には密室を作る理由があったとは、今のところ考えられない。ならばそれは、犯人にとっても予定外だったから、という考え方はできないだろうか。何か、そういう前例は——

再び和音は手帳へ右手を伸ばした。ただし、頬杖をついたままだからか、なかなか届かない。猫のように背中を丸めたところで、ようやく指先が表紙に触れた。が、そのとき左腕の肘が卓上を滑った。次の瞬間、和音は木の天板に顎をぶつけ、しばらく無言で悶絶《もんぜつ》する。

痛みが引いても、和音はしばらくそのまま卓上に突っ伏していた。そのまま五分、十分と時間が経過する。

　十五分が過ぎたとき、和音は立ち上がって部屋を出た。廊下を進み、密の部屋の前まで来たところで、楠田と出くわす。壮年の男は目じりのしわを一層増やし、疲労と不安が入り交じったような表情をしていた。

「おや、和音さん。密様にご用事ですか？」

「ええ。楠田さんも」

「そうなんです。備品のことでちょっと」

　急ぎの用ではなさそうだ。和音はそう判断し、自分の話を先にしてもらうことにした。

　密はボールペンを片手に、書類に目を通していた。入ってきたのが和音だとわかると、「おや、何かご用ですか？」とそっけなく声をかける。

「ええ」和音は頷く。「密室の謎を解決することができました。おそらくは犯人も」

◆　◆

「ほう……」密が顔を上げる。脇では楠田が目を丸くしていた。「では、説明してもらいましょうか」

「もちろん」

　和音は机の前に進み出る。

「きっかけになったのは、先ほどの神室さんの推理でした。あのとき提示されたあなたの推理に影響を受けて、私もまた『犯人はなぜ密室を作ったのか』という点について考えてみたんです。その結果、ひとつの結論に到達したんです」

「その結論とは？」

「あの密室は、犯人が作ったものではありません」

「犯人が作ったものではない？　それは、殺人者とは別の第三者が事件に関わっており、その人物が密室を作った、ということですか」

「違います。あの密室は、自然現象によって作られたものだったんです」

「……というと」

「地震ですよ。閂は地震によってかけられたんです」

密の眉がぴくりと動いた。

「掌室堂の閂は、観音開きの扉それぞれに付けられた鉤状の金具の上部を通すようになっていました。そのため中から閂を外す方法は二通りあります。ひとつは閂全体を持ち上げて外す方法、もうひとつは閂を横にスライドさせて外す方法。犯人はおそらくこのうちスライドさせる方法を利用していたのではないでしょうか。そしてその場合、閂は扉が開いた際に片方の金具に乗ったままになります。そしてもしもそこに地震の震動が加われば、閂は金具の上をスライドし、再び扉を施錠することになる」

まだ疼痛《とうつう》の残る顎を撫でて、和音は言った。

「……なんだか夢物語のように聞こえますが」密が意味ありげな微笑を浮かべた。「果たして本当にそんなことが起こりうるものでしょうか」

「ええ、可能性は高いと思います。なぜなら、前例がありますから」

「前例……」

「お気付きでしょう。百年前の消失事件ですよ。掌室堂から消えた修行者。確か事件当時、地震が発生していたんですよね。似通った事件が発生した際に同じ自然現象。関連性があると考えるのが普通です。澄心が消えたのは奇跡によるものではなかった。偶然の起こした、ハプニングによるものだったんです」

「ま、待ってください」

楠田がやにわに口を挟んだ。

「和音さん、確かにあなたの推理は百年前の消失事件に関しては適用できるのかもしれません。ですが、今回の事件において同じ状況が発生したとは思えません。地震によって偶発的に密室が作られたのだとすれば、犯人もまた、それ以降現場に出入りすることが不可能であったことになる。ですが、そうなるとひとつ、おかしなことがある。犯人は掌室堂までの往復で三十分、殺人や遺体の解体で三十分の時間がかかったはずです。一方、私と平坂君が是臼さんを最後に目撃したのは十時ちょうど、地震が起こったのは十時半です。どうやっても時間が足りるはずがない」

「その通りです。だから、十時に目撃された是臼さんは、本物ではなかったということになる」

和音はそう言って、楠田のほうへ向き直った。彼は展開される論旨についてこられていないのか、目を白黒させている。

「楠田さん、あなたたちが目撃したのは、是臼さんの後ろ姿だけだった。これは間違いありませんね」

「え、ええ……しかし、彼女は確かに是臼さんでしたよ。あの服装は……」

「そう、あなたたちは彼女の服装を見て、それが是臼真理亜だと判断した。当然ですね、彼女以外に、この場所でゴシックドレスなんて着ている人間はいませんから。しかし犯人が、その先入観を逆手に取っていたとすればどうです？　たとえ身長や体格が完全に一致していなくても、より目立つ特徴である服を身に纏っていれば、自身を是臼真理亜だと思わせることが可能だったでしょう。では、それを実行したのは誰か。十時前後にアリバイのない人物であり、是臼さんと最も体格の似通っている人物――そんな人物は一人しかいません。水浜秋です」

和音は幸薄そうな元看護師の顔を思い浮かべながら手帳を開くと、アリバイ表を楠田に見せた。

「これは事件があったときの各人のアリバイ一覧です。十時に目撃された是臼さんが偽者であると考えると、彼女が最後に生きているところを目撃したのは私であり、その時間は八時四十五分です。実際には、是臼さんはこの直後にはもう、人知れず掌室堂へ向かっていたのでしょう。一方で水浜さんのほうは、すぐには出発しなかった。それは九時に越屋さんと会話を交わしていることからも明白ですが、かといって彼女は単に手をこまねいているわけでもなかったんです。水浜さんはあらかじめ是臼さんの部屋から持ち出していたゴシックドレスを、このときに着用していたのでしょう。だから、越屋さんの前に姿を見せなかった。そして彼が去った直後、水浜さんはこっそりと山を登り、掌室堂へ向かうと、そこにいた是臼さんを殺害した。更に、あらかじめ用意しておいたレインコートをドレスの上から着用し、斧で遺体をバラバラにしていきますが、このとき一度で作業を終わらせず、九時四十五分頃に一度山を下ります。そして十時にあなたと平坂さんが会話している様子を物陰からこっそりうかがい、機を見て姿を現し、是臼さんのふりをして再び山を登ります。そして再び遺体の解体を進め、発見時の状態までバラバラにしたところで、掌室堂をあとにした」

「いや――なぜそんな、面倒なことを？」

「簡単に言うと、アリバイを作るためです。現場が離れた場所だったことと、遺体がバラバラにされていたことから、今回の殺人事件には、ある程度の時間が必要だったと推測できました。これは逆に言うと、その余裕がなかったことを証明できれば、自身を容疑者圏外に置くことができるということでもあります。だから水浜さんは、自分が是臼さんのふりをすることで犯行時刻をごまかし、アリバイを成立させようとしたのでしょう。ですが、彼女にとって予想外だったのは、十時半に発生した地震によって現場が密室になってしまったことで、逆に容疑者たり得る人間が一人もいなくなってしまったことです。ともあれ、これで彼女に犯行が可能だったことは証明できました。そして証拠もじきに見つかるはずです。レインコートと一緒に処分しなかったということは、水浜さんは変装のために着用していたドレスを、是臼さんの部屋に戻したか、今も持っているのでしょう。ですからそれを見つけ出し、汗や毛髪を採取して、彼女がそれに袖を通していたことを証明できれば――」

「和音さん」密が更に言葉を続けようとする和音を止めた。「僕は今あなたのことを初めて助手らしく思いましたよ。残念ながら、その推理は間違っています」

「えっ」

和音の言葉が詰まる。密は冷静な調子で続けた。

「といっても、部分的には正解と言っていい箇所もありますが。百年前の失踪事件の真相は、おそらくあなたの推理通りのものだったのでしょう。澄心居士が作り上げた密室は、地震の作り上げた偶然の産物だった。おそらく彼は、地震の初期微動をいち早く察知し、慌てて掌室堂の外に出たのでしょう。そのあとで本格的な揺れが起こり、内側から閂がかかってしまった。……そのあとで、なぜ山へ入ったのかはわかりませんが、ことによっては、偶然を今現在語り継がれているような神秘体験に見せかけることを思いついたのかもしれません。ですがそれは渾然一神教、ひいては『こころの宇宙』の根幹を揺るがしかねない想像です。だから、誰も指摘してこなかった。ただ、自分の心の中に留めていた」

「……つまり、百年前の密室の謎は、公然の秘密だったと」

「そこまでは言いませんが、薄々気付いている人間はいたはずです。僕にもたどり着けたわけですからね」密は淡々と語る。「だからこそ、僕は今回の殺人において、その現象が発生したはずがないと言い切れます。あなたと同じ発想に至った僕が、実際に掌室堂で検証したとき、ある理由によって百年前の再現は不可能であると断じられたからです。……具体的に申し上げましょう。掌室堂の中は、百年前からほとんど変わっていません。ですが、変えざるを得なかったものがひとつだけあります。事件を経て、強制的に」

和音の頭にひらめくものがあった。

「閂……」

「そうです。なぜなら、閂を折らずにあの部屋の中へ入るのは不可能だったから」密は頷いた。「おそらく閂を取り替えたのは澄心その人か、少なくとも彼の用いたトリックに薄々感付いていた誰かではないかと思います。そうでなければ、あれほど掛け金にぴったりと合うサイズの閂を用意する必要はありませんから。僕はこのトリックを思いついたとき、新しい閂で同じことを実行してみようと考えました。……結果は言わずともわかりますね？　でもあえて口にすることにしましょう。閂があの重さとサイズに変更された百年前から現在に至るまで、同じトリックの使用は絶対に不可能だったのです。そしてもうひとつ。あなたは楠田さんたちが目撃した是臼さんが後ろ姿だったことから、水浜さんの変装ではないかと考えた。ですがそれは間違っています。後ろ姿だったのであれば、その是臼さんは水浜さんの変装ではあり得ないんです。……なぜなら、是臼さんのゴシックドレスは丈の短いスカートであり、なおかつ水浜さんの脚には、過去に大怪我を負ったときの傷があるからです。もしも後ろ姿だけの是臼さんが水浜さんだったのなら、楠田さんたちがその傷に気付かないはずは、ないんですよ」

◆ ◆

和音の目の前が真っ暗になった。

推理を誤ったことによるショックを意味する比喩ではない。事実として、現象として、一瞬にして周囲が闇に閉ざされた。

「うわっ⁉」

「静かに！　その場から動かないで！」

慌てた気配を見せた楠田に、和音は急いで言う。自分以外も戸惑っているということは、これは自分の目がどうにかなったわけではなさそうだ。となるとおそらく、停電だろう。

「落ち着いて、まずは安全を……」

なおも和音が声を上げるが、その脇を密が通り過ぎる気配があった。直後に扉の開く音。仕方なく和音も彼に続くことにした。ぶつからないように右手で前方の様子を探りながら、反対の手でポケットを探る。目当てのもの——携帯電話はすぐに見つかった。画面を開くと手元が照らされる。圏外だからといって部屋に置いてこなくてよかった、と人知れず和音は安堵する。

「ともかく明かりをつけないと」和音は周囲に気を付けながら言った。「ブレーカーはどこです」

「玄関の脇に」

背後から楠田が答えた。

携帯電話の乏しい明かりの中、和音たちは玄関へ向かう。ブレーカーは確かに玄関のすぐ脇に据え付けられていた。ツマミが下がっている。和音が手元を照らし、楠田が操作すると、再び明かりが灯《とも》った。

ひとまず胸を撫で下ろす和音。振り返ると、密も安心した風な表情だった。

「一番のブレーカーが落ちてました。ここと男性棟の電源です」

楠田が言った。

「和音さん、これはただの停電だったんでしょうか」

「わかりません。しかし、人為的なものだとすれば……」

「確認してみる必要がありますね」

密が立ち上がって言った。

楠田は「行きましょう」と男性棟のほうへ駆け出した。途中で密が前に出る。

男性棟の居室の扉が並ぶあたりまで来ると、異変が明確に感じ取れた。脳裏に暗い赤を浮かばせる酸鼻な異臭。

一枚の扉の下から、わずかに血が流れ出していた。それだけで、和音には誰が被害者なのか、ほぼ想像がついた。その部屋は、ちょうど和音の部屋と鏡写しになる位置だった。

密が一瞬たじろいで、意を決したようにノブをつかんだ。しかし唇を噛んでそれを離す。和音も同じことを繰り返した。結果は予想通りで、扉は和音に逆らった。――鍵がかかっている。

「反対側も調べてみましょう！」

青い顔で楠田が叫んだ。悲観的な想像を描きながらも、一同は廊下を走り、反対側へと回った。今度は和音が先にノブを握った。が、やはり扉はびくともしない。

「合鍵はありますか」

「執務室に。取ってきます！」

密がそう言って駆け出す。そのとき楠田が唇を震わせながら言った。

「もしかして、中にまだ犯人がいるってことは……？」

言葉尻を待たずに和音も廊下を駆け出した。まったく働かない自分の頭を蹴りつけたくなる気分だった。最初に確認した扉の前に戻る。開けられた形跡はないが、念のため再度ノブを回した。確かな鍵の感触に、和音は安堵した。たった今のどさくさの間に、犯人がここから出ていったということはなさそうだ。

「和音さん、鍵のほうは大丈夫ですか!?」

と楠田が廊下の向こうから大声で尋ねてくる。和音は走って切れた息を整えながら、

「大丈夫です、鍵はかかったままです！」

と返した。

程なくして密が戻ってくる。手には一本の鍵を携えて、息も絶え絶えといった様子である。和音は鍵を受け取ると、ためらわずに扉を開けた。

すぐ正面のフローリングに、大きな血溜まりができていた。完全には乾ききっておらず、扉の下から流れていた血は、そこから流れたものの一部だった。

血液の跡は、まるで血溜まりに筆先を浸《つ》けて一直線に線を引いたように、障子の先、和室のほうまで延びている。その先がどうなっているのかは、障子の陰になっていて見えなかった。

あそこに何かある、と和音は直感し、血溜まりを越えるべく足を伸ばした。一方の密は波紋が浮かぶほどの血溜まりに青くなり、ふらふらと背後の壁にもたれかかった。しかし廊下の奥――もう一枚の扉の向こう――から聞こえる、「密様、こちらにも鍵を！」という楠田の呼び声にはっと我に返った様子で、和音から鍵を受け取るとよろよろと廊下の先へと回っていった。

その間に和音はなんとか血溜まりの奥に片足を着地させ、次に勢いをつけて残りの体全体で飛び越した。勢い余ってフローリングに倒れ込んだが、しかしおかげで障子の向こうが一度に見通せた。もう一枚の扉のすぐ左手、まっすぐ延びた血の跡の終着点には、彼女の思い描いていた通りの人物が、うなだれるように壁へもたれかかっていた。

「林……さん……」

うつろな目で和音を見る林の頭は、自身の体に抱きかかえられていた。首から上のない死体がドアにもたれかかり、その両手があぐらを組んだ脚の上にだらりと垂れている。そこに乗っかるような形で、林の頭は和音のほうを向いているのだった。姿勢だけ見れば、足を曲げて床に座った大人が、子供を腕に抱えているような形だ。眼球が零《こぼ》れ落ちそうなほどに、両のまぶたが見開かれている。口元は「い」か「え」と発するときのような、半開きの形で固まり、わずかに一センチほど開いた歯の間からその奥にある舌が見えた。喉仏のあたりを両断した切断面は赤黒く、まだ乾ききっていない血がじくじくとした粘度の高い塊を形成しつつあった。

死体のそばの畳には、一本の斧が突き立っていた。その刃《は》は血で鈍く光っている。凶器として用いられたものであることは、想像に難くなかった。

和音は立ち上がると、血の跡を踏まないよう慎重に遺体へと近づいた。そのとき、がちゃりとノブが回って、「すいません、ありがとうございます」と、場違いな礼を言いながら楠田が入ってくる。だが会釈していた頭が元の位置に戻るよりも早く遺体を目にして「うっ」とうめきを漏らした。それだけですべてを悟ったのか、密は目を逸らしたまま、部屋に入ろうともしない。つまんだ鍵の先が震えていた。

和音は中庭側の窓へ目を向けた。もとより人間が出入りするにはいささか小さい窓は、いずれも施錠されていた。それを確認すると、続いて足早にユニットバスへと向かう。きしんだ音を立てて扉を開けると、中は綺麗な状態で、誰の姿も、あるいは不審物もなかった。再び林の遺体のそばへ戻ると、傍らには、まだ楠田が放心したように立ち尽くしており、扉の先には密の唇を真一文字に結んだ顔が見えた。和音は彼らに呼びかけることもなく、注意深く遺体を観察し、やがてシャツの胸ポケットに一本の鍵を発見した。それは紛れもなく、この部屋にあるふたつの扉を開閉するための鍵だった。

◆　◆

呆然《ぼうぜん》と立ち尽くす密と楠田をよそに、和音は手早く遺体の検分を始めた。

着衣の内側はまだほんのりと温《ぬく》もりを残しており、死後さほど時間が経っていないことは明らかだった。次に首の切断面に目をやる。出血量から考えて致命傷であることは間違いないが、傷の付近には紐の跡が痣《あざ》になって残っていた。是臼同様、絞殺されてから首を切断されたらしい。

次は遺体の頭。死に際の表情を止めた顔は、正面やや上を向いていた。その首に手をかけ、後頭部が見えるように向きを変えると、同時に右手が動いた。ぼさぼさに伸びた髪の毛が、遺体の右手に絡みつき、血で貼り付いていた。なるべく状態を保持したままになるよう、慎重に髪の奥を調べると、頭頂部に近い位置に、指先ではっきりと確認できる傷口があり、髪を濡らす血が、そこから流れ出たものであるらしいことがわかった。

そのとき、廊下で物音がした。林の部屋を出て周囲をうかがうと、訝《いぶか》しげな目をした平坂が、すぐ近くのM04と書かれた扉から首だけ出している。片耳からイヤホンがぶら下がっていた。

「なんだか騒がしいようですけど、何かあったんですか、まさか、また……」

「そのまさかだよ」楠田が眉間にしわを寄せる。「また……殺人だ。林さんが殺された」

「はあ⁉」

平坂は目を丸くして部屋から出てくる。その格好を見て和音は目を逸らした。上半身裸に紅葉《もみじ》柄のトランクス一丁。

「……まず服を着たほうがいい。和音さんもいるんだぞ」

「え？　あ、失礼しました……」

平坂はすたこらと部屋に戻った。しばらくして、再び廊下に出てくる。今度はTシャツにジャージのズボンという格好だった。シャツの前面にはモノトーンで髭面の男の横顔がプリントされている。確かノルウェーだかデンマークだかのミュージシャンだ。

「失礼しました、寝るときはいつもあの格好なもんで……現場はその部屋ですか」

平坂は顔をしかめる。是臼の遺体が見つかったときにも居合わせていたから、記憶に残っているのだろう。

「どうもそのようらしい」

楠田が和音をうかがいながら答える。血だらけの室内の様子から考えて、今のところは彼女にも異論はなかった。

「どんな状態なんですか。是臼さんと同じような……」

「彼女の死に様よりは、まだマシといったところだろうかね。だが無残なことに変わりはない。首を切られている」

「首を……」

平坂は更に渋面になった。

「ところで、平坂君はこの部屋にいたんですか。犯人らしき人間や、怪しい物音に心当たりは」

「あいにく、何も。夕食のあとはずっとこの部屋にいましたけど、音楽聴いてましたから……」

それを聞いて、さっき首から下げていたイヤホンをもう外していることに和音は気付いた。

「第一、ここは防音がしっかりしてますから、俺の部屋と林さんの部屋、二枚の壁越しだと、相当な物音がしないと聞こえなかったと思います。今だって、たまたま水を飲もうとしてイヤホン外したところに、楠田さんたちの声が聞こえてきて気付いたんですから」

「しかし、さっきの停電には気が付いただろう」

「ええ。でも、てっきり最近の地震で建物のどっかを通ってる電線が、傷んでるんだと思ったんです。少し前にもあったし。それに、すぐ復旧したから、気に留めてませんでした」

「……そうか。仕方ないな……」

楠田は呟くと、和音と密を交互に見た。

「一旦どこかに集まりましょう。残りの人間の無事を確認しないといけませんし」

◆　◆

沈黙が場を支配している。こういう状況はよくない、と和音は眉間にしわを寄せた。テーブルを囲む面々は、めいめい新たな殺人について思いをめぐらせているのだろう。しかし、それが口をついて出ることはない。誰も皆、自分の一言がロバの背骨を折る最後の藁一本になるのではないかと恐れているらしかった。

中でも密の様子は心配に思えた。顔色がひどく悪く、十分ほど前まで続いていた状況確認の会話の中でも、相槌さえほとんど打たずに、口を真一文字に引き結び、頭痛をこらえるように額に手を当てていた。周囲から彼に向けられている心配げな視線にも、気付く様子がない。

やがて水浜が戻ってきた。彼女は密にスペアキーを返すとまず、

「戸嶋さんはよく眠っていらっしゃったので、そのままにしておきました」

と、それが唯一残された救いであるかのように言った。林の死を確認した後、和音たちは全員を食堂に集めたが、その際戸嶋だけは部屋の扉を叩いても返事がなかったので、水浜の管理する鍵で室内に立ち入ったところ、ぐっすりと眠っていた。

「それで、林さんのことについては……」

和音が促すと、水浜は暗い顔で答えた。

「死因に関しては、和音さんの見立てに私も同意します。まず紐か何かで首を絞めて殺し、それから首を切った。出血量から考えても、それが妥当なところでしょう」

「そうですね、それと、頭の傷。あれは……」

「はい。きっと、生きているときに受けたものだと思います。犯人はまず、林さんの頭を殴って……それから、ひるむか昏倒《こんとう》するかしたところに、紐で首を絞めた。抵抗の跡がないので、その時点で意識はなかったか、かなり朦朧《もうろう》としていたんじゃないかと思います。切断は、そのあとです。……それと、殴るときに使ったのは、斧の峰だと思います。髪の毛の付いた皮膚片が残ってましたから」

和音は頷くと、「死亡推定時刻についてはいかがですか」と尋ねた。

「それも和音さんがおっしゃっていた通り、停電の三十分から一時間ほど前……夕食のあと、そう時間が経たないうちだったと思います。ほとんど硬直がなかったので……」

和音は手帳を開く。その時間帯のアリバイについてはすでに確認を終えている。ほかの面々もそれを重々承知していたからこそ、互いに探り合うような視線の交差を重ねこそすれ、口を開く者はいなかった。犯行時刻のアリバイは誰にもなく、容疑はここにいる全員にあると言えた。ただし――

「犯行は誰にでも可能だった、ということですね」原井が事実をそのまま告げているという風な口ぶりで言った。「鍵の問題さえなければ」

そう、鍵の問題。遺体が見つかったとき、犯行現場は密室だった。すべての窓は内側から施錠されており、出入りは不可能。また、ふたつの扉にも鍵がかかっていた。扉のロックを外すための鍵はふたつ。ひとつはスペアキーであり、密が執務室の金庫に入れて管理していた。そしてもうひとつの鍵は、ほかでもない、林の遺体の胸ポケットにあった――。

「実は鍵なんてかかってなかった、ってことはないんですかね？」

平坂が言う。楠田が、「そんな馬鹿な話はないだろう」とすぐに否定した。

「もしも鍵がかかっていなかったとすれば、解錠したお二人が気付かないはずはない」

「でも、林さんの遺体は部屋の扉にもたれていたんでしょう？　そのせいで扉が開かないのを、鍵がかかっていると誤解したってことは……」

「冷静に考えてみなさい、ここの扉はどれも外開きだ。内側に死体がもたれていて開かなくなるわけがないよ」

「あ、そうか……」

平坂はばつが悪そうに頭をかいた。楠田が仕切り直すように咳払《せきばら》いをする。

「平坂くんの思いつきを否定したあとで言うのもなんですが……実は私もひとつ、密室から出て行く方法を思いついたんですが、聞いていただけますか」

全員の視線が楠田に集まる。

「これは昔、ドラマで見た話なんですが——犯人は、密様が部屋の鍵を開けて、和音さんが室内に入ったとき、入れ違いで出ていったのではないでしょうか」

「……なるほど」密がはっとした表情になる。「犯人は扉脇の壁際に、張り付くようにして隠れていたというわけですか。そして、和音さんが自分の横を通り過ぎ、部屋の奥に踏み込んだところで、開いている扉から、こっそりと出ていく」

「その通りです密様。私が見たドラマだと、犯人が隠れていたのは扉の陰でしたが、今回の場合は扉が外開きですから、そのまま利用することはできません。ですが、壁際で息を殺していれば、見つからずにいられる可能性はある。もしくは、ユニットバスの扉の奥にいたのかもしれない。いずれにせよ、現場には血痕が和室側までずっと延びていましたから、それを目にした和音さんが先にあるものを確かめるため、すぐに洋室を抜けて和室に向かうことは期待できたはずでしょう。犯人はその隙に、忍び足で部屋から出た、というわけです。つまり、犯人が死体を動かしたのも、和音さんの目をそちらに向けるための工作だったんです。そう考えれば、陰惨な現場の状態にも理屈が通る」

「なるほど……」

密は納得した様子を見せる。周囲の面々も感心した風だ。

確かに、楠田が言及した部分に限れば、論理的な矛盾はない。加えて、それ以外の部分にも推理の補強となる箇所がある。障子が半分閉じられていたことだ。あれは、和音がその奥を確認するため、早々に洋室を抜けることを期待してのものだったと考えれば、楠田の説を補強する材料になるだろう。

しかし和音は、「残念ですが、その可能性はないと思われます」と首を横に振った。楠田が驚いたフクロウみたいに頬をすぼめた。

「私はあの部屋に入るとき、まず洋室の中を見渡して、全体を確認したんです。入り口付近に血溜まりができていたので、それを避けるためにはどこへ足を下ろすべきか考えたから、というのもありましたが、それ以上に、神室さんが鍵を持ってくる直前、ほかでもないあなたが、もしかすると、まだ中に犯人がいるかもしれないとおっしゃっていたからです。それは憶えていますよね？」

「ええ……」楠田は頷いたが、「しかし、犯人がユニットバスの扉の奥にいたという可能性が、まだ残っています。それとも和音さんは、あのとき和室に入るより先に、ユニットバスの中も確認していたんですか？」と食い下がった。

「いえ、私がユニットバスを調べたのは、お二人が反対側の扉を開けて入ってきたあとです。しかし――犯人がいないか確認したとき、ユニットバスの扉はひどくきしんでいました。犯人が出ていったあとで急にそうなったとも考えられません。なぜなら、私がここに来た日の夕食の際、部屋を利用していた林さん自身が、『風呂場の扉がきしんでいる』ということを話題に出していたからです。それ以降状態が改善されていなかったと考えると、犯人が物音を立てずにユニットバスから出て、元通り扉を閉めて出ていくことができたはずはないんです」

楠田はしばらく考え込んでから、「……なるほど」と、神妙な表情で呟いた。

「確かにその通りです。我ながらいい発想だと思っていたんですが、裏付けも取らずに披露するべきではありませんでしたね。やはり犯人は我々が突入した時点ではもう室内にいなかったというわけですか……ですが、どうすれば外にいながらあの密室が作れたんでしょう。私にはそれがどうしてもわからなくて……いや、それよりも、出しゃばって申し訳ありませんでした」そう言って楠田は深々と頭を下げた。「やはり思いつきでは駄目ですね。おとなしく密様と和音さんにお任せするのがよさそうだと、よくわかりました」

「……ええ」

密は、にっこりと笑った。自然な笑みだったが、しかしさっきまでの様子を考えると、和音にはそれが、どうしても作り笑いにしか思えなかった。

「今日はもう遅いことですし、各自部屋に戻ることにしましょう。皆さんがお休みのうちに、僕と和音さんが事件を解決しておきます」

和音はとっさに口を挟もうとしたが、密が再び言葉を発するほうが早かった。

「大丈夫です。犯人は必ず見つけ出します。僕を信じてください」

◆
◆

そろそろ日付が変わろうかという時刻だった。和音はひとまず現場とその周辺の見取り図（図2）を描いたあと、一心に室内を探っていたが、少なくとも、都合のいい秘密の抜け穴などというものはどこにもなかった。

図2：殺人現場見取り図

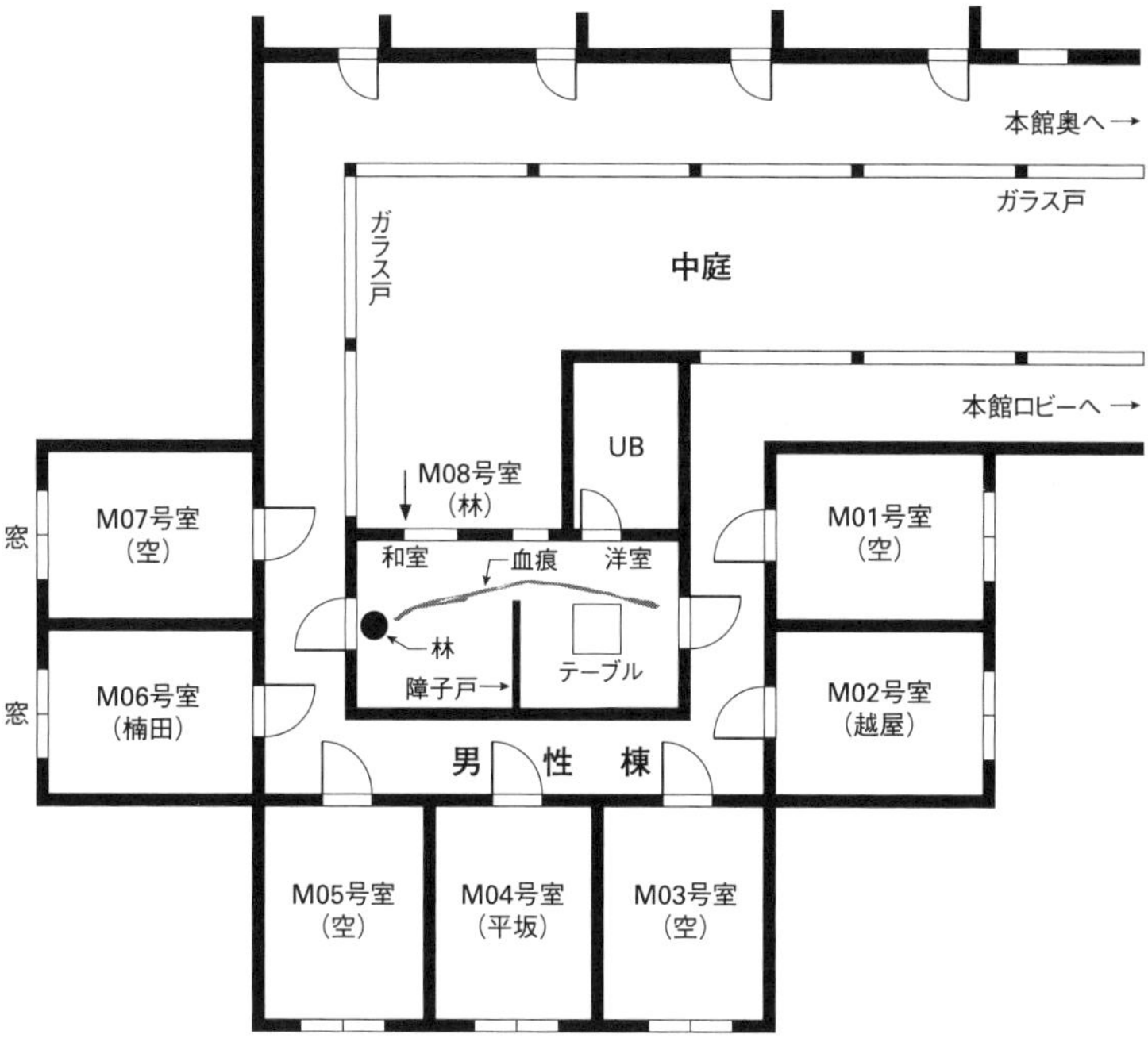
本館奥へ→
ガラス戸
ガラス戸
中庭
本館ロビーへ→
UB
M08号室
（林）
M07号室
（空）
窓
和室
血痕
洋室
M01号室
（空）
林
テーブル
障子戸→
M06号室
（楠田）
窓
M02号室
（越屋）
男　性　棟
M05号室
（空）
M04号室
（平坂）
M03号室
（空）

外部への通路と呼べる物はふたつの出入り口と、北向きに設けられたふたつの窓、あとは換気のためのダクトくらいのもの。このうち和音がもっとも注目したのはダクトだったが、途中にほこりよけのフィルターがしつらえてあって、痕跡を残すまいとすれば、糸を通すことさえ難しそうだった。

扉のほうもしっかりした造りのものだった。同じ『こころの宇宙』の意徒とはいえ、他人同士が集団生活を送るわけだから、プライバシー面に配慮したのだろう。今回の場合はそれが逆に働いて、誰も殺人に気付かなかったのだが。

いずれにせよ、ドアノブの下にある内鍵を、糸を使って外部から回したというような、古典的な手法が用いられていないことははっきりしていた。

「一応尋ねておきますけど、この部屋の合鍵が作られていたっていう可能性はありませんよね」

和音は和室側の扉にもたれたままの林の遺体をわずかに傾け、その肩に隠れていた内鍵を調べながら言った。ツマミは血で汚れており、和音のゴム手袋にも乾いていない血が付着する。横向きになっているツマミを九十度回転させると、かちりと小さな音がして、ドアの側面から鉄棒がせり出る。

「もちろん、鍵はふたつだけです」

密は何を今更、とでも言いたげな、噛んで含めるような調子で答えた。

「林さんの服の胸ポケットに入っていたものと、執務室に、ほかの部屋のものと一緒に保管しておいたスペアキー。このうちスペアキーは暗証番号付きの金庫の中に入っていましたから、誰かが持ち出すことは不可能です」

「あなた以外の誰かが、暗証番号を知っていたという可能性は?」

「限りなくゼロに等しいと言っていいでしょう。定期的に番号の変更も行っていますし」

「なるほど。では、この部屋を以前利用していた人物、あるいは何らかの用でこの部屋の鍵を借りた人間が、ひそかに合鍵を作成していたというのはどうでしょう」

この質問に対しても、密は否定を示した。

「ここの鍵は見かけ以上に複製が難しいんですよ。名誉ある方々が意徒あるいは教団関係者として滞在することも想定されていましたから。具体的に説明しますと、責任者が許可して複製を行う旨を、複数の確認を踏まえて製造会社に申請しなければ、新しい鍵を作ることはできません」

「その、責任者というのは」

「父の生前は――いえ、今も父のままですね。鍵を取り替える必要も出てきていませんでしたから、変更の手続きをしていませんでした」

「そうですか」

ということは、ネクロマンサーが実在しない限りは、鍵の複製は不可能だったということになる。和音は鍵が複数あった可能性への考察を、ひとまず切り上げることにした。

「それにしても――」と密が和音のほうを見ずに呟く。「死亡推定時刻が遺体発見の三十分から一時間前というのは意外でしたね。僕はてっきり、犯人はあの停電の際に犯行に及んだのだと思っていました」

「そうですね」それに関しては和音も同感だった。「水浜さんの見立てが正しければ、あの停電があった時点では、殺人はすでに終わっていたことになります。しかし、だとすればあの停電は事件と関係ないのか」

半分独り言のような調子で、和音は言った。

「あれは犯人が仕組んだものなのか、それとも偶然か。故意だとすればなんのために行ったのか」

「……方法については考えなくていいんですか？」

と密が口を挟んだ。

「実行自体はそう難しいことじゃないですからね。たとえばあらかじめ複数の電化製品を、同時刻に起動するよう設定しておく。それだけで停電を起こすことは可能だったんじゃないかと思います。もしくは、もっと確実かつ簡単に停電を起こす方法もあります。どこかの部屋のコンセントに、Uの字形にした針金を突っ込めばいい。一度に大量の電流が流れてショートしますから、ブレーカーが落ちて停電が起こります」

「では、停電を起こした手段から犯人を特定するのは不可能だと」密は悩ましげに眉根を寄せた。「やはり、犯人の動向がつかめないと容疑の枠が絞れませんね。早期解決のためには、一刻も早く、解決の糸口を探り出さないといけません」

「……あの発言は、本気だったんですか？」

「あの発言とは？」

「さっき、皆さんに向けて切った大見得ですよ、明日までに事件を解決するという」

和音は苛立たしげに、早口で言った。

密は当然のように肯定した。

「もちろんです。警察には知らせません。避難もしません。犯人捜しを続けます」

「……私は反対ですね。昨日の私たちが、状況を軽く見すぎていたことは、もはや明白ですから」和音は毅然とした口調で言った。「犯罪者の心理というものは、加速度的に悪化するものです。同じ連続殺人でも、一人殺した人間が二人目に手をかけるのと、二人殺した人間が三人目に手をかけることの間には雲泥の差がある。是臼さんが殺害された時点で、私たちは犯人がこのまま、なんの行動も起こさないという前提で捜査を開始していました。ですが、実際はそうでなかった。犯人は二度目の凶行に踏み切ったんです。そうなった以上、三度目、四度目と、更にその先が起こる可能性は高い。危険性は、格段に上がっているんです。もう私たちの手に負える状況じゃない。絶対に、警察に連絡するべきです」

和音は言う。しかし密は首を横に振った。

「……駄目です。警察を呼ぶことになれば、この事件が明るみに出ることは避けられません。そうなれば『こころの宇宙』の存続に関わります」

「そんなに……」

団体の存続が大事ですか、と和音が問いかけるより早く、密は「それに」と続けた。

「遺体が見つかったとき、この部屋の中に凶器の斧がありましたね。林さんの首を切断し……それに、是臼さんの遺体を解体するのにも用いられたと思われる斧」

「……ありましたね。それがどうかしたんですか？」

「あれを現場に残していったことこそ、犯人にこれ以上凶行を重ねる意思がないという、何よりの証拠じゃありませんか」

「…………」

「第一の殺人が発生したとき、犯人は是臼さんの死体をバラバラにした上で、そのために使った道具を現場から持ち去った。その道具が事件発生後にこの施設からなくなっていた斧であることは、容易に想像がつくことです。そして、この部屋で起きた林さんの事件においても、同じ斧が使われたことは、水浜さんの——そしてあなたの見立てからも、間違いないでしょう。つまり、犯人は第一の事件を決行したあと、次の犯行に用いるため、意図的に斧を持ち去った。しかし、今回は違う。斧は現場に残されていたんです。つまり、犯人にはもう斧を使う気がない、すなわち——」

「第三の殺人を実行する気がない、と言いたいんですか……馬鹿馬鹿しい」

和音は、自分より十以上も年下の、子供と言って差し支えない年齢の密に対して、今はっきりと怒りを感じていた。

「そんな恣意的《しいてき》でふざけた判断で、人の命を簡単に危険に晒さないでください！　いいですか、斧がこの部屋に残されたことは、犯人にこれ以上殺人を重ねる気がないということと、決してイコールで繋がることじゃないんです。それは単に、犯人にもう斧を使う気がないというだけの——いや、そうですらない。犯人が、ひとまず今この状況で、斧を手放してもいいと考えただけのことです。次の殺人が起こらないなんていう保証はどこにもないんです。ただ、斧が使えなくてもいいというだけのこと。今度は毒殺かもしれないし、刺殺かもしれない。殺されるのは水浜さんかもしれないし、平坂さんかもしれない。今の私たちに思いつきもしないようなむごたらしい方法で、あなた自身が殺される可能性だって、十分にあるんですよ——」

「そして、場合によっては、部外者である自分が殺される可能性もゼロではないと、そうお考えなんですか、和音さん」

声を荒らげていた和音のほうに向き直りつつあった密は、今や真っ向から和音と相対していた。互いの視線がぶつかり合って、二本の平行線となる。

「殺されるのが嫌だから、殺人犯のいるこの場所からさっさと逃げ出したい、つまりはそういうことなのでは?」

「……挑発しているつもりなんですよね、それは。あなたみたいに賢い人が、自分の言葉が相手にどういう影響を及ぼすか、わからないはずがありませんからね」

「そうです。僕はあなたを挑発しているんです。出来損ないの名探偵さん」

密がどこまで計算しているのか、それはわからなかったが、いずれにせよ最後の一言は、あっさりと和音の引き金を引いた。現場調査用の手袋をはめたままの右手を、肩の高さでまっすぐ後ろに引きながら握りこぶしを作る。その瞬間の和音には、容赦などという考えは一切なかった。真っ白な頭のままで、相手の顔に、狙いを定める。密がびくりと肩を震わせて、さっと顔を逸らす。両目がきつく閉じられていた。

その反応が、和音に意識を——というより思考を、取り戻させた。ホワイトアウトしていた頭の中に、稲妻のように論理がひらめく。握りこぶしは前に打ち出される直前で止まり、解かれるより早く下ろされた。

密はまだ目をつぶっている。しかし、もうすでに頭の中では、衝撃がやってこないことに対する疑問が広がっているはずだった。和音は彼の姿を、何かむなしいような気分で見ていた。右腕が静かに下ろされる。

「どうして——目をつぶったんです?」

その言葉を口にすると、密が再び、肩を震わせた。両目も開いたのかもしれなかったが、上半身をねじって廊下側に向けているせいで、和音にはわからなかった。

神室密は賢い少年だ。自分の言動がもたらす結果が想像できないはずはない。今だって、和音が激高することくらい、想定済みだったはずだ。

だとすれば。

彼の性格からして、ここで怯えを見せるようなことをするだろうか。

……考えにくい。

にも拘わらず、彼は目をつぶった。

それは、なぜなのか？

「……ひとつ、実験をさせてもらいます。もしこのテストが何事もなく終わったのならば、今の諍《いさか》いは忘れることにしましょう。なんなら、私のほうから頭を下げて、どうか事件解決までお側《そば》に置いてください、と懇願しても構いません」

和音はそう言ってから、一歩、密に近づいた。彼が視線を合わせないままに身構える。

「今から、私は、あなたの顔に触ります」和音は刻み込むように言って、少年の頬へと手を伸ばした。

「――ゴム手袋をしたままで」

言うが早いか、密は右腕を振ってその手を払いのけ、廊下の反対にある壁際まで後ずさった。強い、はっきりとした拒絶だった。

密の震えた息の音が、離れた和音からでも聞こえる。その顔は色を失っている。

抵抗できない恐怖心に、囚《とら》われた顔。

「……これではっきりしました」和音は手袋を両手から外し、乱暴にポケットへとねじ込んだ。「もっと早く気付くべきでした……どうしてあなたが、私を助手にしたのか。事件について、経験者からの意見が必要だと言っておきながら、あなたは私にほとんど何も聞いてこなかった」

言葉は淡々と、あらかじめ準備してきたものを並べるように口から出てきた。

「必要だったのは、自分の代わりに犯行現場に入って、調査をしてくれる人間だった」

推理力なんて、はじめから求められていなかった。和音は一人で、息巻いていただけだったのだ。それが実に惨《みじ》めだった。

和音はふと、小さく握り締められた密の手に目をやった。白く細い、少年の手。穢《けが》れを知らないような、子供の手。それを見て、和音は決定的な問いかけをする決意をした。視線を少年の顔へ向ける。彼はまだ、目を閉じていた。

「あなたは、血が怖いんですね。触ることはおろか、見ることにすら耐えられない。だから、最初の事件のとき、遺体を目の当たりにして、あんなに青い顔をしていた。二度目の事件のとき、部屋の中に目を向けようともしなかった。血みどろの死体を直視するなんて、とても耐えられないことだったから」

「…………」

密は無言だった。

なぜ、と問う気は起きなかった。和音はおもむろに密から目を離すと、彼の脇を通って廊下へと出た。その背中に、震える声が投げかけられる。

「どちらへ」

「帰るんですよ。私の代わりなら、誰でもできるでしょう。その人を助手に、あなたが名探偵として活躍なさって結構ですよ。……ああ、元々そういう約束でしたね」

反論はない。

和音は密室をあとにした。

このまま車を運転して、携帯の電波が届くところまで行ったら警察に通報して、それから……きっと、事情聴取は逃れられないだろう。できれば休ませてほしい。欲を言えば家に帰してほしい。きっと無理だろうけど。

こんな考え、探偵としては失格だろうか。よくわからない。まあどうでもいいか。どうせ名探偵役なんて要求されてなかったんだし。どうでもいいんだ。どうでもいい。

名探偵なんて、どうでもいいんだ。

和音は、つらつらとそんなことを考えていた。

何もかも、どうでもいい気分だった。

第七章　少年は籠の中

「出ていかれるんですか」

クーペのドアに手をかけたところで、和音は背後から呼び止められた。振り返ると、相変わらずのびんとした姿勢で、原井が立っていた。時計の長針みたいだと和音は思った。

「ええ、もう私はお役御免のようでしたので」

和音はそう言って運転席のドアを開け、車内に乗り込もうとする。だが、原井が「それはあなたの勝手な主張でしょう」と言うのを聞いて、動きを止めた。

「確かにあなたが名探偵であることを密様は必要としていなかったかもしれません。ですが、密様が私でも、あるいはほかの面々でもなく、あなたの助力を仰ぐことにしたのは事実です」

「……盗み聞きしていたんですか？」

「否定はしません」

「だったらおわかりでしょう。私が選ばれたのは、ちょうどよかったからですよ。血溜まりの中に入っていって、死体の荷物を漁《あさ》るようなキモチワルイ仕事に、適任だと判断されたから、声をかけられた。それだけのことです」

「つまり、期待されていなかったことに拗《す》ねているんですね」

「……あなたまで喧嘩《けんか》をしに来たんですか？　高尚なご教養が聞いて呆《あき》れますね」

原井は和音としばらくにらみ合っていたが、やがて、

「……そういうつもりで、ここに来たわけではありません。申し訳ありません」

と、深々と頭を下げた。和音がそれに面食らっていると、

「私がどういう経緯で『こころの宇宙』にやってきたかご存じですか？」

と原井は尋ねてきた。和音が返答せずにいると、原井は続けて語りだした。

「以前の勤め先で、直属の上司を殴ったんです」

「……本当に？」

「……一部嘘です」原井はわずかに顔をしかめた。「本当は、そのあとで背中に膝蹴りも入れました」

「…………」

「自分の失態を棚に上げて、私の仕事にけちをつけるのが耐えられなかったので。その後会社を辞めて路頭に迷っていたところを、知人の縁から彼此一様に拾われたんです。もちろん、実務上の補佐としてですが。間違っても愛人関係などではありませんでした。それなら月給を今の倍額にされても、こちらから願い下げだったでしょうが」

「……何が言いたいんです？」

「私はプライドが高い、と言いたいんです」原井は臆面もなく答えた。「自分の中に、他人に立ち入られたくない領域が、縹渺《ひょうびょう》と広がっているんです。そこに土足で踏み込まれたり、不当な評価を下されることに耐えられない。……あなたもそうなんじゃありませんか？　女だてらに探偵なんてやっている人間が、卑屈なはずはありませんよね。それに、あなたは振る舞いの端々に美学——多分、探偵のなん

たるかを考察する自意識だと思いますが、そうしたものを感じさせますから。でも、私はあなたみたいな人、嫌いです。同族嫌悪ではありません。あなたはそのプライドを周囲に認めさせるための実力誇示を怠っているように見えるからです。自分の実力に見合わない立場を主張しているところが、イライラします。……でも」

原井は膝を曲げて、ストッキングのまま地面に正座した。

「それでも私は、こうすることに決めました」

両手をつくと、ためらうことなく頭を下げる。額をぴたりと土の上に押し当てたところで、口を開いた。

「お願いします。どうか警察には知らせないでください。密様に協力してください。この事件の解決に、あなたの力を貸してください。『こころの宇宙』は、あなたを必要としているんです」

「――どうして」

和音は戸惑いながら言った。

「どうして彼のためにそこまでするんです。あなたと『こころの宇宙』の関係は元々、救済を求めてすがったわけではない、ただのビジネスライクなものだったんでしょう。それなのに、いったいどうして……」

「負い目があるからです」

「負い目?」

「ええ。密様を閉じ込めてしまったのは、私だから……」

そこまで言うと、原井は上体を起こして顎を上げ、和音と視線を合わせた。額にうっすらと土の跡が残っている。膝は地面についたままだった。

「二年前の事故のことは知っていますね。彼此一様と皆奈様が亡くなられた交通事故です」

和音は無言で頷いた。

「あの日、お二人と密様はこの場所を離れるはずでした。密様が十二歳になったことを契機に、見聞を広めるため家族で海外へ留学をする計画だったんです。『こころの宇宙』の海外進出を見据えた上でも、重要な契機でした」

「留学――」

それは和音にとって初耳となる情報だった。だが、考えてみれば神室彼此一は宗教家でこそあれ、世間離れした厭世家《えんせいか》というわけではなかったはずだ。そんな彼が、教団の更なる規模拡大を意図して、自分の息子に留学を経験させるというのは、自然なことのように思える。「――でも、結局それは実現しませんでした」原井は語る。「ご夫妻はその道中、予期せぬ事故に遭遇して亡くなりました。出発から二十分ほどした頃、大きな地震があったんです」

――天才が天災に死す。洒落にもならんわな。

今は亡き林の言葉を、和音は反射的に思い出した。

「震源はここからほんの数キロのところで、震度は5、マグニチュードは6でした。もちろんこうした情報はあとから判明したものです。そのときの私はまず、いつにない揺れに恐怖し、それから密様たちの身に何かあったのではという可能性に思い至りました」原井の言葉の調子だけでなく、語っている内容自体も淡々としていることに、和音は今更気付いた。そしてそれは、どうやら彼女がこれまで何度も何度も、頭の中に刻み込むようにそのときのことを回想していたからであるように、和音には思えた。

「私は慌てて車に乗り込み、山道を走らせました。……そして、しばらく走ったところで、道路上に倒れている密様を見つけたんです」

原井はそう言って、真っ暗な森の中に――あるいはその更に奥、もしかするとかつて密が倒れていたというその場所かもしれない空間に、一瞬目をやった。

「山道には地震の影響で滑落した岩がいくつも転がっていましたが、密様が倒れていたすぐそばにも、大きな落石がありました。私はまず、それが密様にぶつかっていないことに安心しましたが、しかしガードレールがひどく湾曲しているのを見て、思い違いに気付いたんです。やはり、落石は事故を引き起こしていたんです。ガードレールの先を見ると、彼此一様の車が斜面の下にひっくり返っているのが見えました。落ちてきた岩を避けようとして、転落事故が起こったのは明白でした。私はまず密様を起こしました。あとから考えれば、頭を打っている可能性もあったのですから無理に起こさないほうがよかったのでしょうが、幸いにも、密様は地面にぶつかったショックで気絶していただけで、身体的な外傷はほとんどありませんでした。密様は事故直前のこと――突然地震があったかと思うと車が激しく方向を変えたこと、窓を開けて外の景色を見ていた自分は、その勢いで外に投げ出されたことを憶えておいででした。それから私たちは、車内に残された彼此一様と皆奈様を助けるため、斜面を下って――」

「――見つけたんですね、二人の遺体を」

両親の無残な姿を見たためであれば、密のあの反応も頷ける。和音はそう思った。

しかし原井は「いいえ」と、きっぱり否定した。

「私たちが発見したとき、皆奈様は生きていらっしゃいました。ただし、横転した車体の下敷きになっており、長く持たないことははっきりしていました」

「────」

「彼此一様は出血がひどく、すでに亡くなっていました。血の海になっている車の下で、彼此一様の最期を目の当たりにし、自身の死を目前にした皆奈様は、正気を失っていらっしゃいました」

原井は自分の経験をつとめて客観的に語ろうとするような調子で続ける。トーンといいリズムといい、その様はまさに「述べる」といった風だった。

「皆奈様は私と密様に気付くと、殺して、とおっしゃいました。痛い、苦しい、もう自分は助からないから、いっそ楽にしてほしいと。殺して、殺して、殺して──と、一心に、私と、実の息子である密様に懇願されました」

「……それで、あなたは」

かぶりを振る原井。

「私にはどうすることもできませんでした。今思えば、私は皆奈様の言う通りにするか、あるいは密様を連れてその場から離れるべきだったんでしょう。でも、そのときの私には何も考えることができませんでした、皆奈様の声が小さくなって、口が動かなくなるまで。──密様はその直後に高熱を出して倒れてしまわれました。私は密様を車に乗せると来た道を引き返し、お部屋まで運びました。目が覚めたときには、密様はもう落ち着いていらっしゃいましたが、ご両親の死が精神的外傷になっているのはあとからはっきりとわかりました」

原井の双眸《そうぼう》は最前から和音をじっと見つめていた。射すくめるようなその視線を受け、和音も原井から目を離すことができずにいた。

「密様は血に触れることができません。一時期は少し出血しただけで、あるいは他人の軽い傷を見ただけでもパニックを起こし、数日体調を崩されることがありました。今ではよくなっているのですが、それでも依然として他人よりずっと強い忌避感を抱いていらっしゃるのは、あなたもご覧になった通りです。……そして、もうひとつ」

原井は和音のクーペをちらりと見た。

「密様は車に乗ることができません。動いている車の中で座っていることはおろか、停車中の車に足を踏み入れることすらできないのです。血と車。それがなぜ、恐怖の引き金になっているのかは、もう説明する必要はありませんね。そして、私が密様を閉じ込めてしまったと言った意味も、これでおわかりでしょう。ここ心在院は人里離れた山奥です。出て行こうと思えば、必然的に車を使う必要があります。いいえ、道中にご両親の事故現場があることを考えると、徒歩で抜けることさえ絶望的でしょう。事故に関わる物事にあれだけの拒絶を示していらっしゃる以上、現場に赴くなどもってのほかですから。つまり密様は、どうあってもこの場所から出ていくことができないのです。私の不注意が、ひとりの人間を外界から永遠に断絶させてしまった。……これが私の罪と、私が今なおここで働いている理由です」

原井はそこまで言うと、軽く息をついて、それから「ただし」と付け足した。

「『こころの宇宙』に入信したのは少しだけ別の理由からです。密様が私を責めなかったからです。精神に甚大な傷を負う原因となった私に、密様は何も求めなかった。だからこそ、私はこうすることでしか自責の念に耐えることができなかったのです。そうでしょう？　罪を償うのに、ほかにどんな方法があるというんです」

「あなたは――」

言葉尻を待たず、原井は首肯した。

「私もまた、救われたかった。そして、許されたかった――いえ、自分を許したかったのです」

和音は改めて原井の姿をまじまじと見た。自分とさほど年齢の変わらない女性。彼女の罪と、自らに科した罰。

「私からお話しできることは以上です。これで密様がこの場所に固執する理由もおわかりになったでしょう。密様にとってこの場所は、自分が生まれ育った場所であり、そしておそらく、『こころの宇宙』代表としての役目を終えるときまで離れることのできない、世界そのものなのです。ですから――どうぞ、お願いします」

原井は再び頭を下げた。長く伸びた髪の先が地面に広がる。

「密様に協力してください。密様の世界を守ってください。どうか、どうか――守ってほしいのは、あなた自身なんじゃないですか。」

和音はその言葉を飲み込んだ。口にすることができなかった。発してしまえば、自分自身に突き刺さることになると、理解していた。

◆　◆

越屋の部屋のドアをノックしたとき、「どなたですか」という声と同時に、中から突き出された顔に対し、和音はおや、と反射的に身構えた。出てきたのは越屋ではなく、平坂だった。だが彼が、「ああ、和音さんですか」と笑顔をつくると、奥から「なら大丈夫だ。入ってください」と越屋の妙に明るい声が聞こえた。平坂が「どうぞ」と言って扉を開ける。そのとき和音はようやく、彼の顔に朱がさしていることと、その息に混じるアルコール臭に気付いた。

「……酒盛りですか」

畳敷きの部屋の中央には、ウイスキーの角瓶が一本、鎮座しており、越屋はその傍らに座っていた。

「死者への手向《たむ》けみたいなものですよ……和音さんも一杯どうです」

平坂は片手に持っていたグラスの中身をあおる。すでに何杯か飲んでいるようだったが、今度は服をちゃんと着ている。

断るのも気が引けたので、越屋が手渡してきたグラスの中身を、和音は一口舌の上で転がした。むせるような酒気と、草原の夜を思わせる芳香。渋みから後味の悪さを丁寧に引いたような味がした。主張が強いが、まずいわけではない。むしろ引き込まれるような味わいが心地よい。少なくともディスカウントストアに並んでいるような品ではないだろう。度数も高そうだから、あまり飲まないほうがいいのは間違いない。

「このお酒は林さんの虎の子でね」越屋がボトルに入った液体を揺らす。酔いが出やすいタイプらしく、随分と赤い顔をしていたが、物腰は落ち着いていた。「今となっては持ち主をなくしてしまったわけだが、放っておくには惜しい代物だから、こうして僕たちで供養《くよう》代わりに傾けてるってわけです」

「みんなには内緒にしといてください。特に原井さんあたりは堅物だから、気付かれるとまずい。――ほら、あの人、怒ると怖いし、こういう感覚わかってくれないだろうから」

和音はひとまず頷いたが、しかし平坂と越屋にしたって、何も本心から死者への手向けを目的として酒宴を開いているわけではないように思えた。供養を考えられるほど、ここにいる人間は事件から脱却していない。だからこれは、むしろ現在進行形で繰り返される殺人の恐怖から逃れるためのものに思えた。

「無用心ですよ」

「かもしれませんね。しかし――」越屋は病人のようなうめきを漏らした。「どう考えても納得がいかないんですよ。私らの中に殺人犯がいるというのは。だってそうでしょう、ここにいるのは、みんな密様を心から敬愛している人間です。身内同士で殺し合う理由があるとは、どうしても考えられない」

「……たとえ、周囲からはとるにたらないことに思えても、本人にとっては殺人の動機になりうる事態というのはよくあることですよ。……実は私も、それを確認したくてうかがったんです。亡くなった是臼さんと林さんについて、何か記憶に残っていることはありませんか。あるいは、それ以外でも、ここ最近で変わったことはありませんでしたか」

事件について考え直す上で、どこから手をつけるべきか。考えた末、まずは情報収集から、という鉄則に従うことにした。犯行現場を調べるにしても、少し間を空けて先入観を捨ててからのほうがいい。

越屋と平坂はちょっと驚いた様子で顔を見合わせた。しばしの沈黙のあと、越屋が真剣な顔で「正直言うと、我々もさっきまでそのことについて話していたんです」と答えた。

「……ということは、何か心当たりが？」

和音は興奮を抑えて言った。だが越屋は首を横に振る。

「それが――和音さんには悪いですが、私らには結局、犯人が誰なのか、皆目見当も付きませんでした。ここでの生活を思い起こしてみても、日常生活の中のちょっとしたトラブルは、そりゃ皆無とは言えませんでしたが、それでも殺したいほど憎み合ってるような関係があったとは思いません」

「殺された二人……真理亜と林さんは、まあ厄介者といえば厄介者でしたが、だからといって殺すような動機があったとは、ちょっと考えにくいですね」平坂があとを引き継ぐように言った。「真理亜は、まあ、ああいう変わった子でしたから、衝突もほかの人に比べたら多かったように思います。でも、まったく話が通じないってわけじゃないし、自己中心的ではあったかもしれないけど、利己主義的なタイプじゃないから、関係に落としどころはついていたように感じます」

「仕事をしないってわけでもなかったからね。洗い物でも掃除でも、割り振られれば文句を言わずにやっていたし」

「そうですね。本人に聞いたことはないけど、多分育ちがいいんじゃないかな。振る舞いはエキセントリックだったけど、本質的にはそんな気がする」

平坂の推理はなかなか的を射ていると、和音は事務所へ依頼を持ちかけてきた真理亜の父親のことを思い出しながら考えた。そもそも家出娘の捜索を、警察ではなく探偵事務所に持ち込む時点で、世間体を気にする程度には家柄のいいことが見て取れるというものだ。

とはいえ、平坂の言うことを鵜呑《うの》みにするわけにもいかない。是臼を殺す動機が誰にもないというのなら、そもそも殺人の起こりようがない。まさかこんなに容疑者の限定された状況で、愉快犯による快楽殺人ということもないだろうから、やはり犯人には動機があったはずなのだ。人二人を殺すというリスクを冒すだけの、動機が。

「……それなら、林さんはどうですか？　あの人に対して、強い恨みを抱いている人はいなかったんですか。何か衝突があったとか……」

「うーん……」越屋は見たこともない数式を解けと言われたような悩みようだった。「どうだろう……いるかなあ。平坂くんはどう思う」

「殺すほど、っていうと難しいように思いますね。あの人もあの人でマイペースな性格でしたし、面倒な人だと思ったことは、まあなくはないですが、しかしそれだけで殺すかというと……」

「でも、あの人は前代表、神室彼此一氏とも旧知の間柄だったんでしょう。そこから敷衍《ふえん》した、何らかの動機があるということは……」

「ああ、なるほど。『こころの宇宙』の不都合な事実を知られたから、口封じのために……ってことですか」

平坂が臆面もなく言う。隣で越屋が「おいおい」と声をひそめた。

「滅多なことを言ってもらっちゃ困るよ。それじゃあまるで、密様が犯人だと言ってるようなものじゃないか」

「そこまでは言ってませんよ。団体の存続に執心しているという点では、原井さんかもしれない。……というか越屋さん。今の言い方だと、自分は『こころの宇宙』に執着がないと言ってるようなものじゃありませんか」

「そんなことはないさ」越屋は言葉尻にかぶせるように否定した。「私だって密様にも彼此一様にも、それに『こころの宇宙』そのものにも恩義を感じている。私がここに来た経緯は、君にもいつか話しただろう」

「ええ、まあ……」平坂は和音のほうを気にしながら言った。「お店が立ちゆかなくなったんですよね」

「ああ。親から継いだ定食屋を、勝手な皮算用の末に借金までして改築して、結局二年と持たずに人の手に渡すことになってしまった。目新しい流行を追いかけなくても、十分やっていける店だったのに……今でも夢に見てうなされるよ。その後悔ばかりしていたところから救い出して、あまつさえ、まだ料理する気があるのならと、ここに呼んでくれた、その恩は忘れちゃいない」

越屋は一気呵成《いっきかせい》にそこまで言うと、グラスの中身をあおった。そして、再び手酌をしながら言う。

「だからこそ、あの方が事故で亡くなったとき、私は店を失ったときと同じくらい後悔した。どうしてもっと、恩返しができなかったんだろう、とね。自分では過去の失敗を糧《かて》にして、再出発ができたつもりだったけど、本質的なところでは何も成長できてないいんじゃないかとも思った。でも、そのときに思ったんだ。我々にはまだ、密様がいると。だから今は、密様が立派に育つまでは――いや、今も十分、立派に団体をまとめていらっしゃるが、それでももうしばらく、私が不要になるまでは、微力ながらお役に立ちたいと、そう願っている」

「それはつまり」和音は思わず口を挟んだ。「彼が望むのであれば、殺人も厭《いと》わない、ということですか?」

自分の声を聞きながら、和音はしまった、と思った。もしも殺人が真実、密によって計画され、信者によって実行されたものだとしたら、その動機は実行犯以外の信者にとっても理解の及ぶものである可能性が高い。そんな状況で、和音が真相の一端に触れたとすれば――

だが、そんな和音の胸中は知る由もないといった様子で、越屋は「いくらなんでも、それは飛躍しすぎですよ」と否定した。

「確かに私は、『こころの宇宙』や密様のためなら大抵のことには助力を惜しむつもりはありません。でも、だからって人倫にもとる行為でもできるかというと、それは話が違います。私にだって、それくらいの常識はある。第一、人を殺して問題を解決しようというのは、『こころの宇宙』の教義にも反することです。人はひとりじゃない、意思の疎通と思いの共有は必ずできる、話し合いで悩みや争いは解決できると諭され、救われた私が、その教えを守るために人殺しをするだなんて、矛盾もいいところです」

「補足しておきますけど」と平坂が口を開いた。「密様本人が、のっぴきならないなんらかの理由で、自ら手を下して殺人を決行したという可能性もあり得ませんよ。もし密様が犯人なら、あんな殺し方をするはずはありません」

「そうだな。聞くところによると、殺人の現場は、どちらも血まみれだったというし……」

越屋が渋い顔をする。

「……それはつまり、神室さんが、派手な出血を伴う殺人をするはずがない、ということですか？」

「そういうことです。……あ、そういえば和音さんは、密様が血を嫌っていることはご存じないんでしたかね」

「いえ、つい先ほど知りました」

「そうですか。まあ、ご自身でも隠していらっしゃるようですからね」

「頼りない代表だと思われたくないんだろう」

越屋が言った。

「……皆さんご存じなんですね」

和音は少々意外に思った。こんな状況でも最後まで言わなかったくらいだから、ひた隠しにしているものだと思っていたのだ。

「ご自身が言及されたことはありませんが、一緒に暮らしていれば、嫌でも気付かされますからね」と越屋が答える。「だからこそ、密様が自らこの事件を解決すると公言されたときは驚きましたよ。この状況でじっとしていられなかった気持ちはわかりますが、はたから見ていると不安でした。和音さんに補佐をしてもらえて助かりましたよ」

「…………」

和音は返答の機を逃した。それだけの期待をかけられていた自分が、勝手な苛立ちでこの場所を去ろうとしていたことの後ろめたさに気を取られていたためである。

会話が途切れる。居心地の悪さをごまかそうと、和音は部屋の中を眺めた。部屋の造りこそ是臼の部屋とほぼ同じだが、生活している人間の違いからか、こちらのほうが生活感を強く感じる。棚には料理本やノート類が並び、窓際には部屋を横切る形で渡した紐に、『こころの宇宙』の作務衣が干されている。その下に布団が三つ折りになって寄せられていた。入ってくるときは気付かなかったが、入り口脇には褪《あ》せた色の扇風機が置いてあった。プラグはドア横のコンセントに挿さっていたが、スイッチは切れており、前面にほこりが溜まっていた。夏に使っていたものを、そのまま放置してあるのかもしれない。簞笥《たんす》の上にはデジタル式の置き時計。多分あれが、最初の事件があった日に頭に落ちてきたという時計だろう。

「和音さん。あなたにとって、この場所はどういう風に見えます」

しばらく黙ってグラスに口を付けていた平坂が言った。

「……この場所、とは？」

「深間山奥深くにおわす、『こころの宇宙』総本山こと心在院」

「……質問の意味が、わかりかねますが……強いて言うなら、異世界、でしょうか」

「異世界」

和音は頷いた。人里離れた山奥で、共同生活を営む宗教団体の人々。それは和音にとって、現実離れした存在だった。

「なるほど、まあ、そうなんでしょうね」平坂は曖昧に相槌を打った。「でも、和音さん、俺たちにとってはこの場所と、ここでの生活こそが、現実であり、日常なんですよ。元あった暮らしは、なくしてしまいましたからね」

「……………」

「越屋さんもそうだし、俺だってそうです。俺の場合は、両親の工場で事故が起きたんです。薬品の処理を間違えたせいで火事が起こったらしいんですが、それで家族を含む従業員五人が全員死にました。貯蓄もほとんど、慰謝料やら何やらで、なくなってしまいましたから、俺も働くしかなくなったんです。あのときほど運命を呪った瞬間はありませんでしたね」

平坂はどこか他人事のような調子で言った。

「でも、どういう運命の巡り合わせか、『こころの宇宙』に出会って、今こうしてここにいる。多分みんな、そうなんですよ。前に楠田さんが言ってましたけど、みんな大なり小なり理由があって『こころの宇宙』に入信した結果、ここにいるんです」俺は知らないけど、多分原井さんや戸嶋さんも、と平坂は付け加えた。「だからこそ、俺には犯人の目的がわからない。もし俺たちの中に犯人がいるなら——いや、十中八九犯人は俺たちの中にいるんでしょうが、その人もまた、『こころの宇宙』にやってきて、救われて、日常を取り戻したはずの人なんです。なのに今、殺人によって、ここに来て得た救済とか平穏とか、そういったものを台無しにしている。俺にはそれがわからない。犯人にとっては、それより大事なことがあったんでしょうか。だとすれば、それってなんでしょうか。平凡な日常よりも大事なものがこの世にあるんですか」

「平坂くん、それくらいにしたほうがいいんじゃないか。絡み酒に片足突っ込んでるぞ」越屋がたしなめる。「つまみもなしにぐいぐい飲んでるからだよ。これくらいにしておいたほうが……」

「いいんですよ。酔いが回らないと眠れそうにない」平坂はそう言った。「越屋さんはもう、飲まないんですか」

「僕はこれくらいにしておく」

「じゃ、残りはもらってもいいですか」

平坂はそう言って、ボトルを手に取った。

「構わないが、飲みすぎないようにね」

「大丈夫です」

そう答えながらも、立ち上がった平坂の足はふらついていた。

「転ぶなよ」

「大丈夫ですって……」平坂は額を押さえながら、しばし棒立ちになっていたが、唐突に「ああ、転ぶで思い出した」と言った。

「越屋さん、この部屋に画鋲《がびょう》の余りってないでしょうかね」

「画鋲？　いや、僕は持ってない。壁が傷むからね」

「そうですか。仕方ない、明日原井さんにでも聞いてみようかな」

「それはいいが、どうして画鋲と転ぶとが関係あるんだ？」

「それはですね……林さんが殺されたとき、俺は廊下が騒がしい気がして、外を見てみたんです。そしたら和音さんと楠田さんがいて……」

　遺体が発見されたときのことだ。和音は扉の間から顔を突き出す平坂の姿を思い出した。

「林さんが殺されたって聞いて、慌てて部屋を出ようとしたんですけど、そのとき俺、寝る前だったんでパンツ一丁だったんですよ。だから慌てて着替えてたら、足を滑らせて。壁に手をついて踏ん張ろうとしたら、ちょうどそこにカレンダーがかかってたもんだから、そのまま床にばったりと」

　時間がかかっていたのはそのせいか、と和音は思った。

「怪我はなかったのかい」

「おかげさまで。でもカレンダーを留めてた画鋲が、古くなってたせいか針が折れちゃったんで、使い余しがどこかになかったかと思って探してたんですよ。……そうそう、そもそものためにここへ来たんです、俺は。越屋さんが酒なんて持ってたから、忘れてたけど」

「そりゃ僕のせいじゃないだろう」越屋は呆れた風に言った。「画鋲なんて、普段使わないからな……明日になってから原井さんか楠田さんにでも聞いてみるとして、今日はもう休んだほうがいいんじゃないか。それか、キッチンで何か作ろうか。残り物もあったはずだが」

「遠慮しときます、食欲がないんで」

「そうかい。じゃ和音さん、ご一緒にどうです。まだ起きてるつもりなら、簡単な夜食くらいは作りますよ」

「そうですね、それほど空腹でもないんですが……」

「お願いしますよ。料理でもしてないと気が紛れそうにない」

「……では、少しくらいなら」

和音たちは立ち上がり、部屋を出た。

「結局、非日常を救ってくれるのは日常ってわけですね」

平坂がしみじみと言った。

「そんなところだろう、しかしなんだか、えらく時間の流れるのが遅いね」越屋が言う。「美女と話している五分間とストーブの上に手を置いた五分間では、ってやつか」

「五分で終わればよかったんですがね」平坂も携帯電話で時間を確認しながら言った。「俺たちはもう二日もストーブの上で踊りっぱなしだ」

◆　◆

越屋と別れた頃には十時をいくらか過ぎていた。ありあわせの野菜を挟んだサンドイッチがなんとなく胸のあたりでつかえている気がして、和音は空咳をした。

和音は女性棟へ向かった。自室に戻るためではない。じっくりと話を聞いていない関係者が、一人だけ残っている。和音は彼女から、何かしらの手がかりをつかめないかと考えていた。

扉をノックする。返事はなかった。ドアノブを回すと、鍵は開いていた。室内にはオレンジの間接照明だけが灯っており、薄暗かった。

水浜がいないことはわかっていた。彼女は和音がサンドイッチを食べている間に食堂へ来て、そのまま越屋と茶話を始めていた。

「眠れなくて」

と彼女は言った。和音は、無理に寝入ろうとするより、ここでゆっくりしていくといいですよ、と言い残して、越屋に彼女を任せることにした。越屋も越屋で、一人でいるのはつらそうだったから、という理由もあったが、それ以上に、水浜が食堂に留まっていれば、彼女とゆっくり話ができるのでは、と考えたゆえに取りはからったことだった。

床に敷かれた布団の上で、老婆が背中を丸めている。扉が閉まったところで、和音は意を決し、彼女に呼びかけた。

「戸嶋さん――」

彼女のそばにかがみ込み、和音はその肩に軽く触れる。小さな体はわずかに震えていた。

今は亡き林曰く、渾然一神教の生き残りにして、『こころの宇宙』創設時からの関係者、戸嶋イリ。誰より長く、ここにいる人物。

戸嶋の口から乾いた息が漏れた。わずかな力を絞り出すようなか細い音で、意味を持たない反応にも思えたが、和音はそれをなんらかの意思表示と判断し、言葉を続けた。

「戸嶋さん、ここ二日の間に起こっている事件のことはおわかりですか。もし、今、ここで起きていることを理解していらっしゃって、その上で何かご存じのことがあるなら、なんでも構いません、私に教えていただけませんか。私は今、その犯人を……是臼さんと林さんを殺した人物を探しているんです。でも、二人が殺される動機が見つからない。それに、密室のことも――」

和音はそこでふと、言葉を切った。老婆が顔を上げていた。

「あなた、勘違いをしていらっしゃいますよ……」

彼女はしわに埋もれたようになっている両目で、じっと和音の顔を見定めて言った。震えるような響きだが、想像以上に、はっきりした声だった。

「わたくし、媛谷比佐子《ひめやひさこ》です」

◆
◆

思いもよらぬ一言、という表現でも過小なくらいだった。和音はまず、言葉の意味をとらえるだけで数秒か、あるいはそれ以上の時間を要した。「ヒメヤ……ヒサコ……？」と鸚鵡返しに繰り返して、ようやくそれがひとまとまりの姓名であると思い至った。

対する老婆は、そんな和音の動揺は素知らぬ風で続ける。

「ええ……確かに、戸嶋さんとは歳も近いし、同じ巫女《みこ》です。ですけれど……私とあの方は、れっきとした別人ですよ。同じであって、たまるものですか」

「そう……なんですか」

和音は戸嶋……もとい、媛谷と名乗った老婆を観察する。年月の経過に押しつぶされた小さな体と、曲がった背中。その姿は昔話に出てくる「おばあさん」そのものだ。しわだらけで、枯れ木のように生気のない顔の中で、目だけがぎらぎらと光っていた。

誰もがこの老女を戸嶋と呼んだ。

しかし今、彼女は自らの口で、はっきりとそれを否定してみせた。

「あの……それじゃあ、戸嶋さんは」

「さあ、知りません」老婆はさっと目を伏せた。「少なくとも、あの方のお側でないことは確かでしょ

すでしょう」

「なんですかあなた、先ほどからおかしなことばかり……。あの方といえば、澄心様に決まっておりま

うけれど」

「…………？　その、あの方というのは、神室さんのことですか？」

「その名前は……」

和音には聞き覚えのある名前だった。百年前に消失した修行者の名前だ。

――団体創設当初からいるのかもしれん。

林が冗談半分に言ったことを、和音は思い出す。

この老婆は澄心を知っている。それも、語り口調から察するに、伝承として知っているわけではなく、人物としての澄心を、生きた修行者としての――あるいは教祖としての澄心を、知っているらしい。つまり媛谷は本当に、渾然一神教と呼ばれていた教団に、成立以前から、関わっていたことになる。おそらく、密接に。

だが、それは戸嶋イリという人物ではないのか――？

少なくとも、密や林も、彼女を媛谷とは呼んでいなかったはずだが――。

和音が考え込んでいると、老婆はふと、「あの方は、もう山を下りたでしょうか」と言った。

「あの方というのは――澄心さんのことなんですよね」和音は反射的に再確認した。「掌室堂の中から消えて、山中で見つかったという」

「見つかった――？」老婆の表情が驚きに染まる。「なぜです。なぜ露見したのです。戸嶋が、教えたのですか。自分が、選ばれなかったからと、いって――」

声を荒らげて立ち上がろうとする老婆を、和音は慌てて制した。

「落ち着いてください。どうしたんです。どこへ行くおつもりですか」

「あの人のところへ。もう、すべて、お終《しま》いなら、最後はこんな石牢《いしろう》にいるより、あの人と二人で――」

和音の手を払いのけようとする動きが、ふと止まった。老婆は目を見開くと、部屋の中を見回した。そして、「ここは、どこです」と絞り出すような声で言った。

「私は掌室堂にいたのではないのですか。いつの間に。あなたがやったというのですか。私を――それに、あの人を、どうしようというのです」老婆はそう言って和音に詰め寄る。「あなたは何者です。神の使いではないのですか！」

「お――落ち着いてください、戸嶋さん、いや、媛谷さん」

「出して、ここから出して――」

和音が老婆の瞳に、不思議なゆらめきを見たのはそのときだった。瞳孔がさっと広がったかと思うと、刹那のうちにもとの大きさまで収縮した。それはまるで、一度引いた波が戻ってくるように、老婆の瞳の奥に、何かが去ってゆき、代わりに何かがやってくるのを、和音は感じた気がした。

「腕が」

和音ははっとして、思わずたじろいだ。老婆の目が、先ほどまでとはまるで違う輝きを放っている。そこには恐怖と絶望が浮かんでいる。それも……この、すがるような目つきは、まるで、二十歳にも満たない少女の――

「腕が見つからないのよ、記者さん――」

和音の全身は総毛立った。反射的に両手を伸ばし、飛びすさるように部屋の入り口まで下がる。耳の奥に、なんとも言えないおぞましさを感じた。たった今自分が聞いたものがなんなのか、判断できなかった。それまでの戸嶋の、あるいは媛谷の声とは似ても似つかない、地の底から響くような低い声。声色を変えたのだろうと思う反面、そうではないと本能的に感じていた。

和音は老婆に背を向け、ためらうことなくドアノブをつかんだ。一刻も早くこの場を立ち去るべきだと、直感していた。確かにここには、何かがある。でもそれは、自分の踏み込むべき領域ではない。まるで非論理的だったが、和音は確信を持って、そう判断した。水浜はこれを、彼女の正体を知っていたのだろうか。だから、その話題を拒んだのだろうか。

扉が開き、廊下の光が入ってくる。和音はそちら側へと抜け出した。

閉ざされる直前、扉の奥から、再び老婆の声が聞こえてきた。それは、聞き覚えのない響きだった。

「すべてはもう終わったこと、今なすべきはほかにある――」

◆
◆

どこを通り、どこへ向かおうとしていたのか。何かから逃れるように闇雲に歩いていた和音がふと足を止めたのは、眼前に人の姿を見たからだった。

人影は楠田で、和音たちが立っているのはロビーだった。和音たち以外には誰もいない。

楠田は和音の姿を目にして「ああ、和音さんでしたか。まったく嫌になりますね、何もかも」と溜め息をついた。ひどく憔悴した様子で、数日前と比べても髪の毛に白いものが交じる割合が増えているように思えた。

「どうしたんですか、そんな疲れた様子で」

「いやね……さっきのことは覚えてらっしゃるでしょう。私が密様の執務室に入って言いかけたこと」

「ああ……」

そんなこともあった、と和音はぼんやり思い出す。確かに、あのとき楠田は何かを言いかけた様子だった。

「あのとき私はこう言うつもりだったんですよ。『風呂場のドライヤーがひとつ足りないんですが、ご存じありませんか』って。まあこんなときに自分でものんきな話だと思ってたんですが、その上にあの事件でしょ、すっかり伝えるのを忘れてたんです。ところが今になって見つかったんです、ドライヤー。もっとももう使い物にはなりゃしませんが」

「使い物に、ならない……？」

「ええ。誰だか知りませんが、不燃ごみの中に突っ込んであったんですよ。しかもわざわざ見つからないよう下のほうに突っ込んで。コードが切れたんならそのときそう言えばいいのに……」

ひそかに廃棄されようとしていたドライヤー。

和音の直感にその言葉が引っかかった。

「楠田さん、そのドライヤーはまだありますか」

「え？　いや、さっき密様が持っていかれましたが」

「……神室さんが？」

「ええ。私が拾ってきたドライヤーを見せたら、『これ、僕が持っておきます』とおっしゃって」

ということは、密もそれを見てひらめくものがあったのだ。

「今、コードが切れていたとおっしゃいましたね」

「そうですよ。持ち手の二、三十センチ下で、ぷっつり切れてました」

「切り口はどうなっていましたか。うっかりちぎれたのなら、被覆も中の銅線も不揃いになっているはずでしょう」

楠田はしばらく考えて、

「そういえば、刃物で切ったように綺麗な切り口だったような……」

と、自信なげに答えた。

やはり実物を見る必要がある、と和音は判断し、「神室さんがドライヤーを持ってどこに行ったかご存じですか」と尋ねた。

「何がなんだかわかりませんが、あれがそんなに重要なんですか」当惑した表情で楠田が言った。「密様なら確か、掌室堂に行ってくるとおっしゃってましたよ。調べたいことがあるとかで……」

◆　◆

木々の枝葉が空を覆い隠し、暗闇に包まれた石段。

和音は携帯電話のライトだけを頼りに、そこを上っていた。か細い明かりで足下を照らし、間違っても踏み外すことのないよう、靴の裏に意識を集中させる。もう随分と歩いたように思えたが、密の姿はおろか、気配も感じられなかった。しかし、和音はこの先に密がいることは、まず間違いないと考えていた。

楠田が見つけたというドライヤー。

もしも密が和音と同じ思考をたどったのだとすれば、それはすなわち、彼もまた第二の殺人、林殺しにおける密室の謎を解明したことになる。では、それから彼が取る行動とは何か。決まっている。続けて第一の密室の謎を解明しようとするはずだ。だからこそ、彼は犯行現場である掌室堂に向かったのだ――事件の真相をつかむための、何かしらの手がかりを探すために。

そのとき、ふと和音の思考が阻害された。ライトで照らされた中に、何かが見えたような気がしたせいだった。草木の緑と茶色ばかりの風景に不似合いな明るい色合いが、たった今通り過ぎた石段の脇に見えたように思える。和音は立ち止まり、軽く息を整えてから、体をひねって、そちらに光を向けた。

石段がカーブを描いた地点からほど近い草むら。そこに真新しいフォーマルシューズが片方、落ちていた。和音はそれに見覚えがあった。密の靴だった。

ぞっと全身が総毛立つ。考えるより早く、和音は動いた。途端に石段の側面に足を取られてバランスを崩す。なんとか体勢を立て直して、更に足を踏み出す。上へ上へ、前へ前へ。ライトは足下のごく近くに向けて、とにかく次の一歩を確実に下ろせるよう心がけた。

「大丈夫――きっと大丈夫」

草むらに転がる密の靴が、脳裏にフラッシュする。なぜあんな場所に転がっていたのか。持ち主はどこにいるのか――

なぜ、こんなにも動転しているんだろう?

無我夢中で石段を上りながら、一方で和音は、奇妙な冷静さで、そんな疑問を胸中に抱いていた。石段が小さな岩場を避けるためにまたカーブし、和音の足がもつれる。

昨日と今日、二人の人間が殺され、和音はその死体を見た。どちらも無残な死に様で、人によっては一生忘れられない衝撃になってもおかしくない姿だった。けれど和音は、それらを決してあとに引きずらないであろうという意識があった。確信と言えるほど根拠のあるものではなかったが、しかし少なくとも経験に裏打ちされた感覚ではある。和音はこれまで、幾度となく犯罪行為の現場に――あるいは事がなされたあとの現場に――居合わせてきた。死体を見たことは何度もある。陰惨な、と限定条件を付けても、思い当たる案件はそれなりの数ある。和音はそれを、終わった事件の情報として、心の中の整理棚に、鍵もかけずに無造作に放り込んでおいて平気だし、あるいは事件の渦中にいた当時においても、周囲を撫でてゆく死の恐怖に、ほとんどの場合において無関心だった。

なのに今、和音は必死に足を進めていた。

密の身に何が起きたのか、彼が今どうなっているのか、こうして一分一秒でも早く彼を発見することが、果たして決定的な悲劇を回避することに繋がるのか――そんな思考を挟む余地もないほどに、一心不乱の大慌てで。

前例のない動揺は、和音を更なる疑義へと誘った。

なんで。

どうして。

やがて彼女の中に、ある自覚が浮かんだ。

――私は、神室密に、死んでほしくないんだ。

なぜだろう。どうして彼だけを。こんなことは今まで――そこまで考えて、「ああ」と荒い息をしながら呟いた。そして、自嘲する。

なんのことはない。死んだあの人と同じだからだ。

密がまだ、少年だからではなく。密の境遇に同情しているわけでもなく。

密との間に、探偵と助手という関係を結んでしまったから、苦しいのだ。

探偵は事件を解決し、助手はそれを補佐する。彼らは――自分たちは、快刀乱麻の活躍で事件を解決するヒーローだ。

だからこそ、殺人者の手から、死の恐怖から、特権的に逃れられるはずなのだ。

もしもその前提が、崩れているのだとしたら？　探偵たちもまた、特権を持たない一役者に過ぎないとしたら？　すべての役者は、運命の前に平等なのだとしたら？

私の信じているものが、すべて妄想の産物でしかないとしたら――？

叫び出したくなるのをこらえようと、和音は口を真一文字に引き結んだ。だが、それでもわずかな沈黙を置いて、再び彼女は口を開いた。

「お願い、お願いします――。死なないで」

木々の覆いが途切れ、月光がかすかに注ぐ地点が、あと十数段のところまで迫っていた。山頂だ、と和音は直感的に理解し、足に力を込めた。

和音は最後の一段を上る。

掌室堂を中心にした、小さな広場が月光を浴びている。

そこに密が倒れていた。

◆　◆

「あ、ああ……」

服が汚れることも気にせず――というよりむしろそんなことを考える余裕もないままに、和音はその場にへたり込んだ。

虫の声が、今更のように聞こえてくる。木々のざわめきや枯れ葉の舞う音。それらが響いてなお、山頂は静かだった。少年は、黙ったまま横になっていた。

そのままであれば叫び声を上げ、泣き崩れていたであろう和音はすんでのところで我に返った。密の口元がかすかに動いたからだった。

和音は這うように少年へと近づいた。うまく脚に力が入らなかった。

口元に耳をそばだてる。鼓膜よりも先に、頬の表面に感じるものがあった。息がある。外傷も見あたらない。

和音はどうするべきか迷いながらも、軽く頬を叩いた。

「神室さん……神……密くん……」

密のまぶたがかすかに動いた。長い睫毛の奥から、汚れのない瞳がのぞく。

「わおん……さん」

双眸の焦点が合うと同時に、密は激しく咳《せ》き込んだ。

「じっとして。今人を呼んで――」

細い腕が伸びて、慌てて立ち上がろうとした和音の袖をつかんだ。

「大丈夫です。どこも怪我してませんから」密は反対の腕で口元を拭った。「今何時何分ですか」

「ええと……」和音は慌てて携帯を取り出し、画面を確認した。「十一時十分です」

「ああ、それじゃ三十分近くも……」

密はぎゅっと目をつぶると、大きく息をついて、立ち上がった。しかしそのとき、和音がここに来てから何度目かの地震があった。またしても、ごく短い、しかしはっきりと感じられる揺れ。夜の山中から、慌ただしく鳥が飛び立つ音がした。掌室堂の中から玉砂利がさざめく音が聞こえる。密はよろめいて、岩壁に手をついた。和音は彼を抱きとめた。

「ああ……こんなときに。タイミングが悪い。神様が落ち着けとおっしゃっているんでしょうかね。それとも神様も興奮しているのか……ここ数日は、随分揺れていますからね。何かの前触れか、警告みたいに」

密は独り言のように呟いた。和音は彼の肩を支えたまま言う。

「そもそも動ける状態じゃないでしょう。まだ休んでいたほうがいい」

「駄目です、早く止めないと」

「止めるって何を……いや、それより何があったんですか」

「ここまで上ってくるなり、後ろから急に殴られて……いや、それ自体は大したことなかったんですが、その後地面に押し付けられたまま、首を絞められて……」

密は右手を首筋に這わせる。生々しい帯状の痣が残っていた。タオルか何かを使って絞め上げられたのだろう。

「多分、僕より先にここへ来ていたんでしょう。懐中電灯の光で僕の存在に気が付いて、木の陰で待ち伏せしていた、ということだと思います」

「犯人の顔は……」

「見ていません。でも、想像はつきます」

「えっ――」

「まあ、まずは是臼さんの事件について確認しないと、確かなことは言えませんが。というより、そもそものためにここへ来たわけですし、早いところ済ませてしまいましょう。……ところで、僕の靴がそのあたりにありませんか？　犯人に襲われたときに、脱げてしまったようなんですが」

「あっ……」

そこでようやく和音は、自分が密の靴を放置したままにしていたことを思い出した。発見した場所まででは、少々距離がある。

それを伝えると、密は「そんなところまで転げていきましたか……仕方ないですね」と渋い顔で言った。

「まさかおぶってもらうわけにもいきませんから、我慢するとしましょう。石段を下りるのが、いささか不安ではありますが」

「大丈夫ですか」

「平気ですよ。靴下ははいていますから、まったくの裸足《はだし》というわけじゃありません。……しかし、今更あなたに心配されるのもおかしな話ですね。僕に愛想を尽かして、出ていったんじゃなかったんですか」

「……気が変わったんですよ」

　密は疑わしげな様子だったが、しかしどこか嬉しそうに「不条理ですね」と言った。

「……それはこっちの台詞ですよ。どうして一人でここまで来たんです。血に触れられないのに、どうやってあの中に入るつもりだったんですか」

「……さあ。思いついたことがあって、思わずここまで来てしまいました。でも、頑張ればなんとかなったでしょう」

「頑張ればって……それでトラウマが克服できれば誰も苦労しませんよ」

「……なるほど、色々と聞いたから留まることにした、というわけですか。大方原井さんに聞いたんでしょう」

「察しがいいですね」

「これでも宗教団体の代表ですから」

　密はしれっと言ってのけてから、ぽつりと漏らした。

「……本当のところ、どうしても出ていけないわけじゃないんです。手段さえ選ばなければ、ヘリコプターを呼んでもらうなり、薬か何かでぐっすり眠っている間に運びだしてもらうなり、両親の死を克服しなくても、ここを出ていく方法はありますからね。でも……」

　暗い空の向こうに目をやって、彼は言う。

「僕は正直なところ、外の世界に対してあまり魅力を感じないんです。林さんはあちこち渡り歩いて見聞を広めるべきだと言っていました。確かにあの人の人生においては、それは真実だったんでしょうけど、僕はそうは思いません。……ここは地理的に外部とは隔てられた土地ですけど、情報まで遮断されているわけじゃありません。新聞も届けばインターネットだって繋がる。そうした媒体を通じて、外の世界のことを知るたび、思うんです。どこも同じだな、って」

「同じ――」

「同じですよ。人も、社会も。違うのは表面的なことだけで、本質は同じ。なのにみんな、自分の隣にいる人の心もわからないままで、あっちこっちに目移りしながら生きている。そんな生き方は、僕は違うと思います。――それに何より、僕は外の世界で生きていく自信がありませんから。これまで積み上げてきたものを失って、また一から始めるくらいなら、この場所で生きていくので構いません。そういう風に育てられてきたせいで、適性もありますからね」

密は笑って、それから寂しそうに言った。

「ただ――だからといって、ああいう形で林さんと喧嘩別れになってしまったのは残念ですけどね。まあ、この感情は自分への罰だと思って背負うことにしましょう」

「いいんですよ、恥を晒してくれても」和音はかつてのことを思い出しながら言った。「旅の恥はかき捨て、っていうでしょう。それの逆が名探偵です。事件が終わったらどこかに行ってしまうんだから、そのつもりで弱みをみせてくれても構いません」

「……いえ」密はしばらく逡巡を見せてから、首を横に振った。「やめておきます。僕は『こころの宇宙』の代表ですからね。ところで、ひとつ聞き忘れていましたけど、どうして僕がここにいるとわかったんです？」

「ええと……」そういえば説明していなかった、と和音は今更思い至った。「楠田さんにドライヤーのことを聞いて、現物を見せてもらうために捜してたんですよ」

「ああそうか、ドライヤー……」と、そこまで言ったところで、はっとした様子で密は上体を起こした。

「ちょっと、まだ動かないほうが……」

「……やられました」

「え？」

「ドライヤーです。置いていくのも面倒だったので、持ったままだったんですが、どこにもないところを見ると、犯人が持ち去ったんでしょう」

密は悔しそうに歯噛みする。

「実物がないのは残念ですが、僕と楠田さんが確認しているのですから、大丈夫でしょう。となると、問題はやはり、第一の密室の作り方ですか……。和音さん、すみませんが掌室堂の中から閂を取ってきてくれますか」

「……閂？　入り口の扉にかかっていたあれですか？」

「ええ。僕の予想が当たっていれば、そこに事件の鍵があるはずです。ですから……お願いします」

和音は半信半疑のまま、掌室堂に入った。心なしか昼よりも死臭が強まっている気がしたが、是臼の遺体はビニールシートの下になっていたので、目に見える変化が発生しているかどうかはわからなかった。

密の言う閂は、壁際の比較的血で汚れていない部分に置かれていた。真ん中から折れて二本になったそれを、和音は両手に一本ずつ携えて小部屋を出る。

血で汚れた閂を見た密は、案の定チアノーゼじみた顔色になったが、それでもぐっとこらえて「折れた断面を見せてください」と言った。

さすがに素手で触る気にはなれないらしい。言われた通り、和音は角材の真新しい折れ目を密に見せた。

密は自分の持ってきたらしい懐中電灯でそれを照らし、しばらく黙って何かを探していたが、やがて明らかに興奮した様子で、「ここを見てください」と、断面の一点を指差した。

「……血が付いていますね」和音も確認して言った。乾いて黒く変色しているが、間違いなく血痕だろう。

「そうです。ここに血が付いている――これは重要なことですよ、和音さん。それに、僕たちにとっての救いでもあります。もしもこの汚れが残されていなければ、密室の謎は解けても、それを証明する手段がないということになっていたでしょうから」

「密室の謎が――解けた？」

「ええ。今度こそ、間違いありません。それと、コードが切断されたドライヤー……これも、密室のトリックに関係があります。そして最後に――和音さん、あなたは楠田さんに、ドライヤーのコードがどこで切れていたのか確認しましたか？」

「……コードがどこで切れていたか？」和音には質問の真意がつかめなかった。「確か、持ち手の二、三十センチ下で切れていた、と言っていたように思いますが」

「そうですか。僕も楠田さんからドライヤーを受け取ったとき、同じことを、二人で確かに確認しました。そして――いいですか、コードが切れていたのは、一カ所だけです。この二点こそ、密室の謎が解けても絞り込めなかった犯人の正体を特定するための、最後の一押しです。……惜しむらくは、動機が未だもってわからないことですが――それは、自分の口から教えてもらうことにしましょう。急いで下に戻らないと」
密はそう言って立ち上がった。今度は、ふらつく様子は見られなかった。

◆　◆

そして和音と密は山を下り、奪われたドライヤーを見つけ——そして、第三の死体を目にすることとなった。

第八章　真実は文の中

　第三の死体が発見されたあと、一同は、密によって食堂へと集められた。

「まずは、第二の殺人がどのように成し遂げられたのかを説明したいと思います。皆さんの記憶にも新しいはずの、林桐一殺害事件ですね」

　密はそう言って一同の顔を見回した。

「本来ならば時系列に沿って、是臼さんの事件から謎解きを始めるべきなのでしょう。ですが、それでは僕の推理と逆行してしまう。僕は先ほど、ある手がかりを得たことをきっかけに、まず第二の殺人のトリックを解明しました。第一の殺人のトリックにも思い至ったのはそのあと、第二の殺人の真相から得た着想を踏まえてのことです。なので、ここでは先に第二の殺人について説明することで、僕のたどった思考の足跡をはっきりとさせたいのです。よろしいですね？」

　異議を唱えるものはいない。和音も含めて、ここにいる者は全員、福音を聞き逃すまいとするかのごとくに、彼の言葉に耳を傾けていた。

　事件が起こってから幾度となく人の集められた食堂。しかし今そこにはひとつの変化があった。人々が集められるたびに、一段また一段と色を濃くしていった死の雰囲気とでも言うべきものが、今このときに限っては影をひそめていた。代わりに、誰も表立って態度に出しはしていなかったが、安堵と言えるであろう感覚が、生存者たちの間で共有されていた。

「では、第二の殺人についておさらいしましょう。事件は突然の停電に異常を感じた僕と和音さん、そして楠田さんの手によって明らかとなります。被害者となった林さんは、滞在していた部屋の中で殺害されていました。死因は頭部への殴打による昏倒のあと、首を絞められたことによる窒息死。ですが彼は殺害されたあと、斧によって首を切断され、洋室から隣の和室へと室内を引きずられて、扉の前まで移動させられていました。現場に残された血痕から、それが見て取れます。そして切り落とされた首は、抱きかかえるような形で、扉にもたれた首無し死体の胸の上に載せられていた」

陰惨な状況の説明に、一同の表情が曇る。密もそれに気付いているようで、「ここは重要な箇所なので、どうかちゃんとイメージしてください」と口にした。

「さて、この事件における大きな謎が、事件発覚時、犯行現場が密室となっていたことです。僕たち三人が現場に到着したとき、扉には鍵がかかっていました。また、それから僕がスペアキーを持ってくるまでの間、和音さんと楠田さんはそれぞれ洋室側と和室側の扉の前で待機しており、犯人が出入りすることは不可能でした。そしてもちろん、扉が開かれたとき、部屋の中には遺体となった林さんを除いて、誰もいませんでした。ならば犯人は、林さんの使っていた鍵を利用して扉を施錠したのか——これも違います。林さんの持っていた鍵は、遺体の胸ポケットから発見されました。もしもこの鍵を使って施錠したのなら、そのあと何らかの方法によって外から鍵を室内——それも、遺体の胸ポケットに入れる必要があります。ですが、現場の窓や通気孔、あるいは扉の上下などには、いずれも鍵を通せそうな隙間は見つかりませんでした」

喋りながら、密は時折手元のグラスから水を飲む。グラスが空になると、即座に原井が水差しから新たな水を注いだ。

「中から施錠すると、外に出られない。外から施錠すると、中に鍵を戻せない。それなら、犯人はどのように密室を作り上げたのか。渾然一神教の伝承にあるがごとき超自然的な方法を用いて、この不可能状況を作り上げたというのでしょうか――」

密はそう言って言葉を切った。そして一同の顔を順に眺める。まず右に、そして左に。最後に改めて正面を向いたあと、密は全員に対してはっきりと聞こえる強い口調で「――違います」と断定した。

「犯人が使ったのは、物理に即したトリックにほかなりませんでした。僕はその事実を、ある証拠品によって理解しました。――それがこの、ドライヤーです」

密はそう言って、ビニール袋に入ったドライヤーを、食卓の上に置いた。一同のやや困惑気味な雰囲気が場に漂う。

「私が、ごみの中から見つけたものですね」

楠田が言う。密は「その通りです」と答えた。

「このドライヤーは、楠田さんが第二の事件のあと、廃棄予定の不燃ごみの中から発見したものです。おそらく犯人は、これをひそかに処分することで自分の痕跡の排除、ひいては証拠隠滅を図ったのでしょう。そうなる前に発見できたのは幸いでした」

「しかし……発見者の私が言うのもなんですが」楠田が首をかしげる。「そのドライヤーが殺人事件にいったいどう関わってくるんでしょう。コードが切れているから、使うこともできないのに……」

「むしろ、それこそが肝心なんです」密はドライヤーを食卓の真ん中へと押し出しながら言った。

「……見てもらえればわかることですが、このドライヤーのコードは、今楠田さんがおっしゃった通り、持ち手の近くで切断されています。ですがその切り口はなめらかで、ちぎれた、うっかり切れたというよりは故意に切ったように思えます。つまり、犯人が必要としたのはドライヤーそのものではなく、切断されたコードであった、そう考えられるでしょう。なぜ、犯人にはそれが必要だったのでしょうか。また、どうして林さんの遺体は、扉の内側にもたれかかった状態で残されていたのでしょうか。そして――なぜ、遺体が発見される直前、心在院の本館と男性棟が停電したのでしょうか。……まだおわかりになりませんか？　では、こう考えてみてはどうでしょう。それらすべての行動が、密室を作り上げるために必要な要素だったとしたら――」

あっ、と水浜が声を上げた。

「も、もしかして……犯人は、遺体を使って鍵をかけたんですか？　ドア越しに、電気を通して！」

密は満足げに頷いた。

「その通り。犯人は、コンセントに接続した電気コードを内鍵に押し当てることによって、扉の反対側にあった林さんの遺体を動かし、内鍵のツマミを回して扉を施錠したんです。犯行時刻に起こった停電は、このトリックを用いたことで発生したショートによるものだったんですよ」

◆　◆

「生物が体を自由に動かせるのは、脳から発される電気信号によるものです。そして、たとえ体が生命活動を停止し、脳が活動をやめていたとしても、代わりとなる電流を流せば筋肉の伸縮のような活動を起こすことは可能となります。……もっとも、僕が説明するまでもなく、こんなことは皆さん一般常識としてご存じですね。ことに、医学分野について学んだ経験のある水浜さんにとっては」

水浜は頷くと、「カエルの筋組織に電流を流して収縮反応を見る実験と同じ原理ですよね」と付け足した。

「あの……でも、密様、確かに電流を流せば筋肉は活動します。停電があったときに犯人がトリックを使ったのだとしたら、林さんの死亡推定時刻に鑑《かんが》みても、筋組織の活動は可能だったはずです。でも、その運動というのは、ごく一瞬の痙攣《けいれん》のような動きだったはずです。実際問題、それだけの反応で内鍵のツマミを回せるものでしょうか。いえ、その、けちをつけるわけではないのですが……」

密に対してというよりむしろ、周囲から集まる視線に萎縮したように、水浜は言葉尻をフェードアウトさせた。対する密は「もちろん、犯人もその点については考慮していました。だからこそ、トリックを成功させるための『工作』を行ったのです」と答えた。

「今水浜さんがおっしゃったように、このトリックの問題点は、遺体の動きを細かくコントロールできないという点です。では、どうすればその問題を解決できるか。筋肉の運動がドアの内鍵へと伝わる可能性を上げてやればいいんです。だからこそ犯人は、あんなことをした」

「……あんなこと？」

密は一瞬渋い顔をしたが、すぐにそれを隠すようなはっきりとした調子で言った。

「首切りですよ。林さんの首は、ドアの内鍵を回すために切断されたんです」

誰かが、ごくりと息をのんだ。

「和音さんと楠田さんは憶えていらっしゃると思いますが、犯人によって切断された林さんの首は、わずかに口が開いて舌先が見えていました。つまり、上下の歯の間に隙間があったことになります。おそらくこれは犯人がそうなるように開き具合を調整したのでしょう、内鍵のツマミが歯の間にちょうど収まるように。そうやって、内鍵の大きな持ち手となった頭部に、遺体の腕を絡める。このとき、指先を髪の毛に絡めることで手と頭部も固定します。ここまで来たら、あとは仕掛けが崩れないように遺体ごとそっと扉を開き、外に出て扉を閉める。そして周囲の部屋のコンセントにドライヤーのコードのプラグを差し込み、切断しておいた先端を内鍵に押し付ければ、そこから伝わった電流が遺体の手首、肘、肩の筋肉を収縮させ、頭部と内鍵を回転させます。こうして密室は作り出され、一方で横向きになった頭部は歯の隙間に沿って内鍵のツマミから外れ、未だ絡まったままの髪の毛によって繋がっている腕に引っ張られる形で、胸の上へと落下したのです——」

和音は想像する。首のない遺体に電流が走り、その体がひきつるように動くのを。その動きに連動して、片手の先に引っかかった首が、傾き、落下するのを。

「犯人がこのトリックを用いる際には、いくつか条件がありました。たとえば部屋の内鍵が、ツマミを横にすると解錠、縦にするとロックというスタイルになっていたこと。これが逆であれば、頭部を落下せずに固定しておくため、更になんらかの作業が必要になっていたでしょう。また、電気を流すために、周囲の部屋にあるコンセントが利用できたことも重要な要素と言えます。ですが、これについては後述するとして、次は第一の殺人のトリックについて説明しましょう」

密はそう言って、一同を見回した。

◆
◆

「第二の殺人のトリックに思い至ったとき、僕にはひとつ、はっきりと意識したことがありました。それは——今の謎解きを通じて、皆さんにもおわかりになったのではないかと思うのですが——犯人は、犯人なりの理屈と計画に基づいて行動している、ということです。第二の殺人における、遺体の首切りという行為は残忍であっても、それは本能的な衝動に任せた結果ではなく、計画的な殺人を遂行するためになされたことでした。ならば、第一の殺人に関しても同じことが言える可能性は、少なからずあるはずです。少なくとも僕はそう考え、改めて第一の事件について考察してみました。できれば今、皆さんにもそうしていただければと思います。——被害者となった是臼さんは、修行のためと周囲に告げた上で、犯行当日、すなわち昨日——もうすぐ日付が変わって一昨日になりますが、その日の朝から、犯行現場となった掌室堂にこもっていました」

密の言葉に、ようやく和音も時刻が零時を回りかけていることに気付いた。しかし、一同の顔には眠気はうかがえない。密の語る謎解きに引き込まれているようだった。

「事件が発覚したのはその日の夕食時、つまり午後七時過ぎです。日暮れ時になっても姿を見せない是臼さんが心配になった僕たちは、山を登って様子を見に行きました。掌室堂に着いて、扉を叩いてみても返事がない。しかし、扉を押しても開かないことから、中から閂がかかっており、まだ是臼さんが内部にいることは間違いないと思われました。どうしたものかと思案しているうちに、平坂さんが付近の草むらから、血痕を発見します。これによって事態が尋常なものではないと判断し、楠田さんと平坂さんが体当たりで扉を開けると、中には全身をバラバラに切断された是臼さんの遺体が転がっていました。それ以外に是臼さんが使っていたシートや折れた閂もありましたが、生きている人の姿はなく、犯行現場は密室状態にあったと言えます」

密の言葉がちょうど途切れたとき、零時を示すチャイムが鳴った。それが鳴り終わるのを待って、密は再び口を開く。

「その後、検分によって、是臼さんの死亡推定時刻は昼前後と判明しました。また、遺体を解体するのに要した時間や、掌室堂との往復を合わせて考えると、犯人は少なくとも犯行に一時間以上を要したことも推定できましたが、この情報だけでは犯人の特定には至らず、また密室の謎を解明することもできませんでした」

密はそこまで喋ってから、少し言葉を切った。思考を整理させるためだろう、と和音は考える。

「さて、ここで改めて、最初に提示した観点に基づいて、この事件について考えてみましょう。第二の殺人において、遺体の首が切断されていたのは、明確な理由があってのことでした。ならば、第一の殺人においても是臼さんの遺体をバラバラにしたことにも、犯人にとってはなんらかの意味があった可能性は十分にあります。そしてもうひとつ、第二のトリックの解明によって気付かされた、意識の盲点がありました。それは『死体を利用する』という考え方です。殺人事件が起こったとき、現場に死体があるのは至極当然のことですから、誰も注目しない。死体の存在と密室の謎を、別個のものとして考えてしまうわけです。ですが、冷静に考えてみれば、死体もまた、密室に内包された要素のひとつなのだから、それを仕掛けの一部として用いる余地がある。犯人はこれを利用して、第二の密室を作り上げました。ならば同じ発想が第一のトリックにも使われているのではないか。そう考えたとき、僕はふと、ある重要な見落としに気付いたのです。――これを見てください」

密はそう言って、傍らに置かれていた角材を持ち上げた。片側がささくれ立って、無理にへし折ったことがはっきりうかがえる。黒ずんだほかの面に対し、そこだけが生木のように白かった。

「これは、犯行現場となった掌室堂の中に落ちていた、扉の閂です。見ての通り真っぷたつに折れている。事情を知っている人間ならだれでも、これが体当たりによるものだと思うでしょう。しかし――皆さん、ここに付いているものがわかりますか」

密はそう言って、折れた閂の断面を指差した。ぎざついた中に、黒い点がぽつりと見える、原井が目を細めて、「血痕ですか」と言った。

「そうですね、殺人現場に落ちていた物品に付着している赤黒い染みとなれば、まず間違いなく血痕でしょう。ですが、そうなると奇妙なことがひとつあります」

密は各人の考えを促すように、一同を見回す。

「いったいこの血痕は、いつ、どうしてここに付着したんでしょう。僕たちが是臼さんの遺体を発見したとき、掌室堂の中の血痕はすでに乾いていました。殺人があってから長く時間が経過していましたし、血のいくらかは敷き詰められている砂利に吸収されていましたから、それも道理です。ですが、それなら遺体発見直前に体当たりで折られた閂の断面に、どうして血が付着しているんでしょう」

密は自分の提示した質問の意味が行き渡った頃、再び口を開いた。

「付着した血痕が意味することはひとつ。この閂は、僕たちが現場に突入するよりずっと前、まだ遺体周辺の血液が乾ききっていない段階で、すでに折られていたんです。すなわち、僕たちが現場に到着した午後七時過ぎの時点で、掌室堂に閂はかかっていなかった」

「ですが、あの扉は確かに開きませんでしたよ」楠田が反論する。「もしも閂がかかっていなかったのなら、私も――それに平坂くんも、最初の体当たりですっ転んでいたはずです」

「ええ、僕もあの扉が開かなかったことは確認しました。だから、やはり現場には閂がかかっていたんです――と言うと禅問答のようですが、つまりはこういうことです。あの扉に閂としてかかっていたものは、この木材――掌室堂本来の閂ではなく、別のものだったんです。それは僕たちが現場に到着した時点では、一本の頑丈な棒となり、閂の役目を果たしていました。しかし、犯人が殺人と遺体の解体を終え、掌室堂を出て行くときには、まだ柔らかく、折り曲げることが可能だった。だから犯人は、それを掛け金にかけたまま、掌室堂に出入りすることが可能だった。そしてそれは、犯人が現場を出て行ったあと、長時間放置されたことによって、ゆっくりと、硬化していった――」

和音は先ほど密が言ったことを思い出していた。

残忍な現場には理由がある。

そして、『死体を利用する』。

「まさか――」越屋が青い顔でうなる。「まさか、それは――」

密は頷いた。

「是臼さんの、腕です」

◆◆

「和音さんと水浜さんからの受け売りの知識で申し訳ないのですが、死後硬直というのは死体が生命活動を停止した直後から始まり、八時間ほどで最大の硬度となるそうです。そして、是臼さんは事件当日の午前中から昼のうちに殺害され、午後遅くなってから発見された。当然、発見時に遺体の硬度はほぼ最大になっていたことでしょう。ならば、その腕を扉越しに閂と誤認することは、十二分にあり得る」

和音は掌室堂の扉が開かれた直後、是臼の死体に触れたときのことを思い出す。冷たく、そして硬い肌の感触。

「閂として使われたのがどちらの腕だったのかはまだわかりませんが、精査すれば明らかになることでしょう。おそらく犯人は、閂として使ったほうの腕には、いくらか手を加えたはずですから。皮膚や腱《けん》が綺麗に繋がったままの腕を使うと、扉を開くときにきっちりと折れない恐れがあります。それを防ぐために、腕の関節付近には、あらかじめいくらか切れ込みを入れるといった準備もしていたことでしょう。そうやって準備を終えた後、犯人は現場を立ち去り、あとは扉が破られ、トリックが完遂されるときをただ待っていたんです」

ぞっとする話だ、と和音は思う。いくら密室を作るために必要だったとはいえ、常識的な感性で、そんな手段を採用するとは思えない。山から下りてくるまでの間に、一連の推理は密から聞いていたが、それでも今、改めて和音は犯人との間に埋められない溝を感じた。

「不要とは思いますが、扉の開閉についても改めて説明しておきましょう。掌室堂の扉は内開きですから、肘の内側を扉のほうに向けて、掛け金に載せておけば、開閉と共に肘関節が曲がり、犯人が出て行く妨げになることはありません。……もちろん、これは死後硬直が始まった直後の話です。時間経過と共に遺体の死後硬直は進み、関節は動かなくなっていきますから、昼を過ぎて夕方が近づいた頃には、もう開閉することはできません。つまり、犯人はごく早い時間に、犯行のすべてを完了させていたということになります」

密は再びコップを口元へと運んだ。

「さて、これで第一の殺人にまつわるいくつかの奇妙な点にも納得いく説明がつきます。犯人はなぜ、死体をバラバラにしたのか？　切断されているのが片腕だけだと、必然的にそこに目を向けられてしまうからです。死体の切断面はなぜ、まちまちだったのか？　……たったひとつ、自らの手で切断することの不可能だった箇所……すなわち、閂の代わりに体当たりで折られた腕の切断面を、目立たせないためです。掌室堂の外に血痕が残っていたのはなぜか？　……即座に扉を破ることを決意させるためです。扉に穴を開けて外から閂を外すというような手段を取られると、トリックが見破られてしまいますからね。……ほかに、何か質問はあるでしょうか。第一の事件だけでなく、第二の事件に関するものでも結構ですが」

「……ひとつ、よろしいでしょうか」原井がすっと挙手をした。「第二の事件についてですが、犯人はなぜ、遺体を移動させたのでしょう。現場に残された血痕から、林さんの遺体は室内をまっすぐ移動させられていたことが読み取れるとのことでしたが、先ほど説明された方法で鍵をかけるのなら、何も遺体を動かさずとも、近いほうの扉を使えばいいように思えますが……」

「ああ、それを説明していませんでしたね。密室の謎に直接関係するものではないので、後回しにしていました。――確かに、犯人が使ったトリックは、和室と洋室、どちらの扉でも使えたはずです。しかし犯人は、和室を選んだ。どちらでもよかったのではなく、あえてそちらを選んだのです。なぜそれがわかるのかというと、犯人はまず、洋室側で林さんを殺害しているからです。和室側の扉をトリックに用いることが想定済みであれば、林さんを殺害するときに、和室側のドアをノックして、出てきたところを殴打すればよかったはずです。つまり、犯人は最初、洋室側の扉でトリックを実行するつもりだった。しかし、ある理由によって計画変更せざるを得なくなったんです。そのためにわざわざ、和室側の扉まで遺体を引きずっていった。それはなぜか。……用いられたトリックと、現場周辺の状況について、改めて考えてもらえばわかると思います」

　そう言いながら、密はどこからともなく取り出した紙とペンで、男性棟の俯瞰図を描いた。当然と言えば当然だが、出来上がった図は現場検証の際に和音が描いたものと、ほぼ同じだった（185ページ、図2）。

「男性棟の間取りはこのようになっていますから、電気コードによるトリックを使用する際は、必然的に現場に近い部屋のコンセントを使用する必要があります。洋室側の扉付近で林さんを殺害したあと、犯人はまず01号室か02号室のコンセントを使おうとしたはずですが、訳あって遺体を移動し、和室側にある部屋のコンセントを利用することにした。つまり、06号室か07号室ですね。しかし、このうち06号室は楠田さんの居室です。事件が起こったとき、僕たちと一緒にいた楠田さんは犯人たり得ませんから、必然的に06号室のコンセントが使われた可能性はなくなります。つまり、犯人が最終的に利用したのは07号室のコンセントだった。洋室側の二部屋では不可能だったことが、和室側の07号室では可能になった、ということですね。そして、もうひとつ注目してほしいのが、犯行現場である08号室の扉です」

「08号室の扉……」図面をのぞき込みながら原井が言う。「それは、両方の扉、ということですか？」

「ええ。それぞれの扉の内鍵は、どこに付いていますか？」

「それはもちろん、ドアノブの下に……」顔を上げてそこまで答えた原井は、はっとした表情で再び図面をのぞき込み、そして絞り出すように言った。「なるほど……距離が違うんですね。コンセントから内鍵までの距離が……」

「その通りです。08号室の扉付近にある四部屋は、距離的な観点からだと、一見してすべてが同じ条件でトリックに使用できるように見えますが、実際には微妙な差異がある。それを生むのが08号室の内鍵の位置です。当たり前のことですが、内鍵の機構は普通、扉の端に付いているものですからね。だから、この図で言えば、01号室と06号室のコンセントは、02号室と07号室のコンセントに比べるとわずかに、08号室のそれぞれの扉の内鍵までの距離が長いことになる。……ここまで言えば、疑問の答えは自明でしょう。犯人はなぜ遺体を動かさなければならなかったのか。ドライヤーのコードの長さが足りなかったんですよ、ほんの少し。だから、苦肉の策として、遺体を動かして、コンセントからドアノブまでの距離が短い07号室を使う必要があった」

「ということは、犯人は最初、01号室からコードを延ばすつもりだったわけですね」

楠田の言葉に、密が頷く。

「そうなります。そして、犯人が遺体を動かしたという事実からわかることが、もうひとつあります。越屋さんは犯人ではない、ということです。もしも越屋さんが犯人なら、わざわざ遺体を動かすようなことをせずとも、自室のコンセントを使用すれば、コードの長さは足りたはずですからね。よって容疑者からは除外されます」

急に自分の名前が話に出てきた越屋は一瞬ぎょっとした様子だったが、自分が容疑から外れたことを理解して、ほっとしたように息をついた。

「さて、ほかに質問は――ないようですね。では、最後にこれまでの謎解きを踏まえて、犯人の特定をして終わりにしましょう。まず、今言ったような理由から、越屋さんは容疑者から除外されます。同様に、第二の事件における停電時に一緒だった僕と和音さん、そして楠田さんもトリックを実行できないから犯人ではない。また、戸嶋さんも容疑者から除外できるでしょう。身体能力に鑑みて、二件の殺人を実行できたとは到底思えません。そして最後に、第一の事件のトリックを説明したときに一度言ったことですが……遺体の腕を閂に見せかけたというトリックの性質上、犯人は殺人のあと、早いうちに現場を立ち去る必要がありました。死後硬直が進み、遺体の関節が曲がらなくなってしまうと、トリックの実行が不可能になりますからね。よって、事件当日の午前中に、十分な時間を確保できなかった二人……車で外出していた原井さんと、たびたび姿を目撃されている水浜さんの疑いも晴れる。となれば、残るは一人――」

そして密はついに犯人を名指しする。しかし――

「平坂貴志を除いて、ほかには存在し得ません」

和音の、そして『こころの宇宙』の人々の表情に変化はなかった。

そしてその中に、彼の姿はなかった。

◆　◆

平坂の遺体は、これまでの二人とは異なり、どこも切断されないままの姿だったが、それでも綺麗な死に様とは言えなかった。布団の上で倒れている彼の顔には、苦悶の表情が浮かんでおり、口元には吐《と》物《ぶつ》がこぼれていた。かすかに血の臭いもする。遺体の傍らには倒れたグラスが落ちており、中身が布団と畳にこぼれて大きな染みを作っていた。

「ついさっき、地震があったでしょう。一度だけ、大きく揺れた地震が」和音と密が、掌室堂の外で感じた揺れだ。「あのとき私と越屋さんは食堂にいて、ほかの皆さんが心配だったので、あちこち見て回ってたんです。そしたら、和音さんと密様、それに平坂さんの姿が見えなくて……楠田さんが、和音さんと密様は掌室堂で現場検証をしているはずだって言ったんですけど、でも平坂さんは姿を見せる様子がなくて……。それで、部屋まで行ってドアをノックしてみたんです。でも返事がなくて、ノブをひねったら扉が開いて、中には……」

水浜はそこまで説明すると言葉を切った。度重なる心労に、やつれたように見える。

「最初に平坂さんを発見したとき、あなたは一人だったんですか」

密が尋ねる。

「いえ、楠田さんと越屋さんが一緒でした」

越屋が頷く。

「僕は和音さんと別れたあと、水浜さんとずっと食堂にいました。楠田さんとは地震の十分後くらいに合流して、それから一緒でした」

「では、発見したあとで、平坂さんの遺体に近づいた人は」

「いません。部屋に入ろうかとも思いましたが、一目で亡くなっているとわかる状態でしたし、和音さんたちが来るまで現場を保存しておいたほうがいいと思って」

「なるほど」

和音は平坂の遺体にそっと触れた。かなり体温は下がっているが、部分的にはまだ温かい。死んでから一、二時間というところだろう……つまり彼は、和音や越屋と別れてから、和音が密を追って山に入るまでの間に、ここで死んでいたことになる。

「……状況から判断するに、毒物を飲んだとみて、間違いないでしょうね」和音は言う。「どんな毒だったのかはわかりませんが、おそらくこの酒瓶に入っていたのでしょう」

和音はそう言って、テーブルの上にある瓶を見た。それは越屋と平坂が飲んでいた、林の忘れ形見という酒だった。そして、その隣に置いてある、コードの切れたドライヤー――

「和音さん」

越屋が言う。

「どうして平坂くんは死んだんでしょうか。殺されたのか、それとも――」

「それは僕から説明します。――今から、食堂に全員を集めてください」

そして密は、謎解きを行ったのだった。

◆　◆

場の中心であった密が「今後のことは朝になってから改めて考えるとしましょう」と自室に引き上げてしまうと、食堂の中には自然と解散のムードが出来上がった。それでも、和音を含む数人は、何をするでもなく食堂に残っていた。

部屋に戻ったメンバーは、ようやく戻ってきた安息を満喫しているのだろう。そして、まだ事件の余韻を引きずっている人間が、ここに残っているというわけだ。

「……お疲れのようですね」ぼんやりと手元の湯呑みを眺めていた和音は、話しかけられてふと我に返った。楠田が正面の椅子を引いて、腰掛けるところだった。「事件が解決したというのに、随分と浮かない顔じゃありませんか。それとも、肩の荷が下りたからこそ、ということですか」

「……どうなんでしょうかね」和音はぎこちなく微笑んだ。

確かに、楠田の言う通り、安堵の感情ももちろん和音の中にある。陰惨な殺人事件がようやく解決したのだから、当然のことだ。しかし、肩の荷が下りたという気分は、今の和音には感じられなかった。むしろ、背負っていたものを、突然奪われ、失ったような気がする。

虚脱感。

一言で表せばそんなところだった。確かに事件は解決した。しかし、それは和音の手によるものではない。つかの間見えていた光明。それは一歩早く、密によってつかみ取られてしまった。和音には、事件を解決することができなかった。

屈辱を感じるわけではない。ただ、和音は呆然としていた。殺人事件の渦中にいる間、自分を突き動かしていた、自分こそがこの事件を解決せねばならないという使命感が、果たされないまま行き場をなくしていた。

「……あまり気にしないでください、和音さん」いつの間にか近くにいた水浜が、和音の湯呑みに茶を注ぎながら言った。「平坂さんがああいう形でこの一件を終わらせたことは納得できませんけど……でも、和音さんは私たちの命を守ってくれたんです。感謝してもしきれません」

そうじゃない、と和音は心の中で否定した。平坂に自殺されてしまったことは、確かに恥ずべき失態だろう。だが、和音が今、自分の感情を整理できずにいるのは、そんな高尚な意識によるものではない。もっと個人的で、独善的な意識によるものだった。だから、水浜の励ましはむしろ、和音の罪悪感——

あるいは劣等感を助長した。せめて、それを表には出すまいと、和音はどうにか表情を取り繕おうとした。

「……水浜さん、今、平坂くんがああいう形で決着をつけたのは残念だ、と言っていましたが」楠田が視線を水浜のほうに向けて言った。「やはり許せませんか、彼のしたことは」

「……是臼さんと林さんを手にかけた上で、自殺してしまったことをおっしゃっているんでしたら」水浜は珍しく、強い口調で言った。「私は許せません。是臼さんが亡くなったときは、まだ自分の中で整理できていませんでしたけど、今ははっきり、そう思います。人を二人殺しておいて、自殺して手の届かないところへ逃げてしまうなんて、馬鹿にしている」

「馬鹿にしている？　それは水浜さんや、私たちを、ということですか？」

「それに、亡くなったお二人のことも、です。平坂さんは生きて罪を償うべきだったんです」

「自殺することが、彼なりの責任の取り方だったのかもしれませんよ」

「そんなの、勝手すぎます。自分が死ぬことが、手にかけた人たちへの贖罪《しょくざい》になるなんて……結局、考えが自己中心的じゃないですか」

「そう……そうですね。自己中心的……そうなのかもしれません」楠田は独白のように呟くと、今度は和音のほうに目をやった。「和音さんはどう思われます。平坂くんのしたことは、果たして許されるのでしょうか」

「それは……」

許すも許さないもあったものではない、と和音は自嘲する。自分は探偵として敗北を喫したのだ。そんな人間が犯人の所業についてあれこれと言える立場ではない。今ここで一方的に平坂のしたことの是非について持論をぶってしまえば、それは単なる中傷になるだけのように思えた。しかし、楠田たちが聞きたいのは、そんな和音の考えなどではないだろう。茶を飲みながら、和音はゆっくりと考えた。

「――私は部外者ですから、許すも許さないもありません。それを決めるのは、実際に被害を受けた皆さんであるべきだと思います。……ただ、一方で私は、贖罪は生きた人間に対して求めるからこそ、意味があるようにも感じます」

死んだ人間を恨んでも詮無いことだよ、と諭す声を、和音ははっきりと思い出す。「ただでさえ恨みつらみは山と積もるものなんだから、せめてそうやって分別して、捨てていかないと時間が足りないよ」と笑う声。今の和音の言葉は、その台詞の受け売りだ。

「死んだ人にはもう、何かを背負わせることはできないんですから……それがどんな形の死で、そこにどんな背景があったとしても……執着は、断ち切るべきなのではないでしょうか」

我ながらよく言えたものだ、と和音は思った。まるっきり、未練の塊みたいな生き方をしておいて、他人にはそう言ってのけるとは。

「贖罪は、生きた人間に対して求めるもの、ですか……。いや、興味深い意見でした。それに、水浜さんも。なかなか参考になりましたよ」

「参考に……？」水浜はそこで、はっと目を見開いた。「あっ、す、すみません、楠田さん！　その、私、楠田さんのことを、考えていなくて――」

ああ、と和音はひとつ腑に落ちたものがあった。なぜ楠田は急に、平坂のことを許せるかと聞いてきたのか。

なんのことはない、楠田の質問は、平坂と自身を重ね合わせたものだったのだ――かつて、人を殺した者として。

「いや、気にしないでください。私のほうこそ、だまし討ちのようになってしまって申し訳ない」楠田はそう言って、慌てる水浜をなだめた。

「……だとしても、きつい言い方だったのは、間違いでした。和音さんの言う通りです。私、もうこの世にはいない人に、不必要に執着を……いえ、もう自分の手の届かない相手だからこそ、必要以上に執着していたのかもしれません。殺人を正当化するようなものだったのかはわからないけど、平坂さんにも、事情があったんだろうし……」

「そういえば、それだけは結局、わかりませんでしたね」楠田が思い出したように言った。「平坂くんの動機は、いったいなんだったのか。どういう理由で、二人の人間を殺《あや》めたのか」

「……そうですね」

和音も頷く。密と共に山を下り、平坂が死んだことを知ってすぐに、密が一同を集めて謎解きを始めてしまったから、平坂が犯人であることを踏まえた上で、動機を調べる機会はなかった。

「自殺だというのなら、遺書があってもおかしくないとは思うけれど……」

「遺体のそばには、それらしいものはなかったように思います」水浜はそう言ってから、何かに気付いたように「あっ……でも」と続けた。

「もしかして、携帯電話の中に何か残ってるかも……」

「ああそうか、平坂くんの携帯か……」楠田は顎に手を当ててしばらく考えていたが、やがて顔を上げると、「可能性はあるだろうね。死ぬ前に処分したのでなければ、おそらく平坂くんの部屋のどこかにあるか、あるいは彼自身が持っているんでしょう。今から調べてみましょうか」と言った。

水浜は頷きかけたが、ふと表情を曇らせて、結局首を横に振った。

「……すいません、言い出しておいてなんですけど、私はちょっと……その、まだあの部屋に入りたくなくて……」

「ああ……それはそうですね。デリカシーがなかった、申し訳ない。それじゃ私が……」

と、言いかけた楠田も言葉を止め、再び考え込むと、

「和音さん、よかったらあなたが探してくれませんか」

と言った。

「私が？」

「ええ。そして、もしも本当に彼の遺書があれば、それを読んで、我々が彼の動機を知るべきかどうか、判断してほしいんです。彼の動機が我々の今後に禍根を残すようなものであるなら、知らずにいるのもひとつの手だと思いますから。……どうです、お願いできませんか」

「……………」

和音は長いこと迷っていたが、それでも好奇心のほうが勝った。あるいは密によってなされてしまった謎解きの代償を求めていたのかもしれない。彼女は役目を引き受けてその場を辞すと、平坂の部屋に向かった。

◆　◆

結局、和音一人で平坂の部屋に入ることはできなかった。扉にはしっかりと鍵がかかっていたので、

密を呼んでスペアキーで開けてもらうよりほかになかったのだった。

「遺書というのは考えていませんでした」

執務室にこもっていたところを連れ出されたにも拘わらず、密は割に素直にそう言った。事件が解決したことで、心情にも余裕が生まれたのかもしれなかった。

「しかし、見つかるでしょうかね」

「遺してさえいれば、見つかるはずです。遺書は書いたが誰にも読まれたくないなんていうのは、理屈に反していますからね」

死体は相変わらず布団の上に倒れていた。密は当然そちらに視線を向ける代わりに、和音の挙動を目で追っているらしく、和音は背中に視線を感じながら携帯電話を探すことになった。

平坂の携帯電話を探すのには、時間がかかった。ざっと見回した限りでは、それらしいものは見当たらない。

しかし、彼がこの部屋で死んだ以上、外に持っていく理由はない。ならば、死に際して処分したのでもない限りは、室内にあると考えるのが普通である。和音はそう思って、改めて室内を眺めてみた。すると、壁際のコンセントから、そのすぐ近くの床に落ちたカレンダーの下へと、何かのコードが延びているのにふと気が付いた。近寄って、猫の写真のカレンダーを持ち上げてみると、果たして充電器のコードが挿さった携帯電話が見つかった。

「見たところ、間違いなく林さんの携帯電話のようですね」密が言う。「あとは本当に、遺書が遺されているかどうかが問題ですが」

「神のみぞ知る、というところですね」

和音はホームボタンを押して、携帯電話を起動した。誰かが手に取ることを想定して解除したのか、最初から設定していなかったのか。いずれにせよ、パスワードはかかっていなかった。

メモ帳のアプリを開くと、ひとつだけテキストファイルが残っていた。更新時刻は和音が密を捜しに行く前——記憶が正しければ、戸嶋と会話していた頃。和音は、これだ、と直感して、緊張しつつ、そのファイルを開いた。

◆　◆

遺書

死を目前にして、こんなものを書くことに意味などないのではないか。僕は今、この文章を書きながら、何度もそんな風に考えた。自分の遺した文章が、読み手にどんな影響を与えるのか知るすべは、きっとないのだろうし、第一確実に届くという保証もないのだから。しかし、それでもやはり、この行為には意味が、そして理由があると、僕はそう信じたい。

理由。

そう、それこそが今僕を突き動かしているものだ。理由なき衝動なんて言い回しがあるけれど、僕に言わせればそんなものはこの世に存在しない。衝動にはいつだって理由がある。行為が弾丸で衝動が火薬なら、理由とはそれを内包した銃そのものだ。僕たちマリオネットを舞台の上で動かすのは、いつだって理由という名の糸であるはずだ。だからこそ、今僕は、自分の手でそれをつまびらかにしようと思う。このまま黙って死んだところで、痛くもない腹をしつこく腑分けされて、あまつさえでっち上げの所見録でもって世間に悪評を流されるだけのことだろう。それなら自分で喋ったほうが、いくらかましというものだ。

僕がどのように殺人を行っていったか、だとか、どうやってふたつの密室を作り上げたか、なんてことは、ここに書くまでもないだろう。和音さんは名探偵だというし、それにどうやら密様にもほとんどすべてが露見してしまったようだ。だから僕は、僕にしかわからないこと、僕にしか書けないことだけを、こうして遺そうと思う。

……などと言っておいて恐縮だが、僕はここに動機のすべてを書くことはできない。申し訳ないが、書きたくないのだ。そこには僕の、多大なる恥、思い出すだけでも自傷衝動にかられるような失態が関わってくるからである。それが何か、ということだけは、死を前にした今も、秘密にしておきたい。それだけは許してもらえればと思う。ただ言えることは、僕は以前に、発覚すれば『こころの宇宙』を出て行かざるを得ないような失態を犯してしまい、そしてそれを是臼真理亜に知られてしまったのだ。

簡潔に言えば、真理亜はその情報を種に、僕を脅していた。といっても、金品を恐喝するだとか、自分の操り人形として汚れ仕事をさせようとしたわけではない。ただ時折思い出したように、そのことをほのめかし、僕に些細《ささい》な見返りを要求していた。それはたとえば外出した際に彼女好みの小物を買ってこさせるだとか、彼女が食堂で一席ぶっているときに、いかにも感心している風に振る舞わせるといったことだった。

おそらく彼女の目的は、行為それ自体にあるのではなく、僕を意のままにしているという満足感を得ることにあったのだろう。自分より年上の男を、その気になれば意のままに操れる奴隷として置いておくという状態そのものに、彼女は満足感を得ていたのではないだろうか……もっとも、これは完全に僕の想像だが。

この状況は、はっきり言って苦痛だった。顎で使われることが、ではない。いつか彼女の気まぐれで、この契約が終わりになってしまうのではないか、という可能性が、常に僕を脅《おびや》かしていたことが、耐えられない恐怖だったのだ。真理亜ははっきり言って、僕が知る誰よりも気まぐれな少女だった。だから、いつか彼女が僕を使役することに飽き、あまつさえすべてを周囲に暴露してしまうのではないか。そういう不安を、僕は常に感じていた。

そして、今から二週間と少し前、その不安は決定的な予兆へと変化した。その日真理亜は、僕を自室に呼び、祖父が死んだわ、と言った。新聞かインターネットを通じて知ったらしい。唐突な話の内容に、僕が反応できず、お悔やみでも言うべきだろうか、としどろもどろになっていると、彼女は更に続けた。あの人は私がお気に入りだったから、きっと何か残してくれているでしょう。それをやりくりすれば、私も晴れて、俗世間に自分の居場所を取り戻せるかもしれないわ、と。

ここを出て行くつもりなのか、と僕は反射的に尋ねた。彼女がまるで自分の主演舞台みたいに振る舞っていた『こころの宇宙』という団体を、こうもあっけなく捨てる気になったことへの驚きと、それ以上に、ようやく自分が解放されるかもしれないという期待を込めて。

多分僕は、そのとき嬉しそうにしていたのだろう。もしかすると、それが彼女の不興を買ったのかもしれない。あるいは最初から、心は決まっていたのかもしれないが。

真理亜は、ええ、そうね、と言った。そして、これであなたも自由の身ね、おめでとう、と続けて、笑った。

そのときの彼女の笑みを思い出すと、今でも僕は背筋が寒くなる。それを見たとき、僕は悟った。彼女は僕を、穏当に解放するつもりなどまるでない。遊び飽きたおもちゃを、捨てる前にきっちり叩き壊すつもりなのだと、そう思った。

その直感が当たっていたのかどうか、今となっては確かめる術はない。ただ僕には、彼女のあの、口元だけのにっと歪んだ笑みを見たその瞬間から、彼女を殺す以外の解決策を、見いだせなくなってしまったのだ。

こうして僕は臼真理亜殺害計画を企てるに至り、そして昨日、それを決行した。事態はほぼ、僕の想定通りに進んだ。真理亜は僕の提案通り、掌室堂にこもることを了解したし、僕がそこを訪ねたときも、自分の首に紐が巻き付けられるまで、まるで警戒する様子を見せなかった。僕に大事を成し遂げられるはずがない、と考えていたのかもしれない。そしてその評価を、僕は否定できない。結局僕は、そのときの大いなる失念が原因で、更なる殺人を重ねなければならなくなってしまったのだから。

第一の殺人において、現場を密室にしたのは、そうすれば事件が内々に処理されるのではないか、という期待を込めてのものだった。本来なら自殺に見せかけるべきなのだろうが、ただでさえ宗教団体というのはきな臭いと思われがちなものだ。そんなところで死者が出れば、それがどういう状況によるものであれ、世間の目を引くことは想像できた。だから僕は、いっそのこと真理亜をなるべく陰惨にして不可解な状況で殺してしまえばいいのではないか、と考えたのだ。密様と団体そのものが、事態を隠蔽すべきだと判断してくれることを願って、そういう作戦を立てた。

しかし、第二の殺人における密室は、少々事情が異なる。もちろん不可解な状況を成立させることに、同様の意味はあったのだが、あのとき僕にはそれ以上に、あのトリック（多分密様はもう、その内容に気付いているだろう）を使う必要にかられていたのだ。

　真理亜を殺したことで、本来ならば僕の目的は達成されるはずだった。けれど、彼女を殺害した翌日、僕は自分にとんでもない手抜かりがあったことに気付いた。そして僕は、急遽考えた殺人計画を胸に、林さんの部屋を訪ねた。もちろん、手には斧を持っていた。

　僕が部屋のドアをノックすると、林さんはほとんど疑うこともなく扉を開けた。もしかすると、あの人にとっては、もう自分の生死もどうだってよかったのかもしれない。斧の峰で殴りつけると、彼はあっけなくその場に倒れた。僕は彼の首を絞め、そして首を切り落とし、いくらか予定外のことはあったが、密室を作った。

　そして停電が起こった直後、僕は全力で本館へと走った。歩きなれた廊下だから、明かりがなくても問題なく抜けることができた。そして、執務室を出てきた密様たちと入れ替わりに、開けっ放しだった扉から執務室へと入った。

　やがて電気が復旧し、室内が明るくなった。僕は慌てて机の下に隠れた。部屋の奥にある、マホガニーのあの机だ。

　隠れているうちに、密様が再び部屋に入ってきて、金庫を開けた。僕は机の下から暗証番号を見逃すまいとしていた。僕に気付かず密様が出て行ったところで、今度は僕が、たった今押されていた番号をなぞって、金庫を開けた。そして真理亜の部屋のスペアキーを持ち出した。

　もうおわかりだろう。真理亜の部屋の鍵を手に入れる。そう、僕が林さんを殺したのは、ただそれだけのためだった。彼女は僕を脅す際、決定的瞬間を収めた写真を武器にしていたのだ。それは、彼女がここに来た当初持ち歩いていたインスタントカメラで撮影したもので、僕に現物を一度見せて以降は、自室に保管しているらしかった。そして、真理亜を殺害したときの僕は、彼女を永久に口封じしたという安堵感と殺人の興奮、そして緊張のあまり、真理亜の遺体から回収した鍵を使って、彼女の部屋から写真を探すことを失念していたのだ。

気付いたときには遅かった。真理亜の部屋は当然施錠されていた。密様や和音さんを言いくるめて鍵を開けてもらうこともできない。そんなことをすれば、疑ってくれと言っているようなものだった。もはや僕には、人知れず真理亜の部屋の鍵を手にする以外に道は残されておらず、そのためには、新たな殺人を実行し、新たな密室を作らなければならなかった。なぜなら、そうするほかにスペアキーの収められた金庫を開く必要を生じさせる手を思いつかなかったからだ。真理亜の部屋に入るには、今となってはどこに保管されているのかもわからない、彼女自身の持っていた鍵を見つけ出す以外には、執務室の金庫に入っているスペアキーを使うよりほかにない。となると、密様が金庫を開けているところを盗み見て、暗証番号を知る必要が、どうしてもあったのだ。

同様に停電も必要不可欠な要素だった。鍵を持たずに密様の執務室に出入りするためには、誰かが室内にいるときに入るか、誰かと入れ違いになるしかない。けれど、スペアキーを秘密裏に持ち出すことが目的である以上、姿を見られるわけにはいかない。そのために停電を利用したのだ。密室と停電、ふたつの要素をうまく組み合わせられたことは、少しだけ得意に思っていいだろうか。ただ、最終的にはそれが命取りになったのだが。

ともあれ、ここで僕の計画は終わった。真理亜はもうこの世にいないし、彼女の部屋にあった写真も、どうにか見つけ出して処分した。短時間かつ、和音さんの調べたあとということで、状況は絶望的に思えたが、それでも僕は、それを見つけ出すことができたのだ。あの夜、スペアキーを返却し、外を回って窓から自室に戻ったところで、廊下からかすかに和音さんの声が聞こえてきたとき、僕はひそかにこう思った。真理亜の部屋を徹底的に捜さないでいてくれて、ありがとう、と。切り刻んだ写真をトイレに流したのは、そのしばらくあとだった。絶対に知られてはならない秘密は、金輪際暴かれる恐れはなくなった。たとえ僕が死ぬことになったとしても、今はそれで十分だ。

自らの断罪を密様や和音さんに任せず、自分自身の手で済まそうと考えたのは、密様を手にかけてしまったからだ。あの直前まで僕は、自分のトリックに自信を持っていたし、事件が未解決のまま終わることを期待していた。けれど、偶然に楠田さんと密様のやり取りを立ち聞きし、人知れず焼却されるはずだったドライヤーが残っていることを知って、どうやら僕の計画は不完全だったらしいことがはっきりとわかった。そのとき僕が感じたのは、殺人犯として糾弾されることへの、純粋な恐怖だった。

今になってみると、恐怖に任せた行動がいかに無意味なものか、よくわかる。一人掌室堂へ向かった密様を背後から昏倒させ、ドライヤーを取り戻した僕は、自室に戻った今やっと、自分のあさましさと愚かさ、そして罪深さに気付いた。だからこそ、自分の手ですべてを終わらせることにしたのだ。そのための道具は、手元にある。『こころの宇宙』に入る前、自ら命を絶とうと考えたときに手に入れたものだ。それから持ち直した僕が、巡り巡って再び死を選ぼうとしているというのも、なんとも皮肉な話に思える。それとも、こうなることは最初から決まっていた、ということだろうか。いずれにせよ、確実に死ねる手段があることに、僕は今、感謝すべきなのだろう。

最後に。

密様、和音さん、そのほかすべての皆さん。このたびは僕の身勝手な行動によって、大変ご迷惑をおかけしました。独りよがりなことを言うつもりはないけど、それでも、できることなら、どうかこの僕を赦《ゆる》してください。

平坂貴志

◆　◆

長い文章を読み終えて、和音は息をついた。なんとなく、平坂の情熱にあてられたような気分だった。平坂の動機。密室の意味。一部の意図的に伏せられた部分を除いて、すべてが理解できた達成感が和音を包んでいた。同時に、しばらくはこれを人目に触れないようにしておくべきだと、彼女は感じた。いずれ水浜や楠田が見ることになろうとも、それが今である必要はない。もっと先、この事件や平坂のしたことについて、ある程度心の整理がついてからでいいだろう。

和音はテキストを閉じると、携帯電話を元に戻すためにしゃがみ込んだ。カレンダーの下から充電器を引っ張り出す。プラグの挿さった延長コードが、一緒になって出てくる――

延長コード。

和音の手が止まった。

肺がぺしゃんこになりそうなほどの衝撃だった。目の前にある品物と、それが示す事実を、和音は到底信じられずにいた。

必死に気持ちを静めようとする彼女の背に、「……どうかしましたか」と密の訝しげな声がかけられる。

「遺書はもう、読み終わったようですが。何か気になる記述でもありましたか」

「…………」和音は手にしたものを密に見せた。「……延長コードです。たった今、このカレンダーの下から出てきました」

「はあ。それが、どうか——」

困惑しているような密の表情が、さっと変化した。

「お気付きのようですね。そうなんです、その通りなんです」和音は必死に考えを整理しながら言う。

たった今読んだ遺書の内容が、すでに頭の中から霧散していた。「平坂さんは延長コードを持っていた。このことは、今までの推理を根本からひっくり返してしまうものです。第二の事件のトリックは、切断したドライヤーのコードを使って、ドアノブに通電させるというものでした。その際犯人は、コードの長さが足りなかったという理由で、遺体を動かすことが必要になった。でも、平坂さんには、遺体を動かす必要なんてなかったんです。なぜなら、ここに延長コードがあるから。これを使えば、越屋さんの部屋の隣の空室から、ゆうにコードを届かせることができたでしょう。だから——」

是臼真理亜を殺したのは。

林桐一を殺したのは。

そして——平坂貴志を殺したのは——

「犯人は、別にいるということに——」

「和音さん」

密が言った。

聞いたことのないほど強い口調だった。

「だから、なんだというんですか」

「――――」

「もういいでしょう。ここで事件を終わらせてしまうことに、なんの問題があるんですか。事件はもう終わったんです。平坂さんの死をもって、殺人の連鎖は終わった。仮に真犯人がいるとして、一度終わらせた事件を、再び蒸し返そうだなんて思わないはずです」

「だからといって――」

「和音さん」

密は再び和音の名を呼ぶ。彼の双眸が正面から和音をとらえる。

「あなたにとって安威和音の名は、この世界よりも大事なものでしょうか。今平穏を取り戻そうとしているこの場所に、再び衝撃を加えるだけの価値が、その名前と、あなたのプライドにはあるんですか」

和音は一瞬、言葉に詰まった。返答に窮したからではない。自分の意思を率直に、彼に伝えていいものか迷ったのだ。

目の前にいる少年が、どこまで自分のことを知っているのか、あるいは秘めた記憶と感情に気付いているのか、それはわからない。しかし――

最終的に、和音は答えた。

「私にとっては、安威和音の名前が、その名前と共に歩む人生こそが世界のすべてです。だから――」

密の世界と和音の世界。
どちらか片方は、ここで壊れなくてはならないのだ。

東の空がかすかに明るくなり始めた頃、和音は謎解きを終えた。

第九章　犯人は檻の中

山の稜線をほのかに白く染めあげた朝日は、みるみるうちにその光によって空を青く澄ませていった。

和音は陽光の差し込む食堂で、じっとそのときを待っていた。

呼び集めた面々が揃ったのを見計らって、

「――集まったようですね」

と和音は一同を見回した。

越屋辰夫。

楠田悟。

水浜秋。

原井清美。

「……何やら重要なお話があるとのことでしたが」楠田が言う。「いったいなんのご用でしょう。まさか、また殺人が起こったわけではないでしょうね。見たところ戸嶋さんと……それに、密様もいらっしゃらないようですが……」

「違います。殺人は起きていません」

動揺が波風のように広がりかけたのを、和音は素早く制した。

「戸嶋さんがいらっしゃらないのは、まだお休み中ということだからです。それと、神室さんは事後処理に備えていくつかやっておかねばならないということで、この場にはいらっしゃいません」

半分嘘だ。実際にはそれ以上に、密自身が、この場に居合わせることを強く拒んだという背景がある。和音の再度の説得に対しても、終わった事件を蒸し返すべきではないという密の態度は変わらなかった。

「では、私たちは、どういう理由でここに集められたのでしょう」

原井が言う。寝起きの招集ということもあってか、スーツではなくブラウス姿だった。

「探偵が事件関係者を集めてすることといえば、相場は決まっているでしょう」和音の声が食堂に通る。「謎解きですよ。今から私が、ここで起こった事件を解決し、その犯人を明らかにしたいと思います」

◆　◆

「――事件を解決する、というのは」原井が眉間にしわを寄せる。「つまり、昨日までに起こったふたつの事件を解決する、ということですか？　しかし、それはもう――」

「ふたつではありません、三つです」言葉尻を待たずに、和音は答えた。「平坂さんは自殺ではありません。彼もまた、殺害されたんです。だからこそ、私は三人を殺した真犯人を示さなければなりません」

今度こそ、一同の間に動揺が走る。互いに視線を交差させ、その合間に和音の表情をうかがう。和音はそれが収まるのを待って、「まずは平坂さんの死が自殺ではないという根拠から説明しましょう」と切り出し、延長コードの話を持ち出した。犯人は第二の殺人において、遺体を移動させる必要があった。

その原因はトリックに用いるコードの長さが足りなかったことであると考えられる。だが、犯人として断定された平坂の部屋には延長コードが遺されていた。もしも彼が犯人だとすれば、わざわざ遺体を動かさずとも、それを取ってくればトリックを実行できたはずだ――

「――以上のことから、平坂さんの遺書は第三者によって捏造されたものであるという結論が導き出せます。遺体を動かす必要がなかった以上、平坂さんが犯人だということはあり得ない。よって彼の死は自殺ではなく、他殺ということになる。おそらく犯人はお手洗いに立つなどのために部屋を出た隙に、室内にあった酒に毒物を混入させたのでしょう。あの酒は味が濃く、度数も高かった。毒物が混入していたとしても、平坂さんがそれに気付かず口にする可能性は高い。ここまではおわかりいただけたでしょうか」

「それは……ええ。しかし……」今度は楠田が眉をひそめた。「あなたの言うことが正しいとすれば、それはつまり、昨夜の結論を覆すも同然のものじゃありませんか。あのとき密様によってなされた謎解きによれば、これまでに起きたふたつの事件の内容を踏まえて容疑者を絞っていくと、犯人たり得る人物は平坂くんただ一人であったはずです。あなたは密様のおっしゃったことが間違っていたと、そう言いたいんですか」

「……その通りです。彼の推理は、間違っていた」

和音は頷き、すぐに「ですが」と続けた。

「それは無理もないことだったんです。謎解きの中で、神室さんは犯人のことを、理屈と計画に基づいて犯行に及んでいると評していました。しかし、実際のところ、この事件の真犯人は、その評価ではなお不足があるほど、徹底的に、事件そのものをコントロールしていたんです。そしてそれは、事件をどのように解決させるか、という部分にも及んでいたんです。証拠や他者の行動を注意深く管理し、平坂さんだけが唯一犯人たり得る条件を満たした上で、自殺に見せかけて殺害し、自分を容疑者圏外に置く。犯人はそうすることで、安全地帯を確保したんです。私たちは、犯人の掌の上で踊らされていたんです」

殺人の恐怖と密室の謎、そして陰惨な犯行。それが和音たちを愚昧《ぐまい》な案山子《かかし》にし、事件の解決という脱出口に群がらせた。

「未解決の事件には誰もが注意を払う。しかし、一度解決してしまった事件、解き明かされてしまったトリックについては、それ以上深く考えをめぐらせる人間は稀でしょう。犯人の狙いは、そこにあったんです。私たちを間違った真相に誘導し、事件を解決させてしまう。はりぼての論理によって、真実は覆い隠されてしまう――。だからこそ、今ここで、私がその計画を打ち砕かないといけないのです――名探偵、安威和音として」

踊らされるのはここまでだ、と和音は自分を奮い立たせた。これ以上、犯人の好きにさせるわけにはいかない――

「それでは本題に入りましょう。是臼真理亜、林桐一、平坂貴志の三人を殺害した『真犯人』とは、いったい誰なのか？」

◆　◆

「真犯人の正体を暴く上で、最初に考えなくてはならないのは、『真犯人はどのようにして容疑者圏外に出ることができたのか』です。言い換えると、『神室さんの推理はどこが間違っていたのか』ということになりますね。神室さんの推理において、平坂さんが犯人であると結論付けられたのは、彼以外に犯人たり得る条件を満たす人物がいないからでした。ですが、平坂さんが犯人ではなかった以上、その論理には必ずほころびがあったはずなんです。では、そもそも昨夜の推理における、犯人特定の条件とはなんだったのか。思い返してみましょう。限定条件は、大きく分けて四つありました。

まず、是臼真理亜殺害事件において、犯行とトリックの達成が可能だった者。……すなわち、事件当日の早い時間、まだ遺体の死後硬直が進んでおらず、トリックの実行が可能な時間帯に、十分な自由時間を有していた者。この条件に不適当な原井さんと水浜さんは、容疑から外れます。

次に、林桐一殺害事件において、トリックの達成が可能だった者。……第二の殺人においては、犯行があったと思われる時間帯全体に、確固たるアリバイを持った方はいませんでした。しかし、犯人が密室トリックを実行したまさにそのときである停電時に、私と神室さん、そして楠田さんは一緒にいました。このため、三人のアリバイは証明され、犯人ではないということになります。

三つ目は、犯行を可能とする身体能力を有すること。犯人はそれぞれの事件において、被害者を死に至らしめたのみならず、その遺体を切断するといった行為に及んでいます。それを踏まえて考えると、小柄な女性であり、更に高齢の戸嶋さんが犯人である可能性は限りなくゼロに近いでしょう。

そして最後に、第二の殺人において、遺体を動かす必要があった者。延長コードの問題に際しても説明した通り、犯人は林さんの遺体を犯行現場内で移動させていました。それは洋室側の扉からだとコードの長さが足りなかったためであると推定され、遺体を動かさずとも、自室のコンセントを使えば犯行が可能であった越屋さんは、犯人たり得ないと見なされました。

……以上、四つの条件によって容疑者は限定され、唯一すべてを満たした平坂さんこそが犯人であると結論付けたのが、昨夜の神室さんによる推理の流れでした。しかし、平坂さんが犯人でないと明らかになった今、これらの条件の中に間違いが含まれていることは、はっきりしています。では、間違った条件というのはいったいどれだったのでしょうか。真っ先に考えられるのは、第四の条件、林さんの遺体を動かす必要のあった者が犯人である、という条件が間違っていた可能性です。なぜなら、この条件だけは、ほかの三つと異なり、「××が不可能な人間は犯人ではない」というものではなく、「××をする必要がなかった人間は犯人ではない」というものだからです。つまり、この条件によって容疑者から除外された越屋さんにも、林さんの遺体を移動させることは、する必要がなかったというだけで、可能ではあったんです。そして、平坂さんが自殺に偽装されて殺されたことで、犯人が最初から第一、第二のふたつの事件を解決させ、平坂さんを犯人に仕立て上げることは計画のうちであったことがはっきりした今、越屋さんには遺体を動かす動機が改めて浮上しました。それこそが、『平坂さんが犯人であると断定してもらうために遺体を動かした』というものです。林さんを殺害したあと、現場の洋室側扉でトリックを完遂してしまうと、平坂さんを犯人に仕立てることができないばかりか、自室をトリックに使用可能だった人間――すなわち自分自身が犯人であるということになってしまう。また、最初から和室側で林さんを殺害した場合も、自分と平坂さん、どちらが犯人であるかが第三者にはわからなくなってしまう。その問題を解消するため、越屋さんはあえて洋室側で林さんを殺害し、それから和室側に遺体を移動させることで、『遺体を移動させる必要のなかった自分＝越屋辰夫は犯人ではない』という論理を作り上げ、自分を容疑者候補から外し、同時に平坂さんを唯一犯人の可能性がある者として残すことに成功した――」

長々とした和音の推理を聞いているうちに、越屋の顔はみるみる青くなっていった。唇を震わせ、じっと和音を凝視している。おそらく膝の上に置かれた手は、握りこぶしの形になっているだろう。和音は少々罪悪感にさいなまれながら、「――という理屈が通りそうなものですが、これはまったくあり得ないことです。越屋さんは犯人ではありません」と続けた。

越屋は一瞬ぽかんとした表情になったが、今度はさっと顔を赤くして、

「わ、和音さん、あなたですね……それはいくらなんでも、ひどいんじゃありませんか。ドラマか何かじゃないんだから、そんな心臓に悪い言い方をしなくたって……」

と口をとがらせた。

「す、すいません……」越屋の剣幕に、和音はたじろいだ。「しかし、自分が犯人でないことは、ご自身が一番よく理解していると思っていましたので……。第一、越屋さん、あなたにはアリバイがありますから」

「アリバイ……？　いや、それがないから、僕は最後まで容疑者に残っていたんじゃ……」

「それは第一、第二の殺人においての話です。第三の殺人……平坂さんが亡くなったと思われる時間帯、あなたには食堂にいたというアリバイがあるじゃないですか」

あっ、と越屋が浮かせかかった腰を椅子に下ろした。和音はひそかに胸を撫で下ろしながら言う。

「平坂さんが犯人ではない以上、彼の死は当然、自殺に見せかけた殺人ということになります。つまり、彼と別れたあと、事件が発覚するまでの間、食堂でずっと水浜さんと一緒にいたという越屋さんは犯人ではない。仮に毒物をあらかじめ酒瓶に入れていたとしても、神室さんからドライヤーを奪ったり、それを平坂さんの部屋に置いたりといった工作は、どうやっても不可能です。よって、第一、第二の事件

だけに関して考察すれば、平坂さんの次に犯人たり得る可能性が高い越屋さんも、真犯人である可能性は皆無に等しい、ということになるんです」

「つまり……僕は犯人じゃない、ということですね」越屋は椅子の上で、脱力したように体を伸ばした。「それを聞いて安心しましたよ……」

「……ですが、安威さん」原井が腑に落ちないといった様相で言った。「それだと尚更、奇妙なことになりませんか。生存者の中で、是臼・林両名を殺害し、トリックを実行できた人間は越屋さんしかいない。なのに、越屋さんもまた、平坂さんを殺害することはできないから、犯人ではない。つまり……」

「そう、昨夜の推理に基づくと、犯人たり得る条件を満たす人間はいない、ということになってしまいます」和音は堂々と言った。「これはいったい、どういうことでしょう。私たちは大きな間違いをしているのでしょうか。たとえば、戸嶋さんには体力的に犯行が不可能だというのは真っ赤な間違いで、彼女の様子はすべて演技であり、年齢と外見に不相応の身体能力で、三人の被害者を手にかけていった、というような突飛な発想を除けば、考えられる可能性はひとつ。第一の殺人と第二の殺人、どちらかの密室のトリック解明が間違っていたということになります。犯人が実際に用いたトリックは、昨夜述べられたものとはまったく別のものだったんです」

「……そこまで言い切るということは、もちろんその『まったく別のトリック』がどんなものなのかは、おわかりなんですね？」半信半疑よりだいぶ疑念に傾いた様子で原井が尋ねる。「それを見つけ出すのは、口で言うほど簡単なものには思えませんが」

「もちろんです。そうでなければ、こうして皆さんを呼び集めたりしません」和音は臆さず答えた。

「ふたつのトリック解明のうち、どちらかが間違っている可能性がある。そこに思い至ったとき、私はふと、ある疑問点について思い出しました。――林さんの、煙草です」

「煙草？」

原井が首をかしげる。

「ええ。林さんは随分な愛煙家で、ここに滞在している間も、しばしば喫煙していました。それは私より皆さんのほうが、よくご存じだと思います。そして、彼は自分の煙草を、シャツの胸ポケットに入れていた。これもほとんどの人が記憶されているはずですね」

和音の言葉に、一同はめいめいに頷いた。それを確認して、和音は「ところが」と続ける。「第二の殺人が発生し、私が林さんの遺体を確認したとき、胸ポケットには煙草が入っていませんでした。代わりに、そこには部屋の鍵が入っていたんです。本来そこにあったはずの煙草は、現場検証の際に、ズボンのポケットから見つかりました。そして、林さんが殺される直前に食堂から出て行ったとき、彼はズボンのポケットから部屋の鍵を取り出していたんです。つまり、林さんが遺体となって発見されたとき、部屋の鍵と煙草の位置が入れ替わっていたことになります。……もちろん、これは林さんの気まぐれや、犯人の失念によるものとも考えられます。しかし、もしこれが犯人にとって、必要なことだったとすればどうでしょう。言い換えるならば、電気コードを使った第二の殺人のトリックの裏に、犯人が用いた真のトリックが隠されており、それを決行する上で、この『煙草と鍵の入れ替え』が、外すことのできない要因だったとすれば、そこから真のトリック、ひいては犯人の正体に迫ることができる可能性がある。私はそう考え、この一点に注意しながら、第二の事件の流れを思い起こしました。そして――」

和音は軽く息を吸った。

「そして私は、ひとつの疑問に思い至りました。あなたの発言に対するものです」

和音はそう言って、テーブルを囲むうちの一人を、まっすぐに見据えた。

「あなたはどうして、『お二人』と言ったんですか、楠田さん」

◆
◆

「……おっしゃっていることの意味が、よくわかりませんね」

楠田悟は一瞬無表情になったが、すぐに当惑したような苦笑を見せた。その表情は相変わらず温和で、ベテランの教師のようにしか見えない。

「すみませんが、もう少し具体的に説明してもらえますか」

「いいでしょう。今の質問だけでは、ほかの皆さんにもよくわからなかったでしょうからね」和音はそう応えた。「私が気になったのは、事件が起こったあとで、食堂に集まって状況確認をしていたときの、あなたの発言です。現場が密室だったことが問題になったところで、平坂さんから『実は鍵なんてかかっていなかったのでは』と尋ねられたあなたは、こう答えましたね。『もしも鍵がかかっていなかったとすれば、解錠したお二人が気付かないはずはない』と」

「かもしれませんね。それが何か？」

「どうして『お二人』なんでしょう。スペアキーを取りに行ったのは神室さんですから、鍵を開けたのは彼であると考えるのが自然なはずなのに。つまり、あの発言は『解錠した密様が〜』とならないとおかしかった」

「そうでしょうか。私にはどちらでも同じことのように思えますが……」楠田は首を振った。「第一、その違いがいったいどういう意味を持つと言うんですか」

「あるんですよ。大きな意味が」和音は言う。「そしてそれこそが、あなたの使ったトリックの急所だった。……ややこしい話になりますから、最初から細かく説明していきましょう。楠田さん、あなたはまず、私が神室さんの部屋を訪れるよりも前に、林さんの部屋を訪れて殺害を決行します。そのあと、遺体の首を切断し、室内を引きずって移動させる。あとで説明しますが、これには電流のトリックが使われたと偽装するほかにも意味がありました。加えて、洋室と和室の間にある障子の開き具合を調整し、洋室側の入り口からは、和室側のドア付近が見えないようにすることも必要となります。それから楠田さんは西側のドアの前に遺体を設置します。ただし、内鍵に頭部を押し付けたり、そこに腕を絡ませたりといったことはせず、遺体発見時と同じ状態……首は体の前まで落ち、ドアに胴体がもたれた状態で、です。ここで注意しなければならないのが、遺体の首から肩にかけての部分で、内鍵のツマミを隠してしまうことです。そこまで終わったら、あとは部屋を出て、遺体から回収した鍵で施錠する」

「……待ってください。現場の鍵は、林さんの胸ポケットから見つかったはずでは？」

まだ事態の全貌を呑み込めていないらしい越屋が質問すると、和音は「その通りです」と頷いた。

「楠田さんは何も複雑なトリックを用いてあの部屋を閉めたわけではなく、ただ単に鍵を使って施錠しただけだったんです。……説明を続けましょう。現場を離れた楠田さんは、私と共に神室さんの執務室へ向かいます。たまたま私が自ら出向いていたため手間が省けた形になりましたが、もし私が自室にいても、事件について報告したいことがあるとか、理由を付けて連れ出すことはできたはずです。ともあれ私たちと合流したあと、楠田さんはしばらく様子をうかがい、機を見て停電を発生させます。停電を起こすのに使ったのは針金か何かだと思います。Uの字形にしてコンセントに突っ込めば、それだけでショートが起こって停電しますから、さりげなく壁際に移動して仕掛けるのは難しい仕事ではなかったはずです。さて、停電が発生したあと、電気を復旧させた私たち——私と神室さん、そして楠田さんは、その原因らしき男性棟へと走りました。そうやって念入りに舞台を整えた上で、あなたは一世一代の大芝居を打ちました」

和音は自らもあのときの情景を思い出しながら言う。

「林さんの部屋は廊下の内周に位置しており、外周側の部屋にくらべるとやや大きく、洋室と和室が繋がった造りになっていました。扉もそれぞれの部屋にひとつずつです。こういった点は実際に住んでいる皆さんには言うまでもないことかもしれませんが、しかしこれから説明するトリックにおいては非常に大きな意味を持っているので、あえて確認させてもらいました。さて、現場に駆けつけた私たちは、まず扉の下から漏れた血痕に気付きます。最初に発見したのは私でしたが、誰も気付かなければ楠田さん自身が、たった今見つけたように、私たちに伝えるつもりだったのでしょう。ともあれ、この時点で私と神室さんは室内で何かが起こっていると判断します。そこで扉を開けようとするが、鍵がかかっている。当然廊下を回ってもう一方の扉も確認しますが、こちらも開かない。さて、そうなると室内の様子を確かめるためにはスペアキーが必要になります。これは神室さんが執務室の金庫に入れており、暗証番号はほかの誰も知らないわけですから、彼が取りに行かざるを得ない。現場の外には私と楠田さんだけが残ります。ここで楠田さんは、『もしも犯人がまだ中にいるとすれば、反対側の扉から逃げ出すかもしれない』ということを口にしました。そのとき私たちは和室側に移動していましたから、反対側というのは最初に血痕を発見した洋室側の扉ですね。また、発言内容も客観的に見れば至極当然です。このとき私は慌てて洋室側の扉へ向かい、そこがまだ施錠されていることを確認しました。このとき私がその場にとどまり、楠田さんを東側へ向かわせる可能性もありましたが、探偵として事件を解決する役目を負わされている私は率先して行動を取るだろうという予想があったのでしょう。さて、こうして私と楠田さんは、それぞれ部屋の両側、二枚の扉の前に分かれて立つことになりました。これはつまり、お互いの姿が見えなくなったことを意味します。そして楠田さん、あなたはこのチャンスを利用して、次の行動に移った」

和音は楠田に向き直って言った。

「あなたは遺体のもたれている西側の扉の前から、『鍵は開けられていませんか』などと大声で私に呼びかけながら、隠し持っていた鍵ですばやく扉を開けた。解錠の音はさほど大きくないから、声によってかき消されます。また、心在院の個室は防音がしっかりしていますから、外の騒ぎを聞きつけて、自室にいる誰かが顔を出す危険も少なかった。ともかく、あなたは和室側のドアを開け、すぐ内側にあった遺体の胸ポケットに、持っていた鍵を滑り込ませた。そして遺体が倒れないように注意しつつ、静かに扉を閉めます。こうして鍵は部屋の中に戻されました」

「ですが、それだと問題は解決していませんよ」原井が言った。「鍵を室内に戻したということは、つまり外から鍵をかけることができなくなったということですから」

「その通りです」和音は頷く。「ここからが最後の難問です。楠田さんはいかにして、鍵のかかっていない扉を、施錠されているように見せかけたのか。それを明らかにするために、事件発覚当時の説明を、更に続けましょう。楠田さんが和室側の扉を閉めたあと、スペアキーを手に戻ってきた神室さんは、まず東側の扉の前にいた私に鍵を渡します。最短距離で戻ってくれれば、まずそちら側の扉にたどり着きますからね。そして、解錠し扉を開けた私は部屋の中に飛び込み、扉のすぐ内側にあった血溜まりと、和室へと続く血痕を目にします。ですが遺体そのものは見えません。先ほども言った通り、洋室と和室の間にある障子が半分閉まった状態になっていたからです。そこで私は血溜まりを越えて、奥の和室がどうなっているのか様子を見に行きます。一方で神室さんは、楠田さんの『こちらにも鍵を！』という声を受け、私から鍵を受け取ると、廊下を走って西側の扉へと向かいます。その間に私は遺体が引きずられてできた血痕に従い、洋室から和室へと進み、首を切り落とされた林さんの遺体を発見します。さて……」

和音はそこでちょっと言葉を切った。

「神室さんが自分の元に鍵を持ってきて、扉の向こうには私がいる。内と外の両側から監視されているこの状況で、あなたはどのようにして、鍵のかかっていない扉が施錠されていたように見せかけたか。その方法は、馬鹿馬鹿しいまでに簡単なものでした。あなたは単にドアノブを回し、扉を開けただけだった。それだけの行為で、私たちは部屋の鍵がたった今までかかっていたものだと勘違いしてしまったんです」

「は？」原井が、話にならないという風に首を振る。「どういうことです、鍵がかかっていると判断したのは、単なる思い込みだったと？」

「そう、私たちは思い込んでしまったんです。あのとき、私と神室さんは、扉を挟んで対峙していた。私たち二人はそれぞれ、鍵を開けたのは相手のほうだと考えてしまったんですよ」

◆

◆

「部屋の内側にいる私からは、当然鍵を開けたのは神室さんか、あるいは彼から鍵を受け取った楠田さんに見えました。まさか、神室さんがスペアキーを取りに行っている間に、扉の鍵が開いているとは思いませんからね。加えて、内鍵のツマミを見て、鍵の開閉を認識することもできなかった。なぜなら問題のドアには、林さんの遺体がもたれかかっていたからです。では神室さんのほうからは、一連の流れはどのように見えたか。……おそらく彼は、自分が鍵を手渡す直前に、ノブをひねって扉を開ける楠田さんの姿を見たのでしょう。逆に言うと、そのタイミングを見計らって、楠田さんは扉を開けたんです。だから、室内にいる私が、内鍵をひねって扉を開けたと思い込んだ。……楠田さん、あなたが状況説明のとき『お二人に鍵を開けてもらうまで』という言い方をしたのは、まさにここに理由があります。あなたは絶対に、和室側の扉の鍵を開けたのは誰か、ということを話題にさせるわけにはいかなかった。当然です、そうなれば私も神室さんも解錠していないということが、すぐにわかってしまいますからね。つまりあの発言は、あなたにとってギリギリの賭けだった」

「しかし……それは、あまりにも偶然に頼った方法じゃありませんか？」

越屋が腕組みをする。和音は首を横に振った。

「とんでもない。私たちの行動は、すべて計算され、予測されていたんです。たとえば洋室側の鍵を外したあと、私が神室さんと一緒に廊下を走ってくる可能性はあったでしょうか。あり得ませんね。目の前にある扉を開けた以上、私は必ず中の様子を探るはずでした。そして室内に残された血痕をたどって、すぐに奥の和室を確認しようとするであろうことも、まず間違いない。では神室さんが私と一緒に室内を抜けてくる可能性は？　なおあり得ません。なぜなら、神室さんは血液に触れられなかったから。血にトラウマを持つ彼が、大きな血溜まりを越えて、東側の扉から室内に踏み込むことはあり得なかった。

だから部屋の反対側から呼びかければ、彼が廊下を通って自分の元へ来るであろうことは、楠田さんにはわかっていた。つまり、洋室側の扉が開かれた時点で、私たちのそこからの行動は確定していたんです。だからこそ、あなたは危ない橋を渡ることができた」

和音はそう言って楠田を見た。

「これが第二の殺人において用いられた、真のトリックの全貌です。……何か反論はありますか、楠田さん」

「…………ええ」

卓上で手を組んだまま、じっと和音を見つめていた楠田に、全員の視線が集中する。彼は溜め息とも安堵の息ともつかないものをふう、と吐き出して、しばし目を閉じる。

「よくわかりました」

そして楠田は目を開けると、再び和音に向き直った。

瞬間、和音の背に冷たいものが走る。

急所にナイフを突きつけられているような——いや、今まで気付いていなかっただけで、本当はもうずっと前に、刃で体を貫かれているような恐怖。

楠田の目は、罪を認める殺人者のそれではなかった。悲しげな、それでいて罪を赦そうとする目——

和音はその目に既視感があった。

これは——断罪者の目だ。

「和音さん——」楠田は言った。「あなたが、犯人だったんですね」

◆

◆

和音は内臓が裏返ったような気分を味わっていた。たった今の一言で、まともに思考が働かなかった。それでも、尋ねずにはいられなかった。

「どういう――どういうことです、私が犯人というのは、そんな――」

「部屋の中に鍵を戻す機会があったのは、何も私一人ではない、ということです。確かに林さんの部屋で異常が発生しているらしいとわかり、密様が鍵を取りに行ったとき、私とあなたは東西それぞれの扉の前で分かれて待機することになった。あなたの推理だと、ここで私――楠田悟だけが、室内に鍵を戻す機会を持っていた、ということでした。でも、それは違う。和音さん、あなたもまた、密室の中に鍵を戻す機会があった人間なんですよ。なぜなら、あなたは事件が発覚したあと、一番に犯行現場に立ち入っているからです」

「――――――」

「密様はスペアキーを持っていらっしゃったとき、まずあなたのいた洋室側の扉を開け、それから私のいる、和室側へと回られた。その間、あなたは室内に立ち入り、私たちよりも早く、現場の検分を始めていた――そう、あなたは、部屋の鍵が開かれた直後、たった一人で、林さんの遺体に近づくことができたんです。だとすれば、そのとき遺体のシャツに、自分の隠し持っていた鍵を戻すのは、難しいことではない。あなたはそうやって、密室の謎を作り上げたんです。少なくとも、私にはそう考えるよりほかにない。何しろあのとき、私の立っている扉の鍵を開けたのは、部屋の中にいるあなただったんですから」

「私が——鍵を？」

嘘だ。自分は内鍵に触れていない。和音がそう言うよりも早く、楠田は「そして」と続けた。

「あなたが先ほど述べた、現場の状況の理由付けは、私の推理によっても同様に説明することが可能です。部屋に入ってすぐのところに大きな血溜まりを残したのは、密様が自分に続いて入室しないようにするため。遺体の胸ポケットに煙草が入っていなかったのは、あなたの推理同様、素早く鍵を戻すため。そう考えれば、なんら不思議はありません。そしてあなたには、第一、第三の殺人に際してのアリバイがない。私だけでなく、あなたもまた、犯人たり得る条件を、十分に満たしています。そして何より、私は自分自身が犯人ではないことを知っている。だから、こう言うしかないのです——犯人はあなたです、和音さん」

和音の脳裏には楠田と自分が鉄格子を挟んで対峙するイメージが浮かんでいた。たった今まで、和音はその檻《おり》が楠田を囲んで徐々に狭まっているのだと思っていた。いや、実際にそうだったのだ。それが、彼のたったひとつの言葉によって、立ち位置を入れ替えられた——

檻の中にいるのは、和音だった。

「私は——犯人じゃない」そんな主張が無意味だという理解は遅れてやってきた。和音は本能的に言葉を紡いでいた。膝まで浸った泥沼から、脱出しようと必死にもがくように、逆効果であるとわかっていても、恐怖が理知的な行動を阻害していた。

和音と楠田、二人に向けられる目。たった今まで自分の味方だったそれらは、今どちらに付くか決めかねていた。その心の揺れ動きが、振動となって和音の脈拍を上げているようだった。

ひどく、頭が重い。

「たとえ――たとえ、私にそれができるとしても、それがすなわち、あなたの無罪を示すものではありません。あなたにかけられた嫌疑を否定するものは、まだ存在しない。それに――」

よせ、と心の中で誰かが叫んだような気がした。相手の論理にのっとった反論をしてはいけない。相手の土俵で戦っては――。

しかし、和音は自分を律することができなかった。この言葉が自分を救ってくれるはずだという妄信にも近い感情が、せきを切って溢《あふ》れていた。

「私には動機がありません。偶然この場所を訪れただけの私が、どうして三人もの人間を殺さなければならなかったというんです」

口にした瞬間、和音はかすかな解放感を感じた。

あるいはそれは、電気椅子のスイッチを自ら押すような感覚だったかもしれない。

楠田は首を横に振った。

「いいえ、あなたには動機があります。あなたは自らを名探偵にしたかった。あなたは私に罪を着せたかった。あなたは、あなたの名探偵の敵討ちがしたかった。――そうですね? 『二代目』安威和音さん」

衝撃は遅れてやってきた。

◆
◆

「違和感を覚えたのは、是臼さんが亡くなった日の、ちょっとした会話がきっかけでした。和音さん、あなたの車の運転席には『A to Z』と刺繡が入っていますよね。あれは最初、企業の社名かロゴマークだと思っていましたが……なんのことはない、『最初から最後まで』、『アイウエオからワオンまで』……つまるところ、『安威和音』をもじって入れたものだったんですね。しかし――」

そこで楠田は、背後に目をやった。

「原井さん、あなたは是臼さんの遺体が発見された日の昼間、和音さんの車を借りて、ライトバンを回収しに行っていますよね。そして戻ってきたとき、あなたはこうおっしゃった。『シートのサイズが合わなかった』と」

原井は返事をしなかった。しかし沈黙を肯定とみなしたらしい楠田は、更に続ける。

「原井さんと和音さんは、ほぼ同じ体形といっていいでしょう。つまり、あの車の運転席は、特注で記名をしているにも拘わらず、和音さんにとって体に合わないものだということになります。これはいかにも奇妙です。そして更にもう一点、奇妙なことがあります。同日の夜、是臼さんの死を受けて、我々が今後の動向を話し合ったときのことです。林さんが、以前に聞いたことのある、探偵・安威和音の噂として、巨漢を投げ飛ばしたというものを挙げておられました。林さんはそれを、とんだ誇張だと笑っていらっしゃいましたが、今申し上げたシートの問題と併せて考えると、ある仮説が浮上します。――すなわち、林さんが風の便りにその活躍を聞いた、かつての名探偵であり、そしてあの車を購入した探偵・安威和音と、今ここにいるあなたとは別人ということです」

和音は何も言わない。

「それでは、あなたはいったい誰なのか。一人の人間に成り代わるというのは、そう簡単なことではありません。相手に近しい人物でなければ不可能です。そこから察するに――あなたは名探偵・安威和音の助手だったのではありませんか？　そして本物の――いえ、初代・安威和音は、今はもうこの世にいない。事故によって、亡くなってしまった。そう、私が五年前に殺してしまったあの青年こそが、本物の名探偵・安威和音だったんですね」

和音は何も言えない。名探偵ではない彼女には、反論の言葉が思いつかない。

◆◆

和音の脳裏にありし日の記憶が蘇る。忘れたくはないが、思い出したくもない、永遠に心の奥の小箱に鍵をかけて封じ込めておきたい記憶。二度と見たくないはずなのに、繰り返し思い出している気のする風景。

記憶の中で、和音はベッドに横になっている。ある程度の意識は外界に向けられているのだが、まだ眠気を完全に頭から追い出すことができず、半覚醒のまま、起き上がれずにいる。雨と低気圧のせいで片頭痛がすることも、体の不自由さに拍車をかけていた。

そんな彼女の姿を、かつての和音が――名探偵であり、和音のパートナーである安威和音が見ている。短く刈った髪と、コートを羽織った引き締まった長身。その瞳の中には、誰もが理知と勇気のきらめきを見るだろう。和音は彼の助手であり、彼は和音の憧れだった。和音はただ、彼の隣にいられればよかった。彼の姿を眺めていられる助手席こそが、和音にとっての至福の場だった。

先に起きた和音は、自分で淹《い》れたコーヒーを飲みながら、しょうがないなといった風な笑顔でこちらを見ている。和音の不調はそう珍しいことではなかったから、彼も心配はしていない様子だった。ただ、手のかかる子供を見守るように、彼女が起き上がるのを待っている。けれど、コーヒーが空になりかけたころ、彼はとうとう諦めた様子で、先に行ってるから、目が覚めたら電話してほしい、とカップの中身を飲み干して、立ち上がった。以前にもたびたびあったやりとりだった。ベッドの中の和音は、気だるさが引くのを待ちながら、かすかに頷く。それを確認すると、和音はマグカップをシンクに置き、鞄を手にすると、行ってきます、と告げて玄関へ向かった。靴を履く音、ポーチから鍵を取る音、そして解錠と、ドアの開く音を聞きながら、和音は再び眠りの中へ落ちていった。雨の音が激しく響いていた。

和音が次に目を覚ましたのは、それから二時間後、時刻が朝から昼に変わろうとしている頃だった。繰り返し鳴り響く携帯電話の着信音が、穏やかな眠りから彼女を覚醒させた。彼からだろう、と決まりの悪い心地で電話に手を伸ばした和音は、表示されている番号が見知らぬものであることに、かすかな胸騒ぎを感じた。


通話ボタンを押すと、相手は和音の素性を確認し、そして続けた。

あなたのパートナーが事故に遭って病院に搬送されました。

本人のご家族にも連絡を取ってあります。あなたも急いでこちらまでいらしてください。

今ならまだ、間に合うかもしれません。

そこからしばらくのことは、和音にとって思い出すのが一層難しい。胸を締め付けられるような記憶であると同時に、回想できる内容そのものが、早回しのDVDか、あるいは走馬燈《そうまとう》のように、断続的であり、刹那のうちに流れていってしまうものであるからだった。実際、その期間は和音にとって、意識が動転したまま、無数の事態に対応せねばならないものだったからなのだろう。

再び安定して思い出せるのは、彼女が一人、自室にいるときの情景だった。彼の死にまつわる雑事を一通り終わらせ、形見として受け取った、いくらかのもの——たとえばクーペの鍵や、名刺入れと大層な肩書き入りの名刺、それに彼が愛用していた手帳——を卓上に置いて、和音は呆然としていた。

和音にとって、和音との生活は人生のすべてだった。それが突然に失われ、彼女もまた、死んだも同然だった。

——いっそ、本当に死んでもいいかもしれない。

そんなことも考えた。けれど、心残りがひとつ目の前にあった。

使い古された、一冊の手帳。

和音の家族は、これを自分たちの手元に置いておこうとはしなかった。だからこそ、和音にこれを渡したのだ。それはつまり、彼らが名探偵・安威和音の活躍に興味がなかったからではないか。ならば、今私が死んだとすれば、この手帳の中身は、そのまま闇へと消えてしまうのではないか。

いや——それどころではない。

一人の名探偵の、存在そのものが、風化し、忘れ去られてしまうのではないか。

考えているうちに、自然と手帳に手が伸びていた。

彼と彼女がこれまで遭遇してきた事件の数々。その中で見聞し、考えたこと——それが、手帳の中には事細かに書かれていた。

ある時は都会の一角で。

ある時は旧家の邸宅で。

ある時は絶海の孤島で。

ある時は吹雪の山荘で。

ある時は、ある時は、ある時は――

それらは往々にして、陰惨な出来事について綴《つづ》ったものであったけれど、しかしそこには、二人で歩んできた道が、探偵と助手の物語があった。彼女は嗚咽《おえつ》しながらそれを読み、決意した。

彼は死んでしまった。けれど、安威和音を死なせてはならない。

名刺入れを手に取り、中の一枚の文字を読む。

名探偵、安威和音。

そうだ、その肩書きと名前の下で紡がれてきた物語を、ここで終わらせてはならない。

そして彼女は、安威和音になった。罪を暴き、人々を守る盾に。かつての和音がそうであったように。

だからこそ、今や彼女を守るものは、何もなかった。

◆◆

今、名探偵になろうとした和音は、なりきれないまま、仮面をはがされて、呆然と立っていた。周囲の人々が、動揺と懐疑のこもった目で彼女を見る。けれど、和音の正面にいる楠田だけは、奇妙に穏やかな表情をしていた。

彼は今、自分が安威和音を殺したと言った。

和音は考える。そうなのだろうか。そうなのかもしれない。きっとそうだ。そうだとすれば説明が付く。彼を喪《うしな》ってからというもの、ずっと不思議に思っていたのだから――

名探偵・安威和音が、単なる事故で死ぬはずはない、と。

彼に相応しいのはもっと、意味のある、名誉の死だ。物語の中の、名探偵のように。

そうだったのだ。彼は殺された。周囲の人々は間違っていた。私が、私だけが、彼の死に潜む謎を、心の深層で察知していた。だから――今、私はこうして、ここにいる。彼を殺した真犯人と、対峙している。そう考えれば、なんの不思議もない。

では、ここで起こった事件は？

楠田の言う通り、自分がやったことなのだろうか、と和音は逡巡する。そんなはずはない、と理性が言う。けれど、それより強く、それでもいい、と本能が訴えた。自分が犯人であるならば、楠田の言ったことも真実になる。彼こそが安威和音を殺害した犯人であり、和音はそれを追ってここに来た。

そして、安威和音の死は、無意味なものなどではなくなる。

「大層なことを喋ってきましたが、私には結局、あなたの心の内を完全に見通すことはできません」楠田が言う。「あなたが本当に求めていたのが復讐だったのか、口封じだったのか、それともまったく別の何かなのか」

――私は何がしたかったんだろう？

和音は考えた。答えは出なかった。

「ですが――それでもひとつだけ、はっきりしていることがある」

そう言って、楠田は和音に何かを手渡してきた。

周囲の人々が息をのむ気配がする。

「私には罰を受ける義務がある――安威和音を殺した、私には」

和音は自分の右手に握らされたものを見た。

それは一振りの鉈《なた》だった。

ああ。

そうか。

そうだね。

考えるのが、ひどく億劫《おっくう》だった。もう何も考えたくなかった。ただ、何か大きなうねりのようなものに身を任せている心地よさがあった。

和音は鉈を振り上げた。


「和音さん！」


奇妙なことに、その声を知覚するよりも先に、反射的に自分の右腕が止まったような感覚が和音にはあった。

楠田が驚きを顔全体ににじませて背後を振り向く。

和音も首を動かしてそちらを見た。

「そこまでです。……もう、そこまでにしましょう」

神室密が、そこにいた。

第十章　密室は御手の中

「どうやらあなたは」密は、その場の雰囲気などお構いなしといった様子で、和音の元に歩み寄ってきた。「僕の期待を裏切るのが本当に、本当にお上手《じょうず》なようですね。いいですか、和音さん。あなたは犯人ではない、違いますか」

「……違わない。私は犯人じゃない」和音は言う。「でも、それを証明できるのは私自身の記憶だけです。証明することは――」

密は言葉尻を待たずに「では」と重ねた。

「あなたが僕に言ったあの言葉は嘘ですか」

「あの……言葉」

「名探偵ならば徹頭徹尾論理に殉ずるべきだと。感情や衝動に流されることは推理に対する冒瀆だと。あの言葉は、出任せだったんですか」

「――――」

「それがあなたの神だというなら、心中する気で信じ抜けばいいじゃないですか！　信じ抜くことができないなら、気軽に神だの世界だのと呼ばなければいいんです！」

和音は振り上げた鉈をゆっくりと下ろした。

「でも――」和音の右目から一滴、涙がこぼれた。「証拠が――ありません」

「あります」密は断言した。「あなたの論理を裏付けるものは、かならずあります。あなたがあなたの神を愛していて、あなたの神があなたを愛しているというのなら。安威和音が安威和音を愛しているならば、それが道理というものです。もっともこれは、僕の論理ですが」

「あなたの――論理」

「そうです。そして、今本当に大事なのは、和音さん、あなたの論理です。さあ、ゆっくり考えてください、考えるんです。あなたの神について。安威和音と論理について」

和音はゆっくりと目を閉じた。すると、正面にいるのが、密ではない別の誰かであるような感覚を抱いた。

そのときふと、和音の頭の中に、つい今しがた浮かんだのと同じ問いが、再び浮かんできた。

――私は何がしたかったんだろう？

答えは、すぐに出た。思い出せなかったことが不思議なくらいに、もとより自明のことだったのだ。

あのときから――彼を失い、自分の存在意義もまた消えてしまったあの苦しみの中を、必死の思いで抜け出したときから、ずっと――

私は、探偵になりたかったんだ。

そして再び目を開いたとき、和音は迷いなく言った。

「皆さん、すみませんがもう少しだけお付き合いください。――これが、この事件における、私の最後の論理です」

◆　◆

「最初にひとつ、思い出してもらいたいことがあります」和音はそう前置きした。「平坂さんの死体が発見されたときのことを思い出してください。私と神室さんが山から下りてきたとき、私は水浜さんたちによって、平坂さんの死を知らされ、彼の部屋へと向かいました。そのとき、目にしたもので、何か印象に残っているものはありませんか？」

水浜がおどおどしながら口を開く。

「印象に……ですか？　ええと、まず布団と、その上に倒れている平坂さんが目に入って、口元には血がこぼれていて……」

「ほかには」

「テーブルの上に、酒瓶が置いてありましたね。僕の渡したものが……もちろん、渡したときには毒なんて入ってなかったですけど」越屋が言った。「あと、もちろんグラスもありましたね、布団の近くに倒れていたんじゃなかったかな。それから、例のドライヤーも」

「……ほかには、何か。直接事件に関係がなさそうなものでも結構です」

沈黙。ここまでか、と和音が考えかけたとき、水浜が言った。

「そういえば……カレンダーが落ちていました。猫の写真が大きくプリントされたものが」

「カレンダー」和音は声が上ずるのを抑えきれなかった。「……間違いないですね」

和音は念を押した。

「多分……」水浜が口をへの字にして、しばらく考えてから言った。「はい、確かにカレンダーは落ちてました。写真が印象に残ってるから、確かなはず」

「僕も見たから、間違いないですよ。水浜さんに言われるまでは忘れてましたけど、そういえばあった。平坂くん本人の話の中に出てきたから、ああ、これのことか、と思ったのを覚えてます」

楠田の眉が、かすかに動いた。

「……それを聞いて、安心しました」和音は二人に心から感謝した。いくら和音の脳内で推理が組み立てられていても、それを証明する術がなければ話にならない。「そう、遺体が発見されたとき、室内にあったカレンダーが、床に落ちていました。とはいえ、これ単体では、なんら不自然なものではありません。問題になってくるのは、その下にあったものです。……神室さん。覚えてらっしゃいますね」

「平坂さんの、携帯電話ですね」

「そうです。私たちが遺書を探すために彼の部屋に入ったとき、遺書の入った携帯電話は、カレンダーの下にあったんです」

「それの、どこに不可解な点があるというんです？」楠田が言う。「携帯電話がそこに置かれたあとで、カレンダーが落下した、それだけのことでは？」

「いいえ、そうではないんです。なぜなら、あのカレンダーは平坂さんが遺書を書き、携帯電話を発見された場所に置くよりもずっと前に落下していたものだったから。私と越屋さんは、それを示す発言を、平坂さん自身から聞いています」

頷く越屋。

「画鋲の針が折れてしまったという話ですね」

「そうです。私は昨夜、越屋さんの部屋を訪れた際、まだ生きている平坂さんと遭遇しました。そのとき彼は、林さんの遺体発見時の騒動の中、慌てて着替えているときに壁のカレンダーにうっかり手をついてしまい、留めていた画鋲の針を折ってしまったことを口にしました。また、そのとき彼は、替えの画鋲が見つからないとも言っていた。つまり、その時点で平坂さんの部屋のカレンダーは落下しており、彼が死亡する前後にも、ずっとそのままだったということになります。しかしそうなると、奇妙な問題が浮上する。なぜ平坂さんの携帯電話は、カレンダーの下にあったのでしょう？　カレンダーが落ちた時点で、携帯電話がそこになかったことは、平坂さんの遺書の内容からも、あるいは彼が私と越屋さんとの別れ際に、まさにその携帯電話で時間を確認していたことからも明白です。ならば、そのあとで携帯電話が置かれたとき、その位置は落下したカレンダーの下であることはどう考えてもおかしい。携帯電話はカレンダーの上か、あるいはまったく別の場所にあってしかるべきなんです。にも拘わらず、犯人はあえて、電話をカレンダーの下に置いた。意図的に、そうしたんです。それはなぜか。答えは簡単です。犯人にとっては、それが自然だと思えたからです。なぜなら犯人は、カレンダーが平坂さんの存命中に落ちたものだとは思わなかったから。彼の死後に起きたある現象によって、そこに落下したのだと思い込んだからです」

「なるほど……地震、ですか」

　密が言った。

「そうです。平坂さんの死が発覚する直前、短いながらも強く揺れる地震がありました。犯人はカレンダーの落下を、その地震によるものと勘違いしたのです。そして犯人には、平坂さんの死と、遺書の入った携帯電話が室内に置かれた時間を、地震の前だとしておく必要があった。なぜなら、そうしないと平坂さんの死亡時刻との間に齟齬が生ずるおそれがあり、そしていざというときに私に罪を着せることができないからです。地震が発生したとき、私は神室さんを捜して掌室堂へ向かっていました。つまりその時点で私は神室さんと合流しており、それ以降のアリバイが成立する可能性が大いにあったんです。……事実、その時点で私は神室さんを発見していましたからね。犯人は、私のアリバイが成立することを恐れた。そこで、携帯電話が置かれたのが、地震より前であると思わせるために、あえてそれをカレンダーの下に置いた。まさかそれが、地震によって落下したものではないとは考えずに。……そうですね、楠田さん？」

今や形勢は再び逆転しつつあった。押し黙ったままの楠田に対し、和音は指を突きつける。

「そして、私があなたを罠にかけるために、あえてコードをカレンダーの下にしておいたという論理も成り立ちません。なぜなら、地震から遺体発見までの間のアリバイがはっきりしている私がそのような工作をするためには、あらかじめ地震が起こることを知っていなければならないからです。そんなことは、私が神でもなければ不可能でしょう。よって――」

「――あなたが神でないのなら、私が犯人だということですか」

楠田は張り詰めていた緊張を緩めるように、大きく溜め息をついて、そして言った。

「認めましょう。私が三人を殺しました」

◆

◆

「動機を――」

和音は緊張を解かないままで尋ねた。

「動機を教えてもらえませんか。私には、それがわからなかった」

「動機ですか。多分密様にはもう察しがついているんじゃないですか」

「思い当たる節はあります」密は頷いたが、「けれど、できればあなたの口から説明してもらいたいと思います」と促した。

「……残酷になりましたね、密様」

楠田は自嘲的な笑みを浮かべると、「確かめたかったんですよ」と言った。

「……確かめる?」

「ええ。私が本当に赦されるのかどうか」

楠田は微笑んで言った。

「和音さん、もう察しがついているかと思いますが、私があなたの愛する人を――もう一人の安威和音を殺したというのは、嘘です。しかし、私が人を殺したというのは本当です。今から二十年以上前の話ですが」

楠田は遠い目をして言った。

「どうして殺してしまったのか、今から考えるとわかりません。それくらい些細な理由で、やってしまったことです。だからこそ、事件を起こしたあと、私は自分のやったことを心から後悔しました。私は本当に赦されたかった。その気持ちだけは嘘偽りのないものだと、今でも堂々と口にすることができます。事件を起こしてから今に至るまでの二十年余り、いつも心の中心にあったのはそのことでした。私はどうすれば赦されるのだろう、と。そしてそれは同時に、恐怖をはらんだものでもあった」

「恐怖……」

「そう、恐怖です。私がずっと恐れていたことは、私は絶対に赦されないのではないか、という可能性です。だってそうでしょう」

楠田の言葉が徐々に調子を変えていることに、和音は気付いた。和音ではない、ほかの誰かに向けられているかのように。

「赦されないなら、私の贖罪になんの意味があるんですか」

楠田の言葉は虚空《こくう》に向かって発される。

「達成されない目的のために、どうして努力しなければならないんですか」

楠田の言葉が室内に反響する。

「私はいつまで苦しまなくてはならないんですか。この苦しみに終わりがないというのなら、どうして誰もそれを告げてくれないんですか。いつか赦される。いつかとはいつですか。私は今すぐにでも赦されたいんだ。私は一刻も早く、この罪の重さから解放されたいんだ。それを背負わせたのはあなたたちじゃないか。私は罪の重さを知ってしまった。なのになぜ、いつまでもそれを取り除かず、取り除かれる条件をも定めてくれないんだ。私はただ、赦されたい一心で、苦しみに耐えてきたのに……」

楠田の言葉が、溢れ、広がってゆく。どこへともなく。誰に対してでもなく。

「私はもう、幸せにはなれないんですか」

誰も、楠田の問いには答えなかった。

和音もまた、答えを出せずにいた。

『こころの宇宙』を訪れたのも、ひとえにその恐怖と折り合いを付けるためでした」いつの間にか、楠田は再び和音のほうを向いていた。「私の話を聞いた彼此一様は、『今はただ、怯えを捨てて贖罪につとめるべきだ』とおっしゃった。それでいて、誰よりも親身に、私の話を聞いてくださった……けれど、あの方は亡くなってしまい、私もとうとう、恐怖から目を背けることができなくなってしまった。だから私は、よりどころを求めようと……確認をしようと思ったんです」

「それは、最初に言っていた……」

「そう、私の罪が……殺人が赦されるのかどうかという、確認です」

楠田は至極当然のことのように言った。

「私は『こころの宇宙』の皆さんが本当に好きです。私の苦しみに、寄り添ってくれたから。だからこそ、私を赦してくれる人たちがいるとすれば、それはあなたたちしかいないと、そう思っていました。だから、あなたたちが私を赦してくれるかどうか、どうしても知りたかった」

「……それなら」越屋が声を震わせる。「なんで直接、聞いてくれなかったんです。あんたが、そうやって打ち明けてくれれば、ちゃんと答えたのに……」

「駄目なんです」楠田は残念そうに否定する。「だってそうでしょう。そんな方法を取ったら、皆さんは当然『赦される』と答える。そう答えるに決まってるんです。皆さんはやさしいから。だから、私を思いやってしまう。そうじゃないんです。私が欲しているのは気休めの言葉じゃない。本物の『赦し』なんです。それを得たという実感がないと、救済とはいえない。大丈夫ですよ、赦していますよ……そんな言葉はまがい物です。必要ないんです」

「私は多分、別の回答をしたと思いますよ」原井が耐えきれないといった風に、早口に言った。「あなたは当分赦されないでしょう、と答えたでしょうね、きっと」

　楠田は意に介さぬように首を振った。

「自分がどう思われているかを知ることは、一番難しいことです。では、それを確かめるにはどうすればいいか。客観視を徹底するしかない。相手が自分をどう思っているかではなく、対象Aが対象Bをどう思っているかを考える。そういう方法を取るしかない。だから――」

　楠田は、そして、一人一人に笑いかけた。

「だから私は、あなたたちが誰かの罪を赦すところを見るしかないと、そう思ったんです」

「――――」

「もちろんこれは、口で言うほど簡単なことではありません。赦すためには、まず相手に怒り、憎む必要がある。そのためには、ニュースで取り上げられた犯罪者や、歴史上の悪人たちでは力不足です。我々にとって、自分から離れた世界のことは、ほとんど他人事に等しいですからね。一時的に憎み、恨んだとしても、それが生活の中に残り続けることはない。あなたたちと共に生活する私の罪と、ここから離れた世界のどこかにいる誰かが犯した罪は、どう頑張っても等号では結べないんです。だからこそ、私は、ここに住む誰かに、人を殺したという罪を負ってもらう必要があった。私と同じ世界にいる人に、私と同じ罪を。そうやって条件を整えてこそ、検証は成立するんです」

「そんな……」

　そんなことのために、と和音は言おうとして、途中で思いとどまった。些細なことだと思っているなら、計画立てた殺人なんてするはずがない。和音にとっての安威和音の名前のように、密にとっての『こころの宇宙』のように――どれだけ歪んだ意識であっても、楠田悟にとっては、本当に、贖罪こそが人生であり、世界そのものだったのだ。――贖罪を実感するために、人を殺してもいいくらいには。

「それじゃあ」越屋が口を開いた。「是臼さんと林さん、それに平坂さんは、その実験に都合がよかったから殺されたんですか。恨みでも、争いのためでもなく」

「その通りです」

「もっと、何か、理由があったわけじゃないんですか。どうしても、殺さなくてはならない理由が」

「ありませんよ。強いて言うなら、都合がよかったからです。うまく孤立して、比較的容易に殺せそうな人を選んだ。一番大事なのは、テストが問題なく完遂されることでしたからね。誰を殺したいとか、誰を残したいとか、そんな贅沢は言ってられません」

「でも……」越屋は泣き出しそうな声だった。「だって、みんな、生きていたのに……」

「……検証はうまくいきました。殺人と、事件の解決を通して、皆さんは私に、十分な知見を与えてくれた」楠田は続けた。「ただ、最後にちょっと、欲張りすぎてしまいましたが」

「欲張りすぎた……？」

「そうです。この機を利用して、私自身が赦されるところまで完遂してしまおう、と思ってしまったんですよ。だからあなたに殺してもらおうと思った」

「――――え？」

「あなた自身がおっしゃったことじゃありませんか。『死んだ人に罪を求めるのは無益なことだ』と。そして水浜さんも、こう言っていた。『許せないことがあるとすれば、自殺したことだ』と。それで私の心は決まりました。死ねばきっと、私は赦される。でもそれは、自殺ではいけない。それでは独りよがりな責任の取り方になってしまう、だから――」

楠田の穏やかな目が、和音を見据える。その目は先ほど見たのと同じ、断罪者の目だ。

けれど、彼が裁こうとしていたのは──

「だから私は、贖罪者としてあなたに殺してもらおうとしたんです」

和音の背筋に冷たいものが走った。

「私に──」

「そうです。過去の罪滅ぼしのために殺される、それならばきっと赦されると思いましたのでね。あなたの過去については、車のシートもそうですが、お持ちの手帳を見せてもらったときに、だいたいの察しはつきましたから」

和音ははっとして、上着のポケットを押さえた。

「いつの間に……」

「あなたがここに来た日ですよ。私は密様のお達しで、あなたの荷物を調べに行ったんです。雑誌記者・一峰愛の正体を探る目的でね。そこで私は、安威和音名義の名刺と一緒に、あなたの手帳を見つけた。その中身を見て、私は思ったんです。あなたに探偵役をやってもらえばいい、と。そうすればきっと、平坂くんが犯人であるという結論を導き出してくれると思ったんです」

「……僕はあのとき、あなたを行かせるべきではなかったんですね」

密が悔しそうに呟いた。楠田はそれが耳に入っていないかのように続けた。

「そして私は、こうも思った。もしも罪滅ぼしのために死ぬのならば、あなたを利用できるんじゃないか、と。そのときに私は計画を修正し、平坂くんを殺したあと、彼の部屋に延長コードを置いた」

「それじゃあ、あの、延長コードは」

「もちろん私が置いたんです。あなたに殺してもらうために。あれは私に審判を下してくれる、電気椅子のはずだった――」

それも計画のうちだったのか――

和音が気をとられた、その一瞬だった。楠田の腕が素早く動き、和音の手から鉈をひったくった。我に返ったとき、楠田はすでに、片手で密を羽交い締めにしていた。

「――動かないでください」鉈の刃が密の首に押し当てられる。原井が悲鳴を上げたが、楠田がそちらをにらむと止まった。「……まさかこんなことをする羽目になるとは、自分でも驚きですよ。まるで映画俳優のような気分です。いいですか、動かないでくださいよ」

言いながら、楠田はじりじりと和音たちから距離をとっていった。無骨な刃は密の首にぴったりと当てられたままだ。

「そんなことをしたって無意味でしょう」和音は必死に言葉を紡いだ。喋るのをやめてしまえば、楠田は凶行に走る。そんな恐怖があった。「ここから逃げて、どうするつもりですか」

「さあ――どうしましょうか」楠田は当惑したように笑った。「でも多分、次はうまくやってみせますよ。今の私には、確信がある。あなたが、そして皆さんが教えてくれたことです。罪は必ず赦される。私はきっと、赦される。だからもう、迷いはありません。今度こそ、贖罪を完遂させるんです。絶対に、赦されて――」

楠田の腰に伸びた手が、彼の作務衣をぎゅっ、とつかんだのは、そのときだった。

「よせ」

いつの間にここまで来たのか、そこには戸嶋がいた。

「それ、は、次、の、担、い、手、じゃ、」

地の底から響いてくるような、男性ともまがうほどの低い声。楠田の顔に初めて、本能的な恐怖の色が浮かんだ。

次の瞬間、鉈が一閃した。分厚い刃が老婆の肩に深々と突き刺さる。戸嶋は断末魔の声を上げなかった。小さな体のどこにこれほどの量がと思うほどの血が、噴水のように噴き出す。楠田が鉈の柄から手を離して後ずさる。すかさず和音は彼に飛びかかった。が、戸嶋の血に視界を遮られ、最後の一歩がわずかに遅れる。その間に、楠田は身を翻していた。密が突き飛ばされる。倒れた密の元に和音が駆け寄ると、自力で起き上がった密は楠田を指差して「追ってください！」と叫んだ。

和音ははっとして楠田を追った。すぐ後ろに密がついてくる。楠田は屋外へと出ると、一瞬迷う素振りを見せたが、意を決したように、山道のほうへと向かった。車の使えない道に逃げるべきだと判断したのだろう。和音たちも彼に続いて、石段に足をかけた。

楠田との距離はすでに五メートル以上開いていた。しかし和音は彼を追った。追いながら、何のために自分は彼を追っているのだろうと、心のどこかで考えていた。なんのために——捕まえるために？

そうだ、捕まえるのだ。そして法の番人たる人々の前に彼を突き出し、しかるべき贖罪を行わせるのだ。しかし、彼にそれをさせる意味があるのだろうか。それとも、その意味は彼以外の誰かが決めることなのだろうか。世界が、神が、彼のすべてを握っているのか。

なんて嫌なことだろう、と和音は思った。探偵とは、なんて残酷で、勝手で、嫌な仕事だろう。延々と続く上り階段を、殺人者を追いかけ走っていることが、今の和音には探偵という仕事そのものの比喩に思えた。いったいあの人はどうやって、こんな苦しいことを続けてきたのだろう。あのめくるめく大団円のために、どれだけの理知を振り絞ってきたのだろう。

今ここで足を止めることが自分にとっても世界にとっても正しい行いであるように感じられる一瞬が、幾度となく和音に訪れた。それでも和音は走るのをやめなかった。殺人者の肩に手をかけたとき、すべての物事に理由がつき、あらゆる意味がひとつに集まる。今自分が探偵であること、安威和音であること、それを正当化する一筋の光が降り注いでくれることを半ば確信するような、衝動的な心持ちで和音は走った。理性はずっと後ろから和音を見上げていた。

最後の一段を上りきったとき、和音は楠田が掌室堂の前に立っているのを確かに見た。

次の瞬間、世界が揺れた。

◆
◆

和音の体は投げ出されようとした。たった今上ってきたばかりの石段を真っ逆様に転げ落ちる角度で、確かに投げ出されようとした。しかし、後ろを走っていた密が和音の背に伸ばした両手でそれを止めた。すると、不思議なことに、再び大きな震動が、今度は反対の衝撃を伴って二人の体を通過し、和音と密は掌室堂の前にしっかりと四肢を突く形になった。その中に、楠田がいた。彼もまた、揺れによってバランスを崩したため、砂利の上に倒れたらしかった。直後、揺り戻しがその扉を閉じた。楠田の姿は見えなくなった。

絶叫が響いた。まだ朝焼けの残る空に、静謐《せいひつ》な空気をたたえる森に。

そして——

次に扉が開いたとき、楠田悟の姿は、掌室堂のどこにもなかった。ただビニールシートの下から転がり出た是臼真理亜の首が、不思議に穏やかな表情で、和音たちを見上げていた。

終章

正午を過ぎた頃にやってきた新聞配達員兼古紙回収業者は、密の話を聞くと大慌てでUターンし、更にしばらく経ってから、パトカーの一団を従えて戻ってきた。今度の状況説明には、和音も協力することになった。

結局、事件は戸嶋の死も含め、楠田の起こした連続殺人として処理された。事件については、教団の面々が示し合わせた上で、楠田の行方以外、ほぼすべてがそのままの形で伝えられた。事件の張本人が行方をくらましていることに、警察官は渋い顔をしていたが、不思議と供述そのものを疑う様子はなさそうだった。

また、警察を呼ぶのが遅れたのも、楠田の手によって、すべての車のバッテリーが上げられ、電話線も切られていたからだということにしたため、ひとまずおとがめはなさそうだった。

事件はこうして、終わりを迎えた。少なくとも、和音と密を除いた人々の中では。

◆◆

和音と密は、執務室で最後の対峙をしていた。室内には二人以外、誰もいなかった。

Ｆ08号室の鍵を和音が手渡すと、密は頷いて、それを受け取った。

「また、いつでもいらしてください。歓迎しますよ」

密はそう言って笑った。本心だろうか、と和音は考えたが、すぐにそれが詮無きことだと結論付けた。密の気持ちがどうであれ、もうここに来ることはない。和音はそう思った。

「それにしても」と密が言う。「結局のところ、最初から最後まで密室だらけの事件でしたね。平坂さんの偽装自殺も、ある意味『殺人だとすれば、いかにして被害者が鍵をかけていたはずの部屋の中に侵入したか』という謎のあるものでしたし、最後に掌室堂で起こったこと——あれも、唯一の扉は僕たちが見ていたんですから、密室と呼んで差し支えないはずです」

「密室だなんて……馬鹿馬鹿しい」

和音は吐き捨てるように言った。

「あれは密室でもなんでもありません。楠田さんは、砂の中に呑み込まれたんでしょう」

密は否定しなかった。

「掌室堂の中に敷き詰められていた白い砂利……あれは、軽石でした。内部が空洞になっているせいで、鉱石の中でも特に軽く、その比重は人体の半分程度しかない。だからもし、掌室堂の中にいるときに、大きな、そして長い地震が起きれば……」

軽いものは上に留まり、重いものは下に行く。

血の流れ出たバラバラ死体は残っても、そうでない者は引きずり込まれる——

「渾然一神教の伝承によると、世界そのものと一体化した者が現れたとき、地震が起きると言われている。けれどそれは、本当は逆だった。地震が起こると人が消える、それがあの場所の仕掛けだった。あなたはあの建物が持つ真の意味を、今回と、そして百年前に起こった消失事件のトリックを知っていた。知っていて、その上で偽物の解答に誘導した」

　未解決のトリックには誰もが注目するけれど、すでに解決したトリックに目を向ける人間はいない。楠田の使った手法を、密は彼よりも前に使っていたのだ。

「澄心が閂のかかった掌室堂から消失したのは、地震によって閂が自動的にかかったからなんかじゃなかった。本当は、澄心は最初から、掌室堂に入ってなんかいなかったんです。あの場所には、代わりに一人の巫女が入っていた」

「見てきたようなことをおっしゃいますね」

「当人から聞きましたからね」和音は吐き捨てるように言った。あの暗い部屋の中で語られたことの意味が、今ようやく和音にも理解できていた。「巫女の名前は、媛谷比佐子というんでしょう」

　密の笑顔が消えた。

「彼女は戸嶋イリと澄心を取り合っていた。おそらく宗教団体における先達というよりは、男性として澄心を慕っていたのでしょう。そして澄心は、ここでの修行に倦《う》み疲れており、外へと出奔することを計画し、そしてついにそれを実行に移した。その際に目くらましとして用いられたのが、掌室堂での修行であり、協力者として選ばれたのが媛谷比佐子だった」

　澄心には、真理を知る気などなかったのだ。

「澄心は掌室堂に入ってすぐ、こっそりと外に出て、媛谷と入れ替わった。そうして媛谷が澄心の身代わりになっている間に、山を下って逃げおおせるつもりだったのでしょう。そして媛谷のほうも多分、入れ替わりに気付かれる前に堂を出て、教団の面々がすでにはるか遠方へと去った澄心を、山中で捜している間に、騒ぎに乗じて教団をあとにするつもりだった。おおかた、そんな計画だったのでしょう。でも事は予定通りに運ばなかった。媛谷が澄心と入れ替わったあと、地震が起こってしまったんです」

地震が起こり、媛谷は消え、そして奇跡が生まれた。

「澄心がなぜ、地震のあとに深間山を離れずにいたのかは、はっきりとはわかりません。媛谷の安否が心配だったのか、実は最初から山中で合流するつもりだったのか、あるいは――彼の居所に見当が付き、そして事の顚末《てんまつ》を伝えた人間がいたのか」

媛谷比佐子は死んだ。だからどうか、逃げるなら私を連れて行って。

ほかならぬ彼女が、そんな風に説いたのかもしれない。なぜなら彼女は、媛谷の身に起こったことに、見当を付けていたから。そして、いつからか自分と彼女を混同するほどに、媛谷に成り代わりたかったから。

「いずれにせよ、澄心は逃げ出すことを諦めた。そして渾然一神教の開祖となり、その生涯を終えた。掌室堂で何があったのか、あの場所でどういうことが起きるのかを知りながら、ひた隠しにして生きていた。そして――あなたもまた、同じ事を隠していた」

和音は密の、少年には不似合いな色をたたえた瞳を直視しながら言った。

澄心の最期は曖昧に濁されている。

あるいは森の中へ入り、姿をくらましたとも。

あるいは修行中に再び消えたとも。

「あなたはいつから、掌室堂の機構について知っていたんです。いや……そんなことより」和音は並べ立てる。沈黙が場を支配してしまうことが怖かった。「同じことが何度繰り返されてきたんです。いったい……掌室堂とはなんなんです。なぜこの場所を選んで、あんな機構を持つ場所が存在するんです」

　地震が起こり、人が消える。

　何度その奇跡は繰り返されてきたのか。

　あの場所の下には――どれほどの人が眠っているのか。

「いつから知っていたか、ということについてはお答えできます。僕は、生まれたときから知っていました。戸嶋さんに教わったのは父の死後ですが、それ以前からずっと、そうあるのだと、僕は知っていたように思います。戸嶋さんにもそう告げました。あの人は、何度も深く頷いていました」密は言う。

「ですが、そのほかのことについては、お答えできません。僕も正確には知らないし、知っていたとしても教えられない。それが戸嶋さんと……いえ、戸嶋さんが流れを継いできた教団、渾然一神教と僕の両親、すなわち『こころの宇宙』の間で交わされた約束です。すべてを秘中に収め、同時に連綿と繋げていく」

「なんのために――そんなことを」

「神のために」

「神のため――」

「そう、すべてはここ、深間山におわす神のためにあることなのです」密は厳かに語る。「全能にして、一なる知。アカシックレコード。如来蔵。阿頼耶識。それは理想であり、目標です。それ自体は神ではない。では神とは何か。神とは願いを聞き入れる者。すなわち、目標を達成するための手段」

「手段としての、神……」

「そう。すべては神の力を得んがため。そのために、はるか昔から受け継がれてきた。そして今は僕の手にバトンがある」

「だとしても、そのバトンを繋げる必要はない」

「いいえ、必要はあるのです」

「ありません。神なんて幻想です」

「それはあなたの世界の論理です。この世界の論理ではない。……和音さん、あなたには理解できないかもしれませんが」密は真剣な表情で言った。「これが僕の世界であり、僕の論理なんです。もっと言えば、今このときにおいては僕の上にいらっしゃる神の世界であり、論理なんです」

「…………」

和音は戸嶋と、あるいは媛谷と交わした言葉を思い出す。老女は、自分のことを渾然一神教の巫女だと言っていた。それが額面通りの意味だとすれば。

巫女の役目は相場が決まっている。加持祈禱《かじきとう》、巫覡卜占《ふげきぼくせん》、それに――神との交信、神降ろし。

あのとき言葉を交わしたのは、本当は戸嶋の作り出したもうひとつの人格などではなく、戸嶋の体を通した媛谷ではなかったのか。瞳に奇妙な輝きを見せたあとで発した言葉は、あの少女のものではなかったのか。そして――

最期の瞬間、戸嶋の体の中にいたのは、なんだったのか。

和音は目を閉じ、眉間に強く力を込めた。くだらない。そんな空想は迷妄に過ぎない。言葉が交わせるのは生きた人間だけだ。それが常識というものだ。もしもその前提が間違っているというのなら――それを信じて必死に論理を紡いだ、安威和音という人間はいったいなんなのだ。

「そういえば、水浜さんが先ほど、ここにいらっしゃいましたよ。なんでも、本格的に渾然一神教について勉強したい、ひいてはその巫女の職務に興味があるということでした。……今回の事件や、戸嶋さんの死に、何かしら思うところがあったのかもしれませんね」

密は真面目な顔でそう言った。それは、今この場所にいる何者かに対する敬意をうかがわせる表情だった。あるいは、恐怖か、諦観か。

「元通りになるんですね」

「元通りになろうとしていますし、きっとなるでしょう。あなたのおかげですよ」

「…………」

そうだろう。そうであるはずだ。和音は胸中で自分自身に言い聞かせた。事件を解決したのは私だ。安威和音だ。けれど。

その役目は、誰かによって与えられたものなのではないだろうか？　楠田が和音を利用したように、すべての背後にいた何者かが、本物のデウス・エクス・マキナが、和音を操って、事態を収束させた――

それも幻想だ。和音は首を振ると、呟いた。

「……世界は、壊れませんでしたね」

「あるいは、壊れないからこそ世界なのかもしれません」

それとも、終わることなく壊れ続けるのが、世界なのだろうか。

◆
◆

パトカーのバッテリーにブースターケーブルを繋ぎ、和音のクーペは元通り走れるようになった。偽装工作だなどと知る由もない刑事は、愛想よくとまではいかずとも、責めることもなく作業を手伝ってくれた。そうして今度こそ、出発のときが来た。

「お別れですね」

「ええ」和音は荷物をトランクに積み込みながら言った。「お別れです」

運転席に乗り込み、エンジンをかける、一挙一動を、密はドアの向こうから見守っていた。

最後に窓を開けると、和音は首を突き出して尋ねた。

「本当に、ここを出るつもりは、ありませんか。あなたほどの人なら、この世界を捨てることもできるんじゃありませんか。私たちの論理の中で生きることも――」

「あなたの助手として、ですか？」

密は微笑んだ。その表情に、和音は自分の言葉がいかに無力であるかを悟った。

「僕は『こころの宇宙』の代表でありたい。そうでなくては、僕はきっと、生きていけない。あなたが――」

「私が探偵であるのと、安威和音であるのと同じように……？」

「そうです。……今、心が繋がりましたね」

密が深々とお辞儀をする。そんなはずはないのに、彼に抱きしめられているかのような感触を、和音は覚えた。

バックミラー越しに見えていた瓦葺の屋根は、それでも何度目かのカーブを繰り返したときにはもう、見えなくなっていた。

＊本書は、「ジャーロ」誌上で公募された新人発掘プロジェクト「カッパ・ツー」（選考委員：石持浅海、東川篤哉）にて選出された作品を、選考会での指摘を受け、著者によって改稿したものです。
＊この作品はフィクションであり、実在の人物・団体・事件とはいっさい関係ありません。

装幀　泉沢光雄
装画　早川洋貴
図版制作　デザインプレイス・デマンド

犬飼ねこそぎ（いぬかい・ねこそぎ）

1992年、高知県生まれ。立命館大学卒。在学中はミステリー研究会に所属。本作がデビュー作となる。

密室《みっしつ》は御手《みて》の中《なか》

2021年7月30日　初版1刷発行

著　者　犬飼《いぬかい》ねこそぎ

発行者　鈴木広和

発行所　株式会社 光文社

〒112-8011　東京都文京区音羽1-16-6

電話　編　集　部　03-5395-8254

書籍販売部　03-5395-8116

業　務　部　03-5395-8125

URL　光　文　社　https://www.kobunsha.com/

組　版　萩原印刷

印刷所　新藤慶昌堂

製本所　国宝社

ISBN978-4-334-91415-8